满族口头遗产传统说部丛书

两世罕王传
王杲罕王传

富育光 讲述

王慧新 王宏刚 整理

吉林人民出版社

图书在版编目（CIP）数据

两世罕王传；王杲罕王传 / 富育光讲述；王慧新，
王宏刚整理 . -- 长春：吉林人民出版社，2019.5
（满族口头遗产传统说部丛书）
ISBN 978-7-206-16881-9

Ⅰ . ①两… Ⅱ . ①富… ②王… ③王… Ⅲ . ①满族—
民间故事—作品集—中国 Ⅳ . ① I277.3

中国版本图书馆 CIP 数据核字（2019）第 293302 号

出 品 人：常　宏
产品总监：赵　岩
统　　筹：陆　雨　李相梅
责任编辑：张宜云　金　鑫　赵梁爽
装帧设计：赵　谦

两世罕王传　王杲罕王传
LIANGSHI HANWANG ZHUAN　WANGGAO HANWANG ZHUAN

讲　述：富育光　　　　　整　理：王慧新　王宏刚
出版发行：吉林人民出版社（长春市人民大街 7548 号　邮政编码：130022）
咨询电话：0431-85378007
印　　刷：吉林省优视印务有限公司
开　　本：720mm×1000mm　　1/16
印　　张：15.25　　　　　字　　数：240 千字
标准书号：ISBN 978-7-206-16881-9
版　　次：2019 年 5 月第 1 版　　印　　次：2019 年 5 月第 1 次印刷
定　　价：55.00 元

出 版 说 明

满族口头遗产传统说部是具有较高社会价值和文化价值的满族文化的百科全书。整理发掘满族说部的项目工作被文化部列为中国民族民间文化保护工作试点项目，并被国务院批准列入第一批国家级非物质文化遗产名录。

"满族口头遗产传统说部丛书"是千百年来满族各氏族对祖先英雄事迹和生存经验的传述，一代一代口耳相传，保留下来的珍贵的满族遗存资料。经过近三十年抢救整理，从二〇〇七年到二〇一七年的十年间，根据整理文本的先后，我社分四次陆续出版了五十部说部和三本研究专著。此套丛书无论从社会价值和文化价值来看，都是一套极具资料性、科研性和阅读性融为一体的满族文化的百科全书。

此次出版对以下两个方面做了调整：

一、在听取各方专家建议的基础上，对原丛书进行了筛选，选取最有价值、最有代表性的四十三部说部，删去原版本中与文本关系不紧密的彩插，对文本做了大幅的编辑校订，统一采用章回体表述方式，并按照内容分为讲述萨满史诗的"窝车库乌勒本"、讲述家族内英雄人物的"包衣乌勒本"、讲述英雄和历史人物的"巴图鲁乌勒本"、讲述说唱故事的"给孙乌春乌勒本"等，突出了说部的版本特色。

二、保留研究专著《满族说部乌勒本概论》，作为本丛书的引领，新增考古发掘的图片和口述整理的手稿彩色影印件。

特此说明。

吉林人民出版社

编 委 会

序

冯骥才

　　任何民族的文学都包括两大部分。一是个人用文字创作的、以书面传播的文学，一是民间集体口头创作的、口口相传的文学。后一部分文学是前一部分文学的源头，是根性的文学。中国作为东方文明的古国，口头文学的历史去之遥远。就像西方文学始于古希腊罗马的神话故事，我国文学史上第一部作品是《诗经》，即民间口头文学集，这表明口头文学是一个民族文学的源头。在漫长的历史中，这两部分文学一直同根并存，相互滋育，各自发展，共同构成一个民族文化与精神的极为重要的支撑。

　　中华民族有着巨大文学想象力和原创力。数千年间，各族人民以口头文学作为自己精神理想和生活情感最喜爱和最擅长的表达方式，创作出海量和样式纷繁的民间文学。口头文学包括史诗、神话、故事、传说、歌谣、谚语、谜语、笑话、俗语等。数千年来，像缤纷灿烂的花覆盖山河大地；如同一种神奇的文化的空气在我们的生活中无所不在；且代代相传，口口相传，直到今天。

　　我们的一代代先人就用这种文学方式来传承精神，表达爱憎，教育后代，传播知识，娱悦生活，抚慰心灵；农谚指导我们生产，故事教给我们做人，神话传说是节日的精神核心，史诗记录文字诞生前民族史的源头。它最鲜明和最直接地表现中华民族的精神向往、人间追求、道德准则和价值取向。中国人的气质、智慧、审美、灵气、想象力和创造力，充分彰显在这种口头的文学创造中。

　　这种无形地流动在民众口头间的口头文学，本来就是生生灭灭的。在社会转型期间，很容易被忽略，从而流失。

特别是在这个现代化、城市化飞速推进的信息时代，前一个历史阶段的文明必定要瓦解。口头文学是最脆弱、最易消亡。一个传说不管多么美丽，只要没人再说，转瞬即逝，而且消失得不知不觉和无影无踪，所以联合国教科文组织把口头传统和表现形式，包括作为非物质文化遗产媒介的语言列为非物质文化遗产之一。

在中国，有史诗留存的民族并不很多，此前发现的有藏族史诗《格萨尔王传》、蒙古族史诗《江格尔》、柯尔克孜族史诗《玛纳斯》、苗族史诗《亚鲁王》。作为满族民族历史和文化传统的重要载体——"说部"，是满族及其先民世代相传的极其宝贵的精神财富。它最初用"乌勒本"（满语 ulabun，为传或传记之意）指称，后受汉文化影响，改称为"说部"或"满族书""英雄传"。说部最初用满语讲述，至清末满语渐废，改用汉语并夹杂一些满语讲述。在漫长的历史进程中，满族各氏族都凝结和积累了精彩的"乌勒本"传本，如数家珍，口耳相传，代代承袭，保有民族的、地域的、传统的、原生的形态，从未形成完整的文本，是民间的口碑文学。"满族说部迥异于其他文类，不仅涵盖了口头传统，也吸纳了民俗学中多种民间文艺样式，包容性极强。"

我以为，对于无形地保留在人们记忆与口口相传中的口头文学，抢救比研究更重要。它是当下"非遗"工作的重中之重，要清醒地认识到文化和文明于人类的意义。当社会过于功利的时候，文化良知就要成为强音，专家学者要在抢救非物质文化遗产中勇于承担责任，走进民间帮助艺人传承与弘扬民间艺术，这也是知识分子的时代担当。

让人感到欣喜的是，经过吉林省的专家学者近三十年的抢救、发掘和整理，在保持满族传统说部的原创性、科学性、真实性，保持讲述人的讲述风格、特点，保持口述史的原汁原味的基础上，将巨量的无形的动态的口头存在，转化为确定的文本。作为"人类表达文化之根"的满族说部，受东北地域与多族群文化的影响，内容庞杂，传承至今已逾千万字。此次出版的《满族口头遗产传统说部丛书》为四十三部说部和一本概论。"说部"分为讲述萨满史诗的"窝车库乌勒本"、讲述家族内英雄人物的"包衣乌勒本"、讲述英雄和历史人物的"巴图鲁乌勒本"、讲述说唱故事的"给孙乌春乌勒本"四大部分。概论作为全套丛书的引领，从学术研究的角度对乌勒本产生的历史渊源、民族文化融合对其的影响、发展和抢救历程等多方面深入思考。

多年来"非遗"的抢救、保护、研究和弘扬，已取得卓越的成就。但未来的路途依然艰辛漫长，要做的事情无穷无尽。像口头文学这样的文化遗产的整理和出版，无法立即带来什么经济利益，反而需要巨大的投资和默默无闻的付出，能在这个物质时代坚守下来，格外困难。

文化传统和传统文化不是一个概念，我们的终极目的不是保护传统文化，而是传承文化传统。传统文化是固定的、已有既定形态的东西。我们所以要保护它，是因为这些文化里的精神在新时代应以传承，让我们的文化身份不会在国际资本背景下慢慢失落。

现在常把文化自觉与文化自信并提，这两个概念密切相关同时又有各自的内涵。文化自觉是真正认识到文化的重要性和自觉地承担；文化自信的关键是确实懂得中华文化所具有的高度和在人类文明中的价值。否则自信由何而来？

对传统文化的抢救与整理，不仅是为了传承，更为了弘扬。我们的民族渴望复兴，复兴的重要精神支撑在我们的传统和文化里，让我们担负起历史使命，让传统与文化为民族的伟大复兴发挥它无穷的力量。

冯骥才

二〇一九年五月

目录

第二十八章

满族著名传统说部
——《两世罕王传·王杲罕王传》传承概述

富育光

考察满族往昔脍炙人口的耆老口碑传说中，属于王杲罕王和努尔哈赤少年时代小罕的传奇故事，颇有声誉和影响，最受人们喜爱，流传广远。当年，在关东一带的民间，有口皆碑地传颂着这类民谣："说老罕，讲小罕，先有王杲，后有教场安。"也有"先有王杲，后有皇陵"等谚语。据考此类民谣的含义，颇有意思，都是意在渲染或追忆大明嘉靖年间曾在辽东创造了惊天勋业，最后磔死京师菜市口的一代枭雄王杲，以及在其卵翼下崛起于辽东苏子河畔的建州部首领觉昌安和其孙努尔哈赤。这些民谣皆是辽东古代风云史的缩影。由此可知，民谣中所说的"教场安"是满汉兼词语，即努尔哈赤祖父觉昌安的谐声词。民谣中的"皇陵"，系指大清立国后突起的昌瑞山清东陵。王杲是努尔哈赤外公，两家既是姻亲关系，又是建州部政治和军事势力的承袭关系。这些民谣的含义，恰是追本溯源，在深情诉说满人的发迹皆因有早年建州左卫王杲的奋勇开拓，方有觉昌安之孙努尔哈赤的统一女真建立后金国定鼎燕京，有了清朝的一统天下。早年在满族传统的"乌勒本"说部故事中，就以上述观念和创作构思，形成了传世名篇——《两世罕王传》①。

《两世罕王传》大约形成于清初年间，最早都是用满语讲述的长篇大故事。满族话叫"朱录汗额真乌勒本"，或叫"朱录汗玛发朱奔"，其汉意就是"两世罕王传"，或叫"两世大玛发故事"。所谓"两世罕王"，即指当年在辽东苏子河畔崛起的女真建州部的两位英雄人物，一位是指盖世枭雄王杲，另一位就是清太祖努尔哈赤。

《两世罕王传》的故事早在明中叶乃至清初之际，就在北方民间广泛传颂，深得民众的喜欢和颂扬，津津乐道，家喻户晓，妇孺皆知。首先，

---

① 《两世罕王传》系《两世罕王传·王杲罕王传》《两世罕王传·努尔哈赤罕王》统称。

它因揭示关外辽东一段重要的历史风云变幻而著称于世，受到各界的关注，多方人士都能从《两世罕王传》中获得丰富的人生启迪和受益。其次，《两世罕王传》又因其所包容之波澜壮阔、扑朔迷离的历史风云故事，而令听众沉醉和倾倒。在《两世罕王传》漫长的传播过程中，容入了众多讲述者的厚爱和智慧，塑造出众多个性鲜明、栩栩如生的历史人物，形形色色，新颖离奇，跌宕曲折，沁人肺腑，故俗有"辽东列国传"的赞誉。

凡植生于民间沃土的口碑文化，反映着人民的喜爱和期望，历来都是社会的晴雨表，是社会生活的镜子和时代的人文映象与忠实的记录。这恰恰正是满族传统说部"乌勒本"艺术所特有的无限生命力和时代价值魅力所在。满族传统"乌勒本"说部是民族的记忆史，保留了众多满族人为了生存与恶劣环境抗争的顽强呐喊和豪迈足迹。《两世罕王传》也可以称为民间记忆的清前史，有诸多史学的参证价值。

本说部开篇申明本书发端的来龙去脉。说书人的开篇书引子讲得十分清楚，《两世罕王传》早年有不少传本，有些本子因传承人住的地方不同，也因为年代太久了，互有不少差异，但总的故事中心都是讲王杲和努尔哈赤两代的英雄谱。

《两世罕王传》的传承中，陈姓家族是很重要的传承人。陈姓家族分布在北京怀柔、十渡和西山诸屯，多在庭院里种植着柿子树，每到盛秋，黄柿染林，别有一番风味。族人们便喜欢在辟建的青砖瓦房里，有的人家还外带个小院儿，修的扇子门也挺讲究，摆开几张小凳，专做全族的书场。清代和民国年间，族中长辈常在这小院儿中请来满汉齐通的色夫①，办着私塾，说着家常，或者请本族德高望重的叔爷爷讲他最擅长拿手的《两世罕王传》来消磨时光。直到咸丰、同治年以后，社会萧条，旗人家境衰落，不少院落被当了出去，到民国年间最终也没有赎回来。族里人啥玩意儿都可丢，就是祖传的《两世罕王传》不能丢，族里族外的乡亲们都以说几段满洲书为乐，振振精神，联络感情，或者请色夫们来挑段演讲，可是终没有个像样的场地。尽管这样，叔爷爷从不烦气，老人家因受祖上传统的说唱习俗影响，不论长短，说任何一段，只要有人请他讲，都有求必应，从不要一文钱，叔爷爷的名声在北京郊区越来越响亮。不过，清朝亡了以后，京城里的旗人可就遭殃了。俗话讲"殃及池鱼"呀，清朝皇帝退位，凡属满洲人不仅要剪辫子，而且被挨门挨户抄家搜查，吓得满洲人不得不编说自己的足迹，硬充河北的蓟县人、

---

① 色夫：满语，师傅。

山西的大同人、山东的蓬莱人，家有女儿的，想方设法嫁给汉人。叔爷爷心很宽，闲来无事，为消愁解闷，图个热闹，就在巷子里聚拢旗人邻里，讲罕王传。邻里们像汉人爱听三国、水浒、说岳一样，爱听罕王传。不仅满族旗人爱听，许许多多汉族哥们儿也听得格外入心。《两世罕王传》谁听谁都觉得很有瘾，最后就这样传开了。

令人难以忘怀的是，民国二十六年秋末，叔爷爷夜晚让他儿子从西墙凹里将他收藏的《两世罕王传》书匣取下，让儿媳妇烧好温水，取来白毛巾，亲自擦洗书匣，小孙儿帮着爷爷端盆倒水，儿子、儿媳不知老人家何意，老人又不让两人插手，并让儿子、儿媳带着小孙儿到下屋入睡，说自己还要翻阅一下过去讲唱的书本，不必管他。老人家身体康健，精神矍铄，儿子、儿媳也就没有在意。谁知天亮以后，儿子、儿媳起来，进到上房，见叔爷爷坐在牛皮沙发上，怀抱《两世罕王传》书匣，已经逝去。老人无病而终，终年八十。

二十世纪八十年代初，我在中国社会科学院民族研究所贾芝先生处进修民间文学专题课期间，采风实践基地就是调查访问北京郊区西山、潭柘寺镇等地，满族同胞待我亲如一家，承蒙他们无微不至地关照和帮助。在民间采风期间，我有幸征集到满族陈氏家族传袭下来的《两世罕王传》。一九八三年秋回长春后，我在诸多论文中揭示和评述《两世罕王传》的史学和民族学、民俗学的不朽价值。吉林省社会科学院历史研究所清史专家张璇如先生、清代扈伦四部乌拉部布占泰后裔赵东升先生，都曾全部或部分审读过《两世罕王传》文本手抄卡片。《两世罕王传》的搜集，是民间记忆资料的可贵补充，对古清史研究必有裨益，给予很高的评价。一九八四年秋，宁安县志编纂办公室主任傅英仁先生到长查阅资料，见到《两世罕王传》卡片，爱不释手，对其清前史学术价值也给予充分肯定。傅老满腔热忱地表示愿意参与《两世罕王传》的整理工作。临别时傅老将《两世罕王传》中的努尔哈赤部分卡片资料带走，回宁安整理；而我因有家传的满族说部《萨大人传》《雪妃娘娘和包鲁嘎汗》《飞啸三巧传奇》《恩切布库》等需要整理，所收藏的《王杲罕王传》资料一直存放家中，由于搬家和朋友传阅，有些资料遗失。一九九七年交王慧新存藏文稿，后她告诉我已商妥与王宏刚先生合作整理。两位先生经过近两年的精心梳理、史料核实和文字修润，终于圆满整理完毕，得以问世，深表敬佩和感激之情。

二〇一四年二月十八日

第一章　龟灵天交孕神童

相传在很古很古的时候，在长白山南面的苏子河畔群山围绕的绿荫丛中，住着很多身体硕壮、赤臂裸身、长发披肩的男女。每到绿树成荫的时候，这些野男裸女就将苏子河畔的绿荫丛中的树叶，用藤条串系到一起，围成叶环，在腰间一围三圈儿，编成绿色的美丽长裙。他们平时都赤着脚走路，只有遇到坚硬的岩石地块，才在脚上包裹上长毛野猪皮。到了冬天，苏子河一片冰封，冰厚百尺，这些野男裸女像当地的黄鼠、獾、貉一样，掘地三尺，挖洞盖屋，建起一个个温暖的地窖子。年年岁岁，岁岁年年，苏子河畔的生灵日益繁殖兴旺起来，由一个小山寨变成了大部落。他们，就是本说部的主人公——建州女真人的第一代罕王王杲的祖先们。

王杲的女真名字叫"阿突罕"。王杲这个汉人名，是他十岁的时候抚顺御史张大人给起的，"杲"是明亮的意思。

张大人非常喜欢这个长相俊秀、聪明伶俐的女真小男孩，把他收为义子。当然这是后话，我们先说说这位罕王神奇的出生故事吧。

在有关苏子河古老的诸多传说中，最神奇的传说故事是阿突罕的阿玛①在喝醉酒的时候向众人坦述的。

王杲的阿玛叫多霍洛，部落里的人敬称他为"多贝勒"。"贝勒"那时还没有成为朝廷的一个官职爵位，只是女真人对部落首领的尊称。可王杲的阿玛只是一个普通的山野莽夫，人们为什么这么叫他呢？

据说多霍洛的性格堪比尼堪②书中所讲的黑旋风李逵一样率真、耿直、暴烈。他张狂豪放，甚喜烈酒，也最讲义气，谁家有个为难招灾的事，他都过去帮忙。那年月，爹娘生下他来，只晓得猎获果腹，山水为

---

① 阿玛：满语，父亲。
② 尼堪：满语，汉人。

伴，也没给他起个啥大名。

说来还真有意思，王杲阿玛年轻的时候，有一次攀山涧，冷不丁瞧见一只白嘴白蹄儿的小梅花鹿，瞪着黑黑的长睫毛的大眼睛，歪脖俯视着他，好像在冲他说："来呀，你小子有本事就来抓我呀！"

他哪是服输的人，在陡峭的峭壁上硬是薅着小树往上爬。没承想，一下子拔起了树根，连人带树一起坠落山崖。也是他命不该绝，半山腰上的一棵不老松接住了他，这才保住了他一条小命儿。可是右腿肚子却被树干穿裂，红肉白骨分开，鲜血淋漓。他挣扎着坐起来，好在他认识山里的狼毒草①，折了几根放在嘴里嚼碎以后敷到伤口上止痛，然后快速地从皮囊里掏出骨针和狍筋线，牙齿咬得嘎咕响，汗珠子噼里啪啦往下淌，忍痛缝上了伤口……

他的命虽然是保住了，可右腿却留下了残疾，成了个"跐脚瘸子"。部落里的人给他起名，喊他"多霍洛"。这"多霍洛"，女真话就是"瘸子"。他听了也不生气，只是嘿嘿一笑。"多霍洛"从此以后就叫开了。

多霍洛成了"瘸子"以后，性格还跟以前一样，从不服输，也从不使用拐杖，就凭着自己铁铮铮的直爽性格，瘸着腿走山路，每天照样上山捕狍鹿，下河抓鱼鳖。渐渐地，他越走越快，越走越熟练，快速如狸猫，疾跳如飞，一般人都撵不上他。部落里的人异口同声地夸赞他是一个了不起的奇人。

别看多霍洛为人粗犷，性格耿直，但却胆大心细，凡与他比试布库②的，总要输在他的名下。他擅会使巧技，能够毫不费力地扳倒比他重近百斤的壮汉。而且，他力大过人，曾与老牛斗角力，抓住牛尾巴，把老牛痛得哞哞叫，就是不能往前动一步。他还有个最惊人的绝技，就是调教荒野中的狂怒悍马。

各位阿哥，你们可要知道，在早年，不论行军打仗，也不论是打猎种地，更不论是长途贩运或交际远游，靠什么？就靠骏马驰骋。骏马就是财富，就是胜利，就是生命，有了骏马就有了一切。可是那骏马也不是绵羊，任人驾驭。俗话有马识英雄之说，特别是难以驯服的烈马，它若看不中你，你休想骑它，弄不好它还狠狠地摔你一下；你若比它厉害，能降住它，它不仅让你骑，而且还非常听你的话。所以古代专有一行，

---

① 狼毒草：东北山野中一种可以疗伤的草药。
② 布库：满语，摔跤。

就是驯马的色夫。

当年，自强不息的多贝勒，骑着一匹自己亲自挑选、亲手调教出来的蒙古大走马。此马体形健硕，通体像缎子一样黑亮，故起名"黑缎兽"。多霍洛终日骑着黑缎兽，行走在各个部落中间。在多霍洛的面前，不论烈马何等的暴跳如雷，何等的逢人猛甩长鬃、又蹬又踢，只要是见了多霍洛，马上就会变成温顺的猫。这是为什么呢？

第一，多霍洛长着一双龙王眼，马见了就怕三分。

第二，多霍洛有专掐马耳朵的特技，只要他掐住马耳朵，马就浑身发抖。

第三，多霍洛只要趴在马背上，全身紧压马背，活像贴张干树皮，任马纵跳狂奔，也休想甩掉他，一直到马跑得精疲力竭、四腿颤抖、咳儿咳儿告饶为止。

所有的马只要见了多霍洛，都战战兢兢，俯首帖耳。多霍洛的名声越传越响，远近闻名，无人不知，无人不晓。周围大大小小的部落，都用美酒、鹿脯、贵礼敬请多霍洛色夫，请他住在自己部落里，驯养从数百里外的蒙古大草原花重金买回来的生荒子马，并派人跟多霍洛色夫学习驯养烈马的技艺。

明代的时候，辽东达爷①成千，扈伦②成百，凡有点儿地盘和奴才的人家，就各自封号。多霍洛凭着他的一技之长和热心，得到了部落人的尊敬，人们尊称他为"多贝勒"。"多贝勒"就这样在自己部落内叫起来了。

多贝勒凭着他的超群技艺和勇猛过人，讨到了一个漂亮的沙里甘③。这个沙里甘还真不错，为他生了两个追儿④、两个沙里甘居⑤。一家人相亲相爱，过着其乐融融的日子。

然而天有不测风云，多贝勒的小追儿在两三岁的时候，突然起了痘疹。多贝勒请来萨满给孩子跳神，连跳了三天三夜，也没能留住孩子的性命。多贝勒非常伤心难过。

俗话说：福无双至，祸不单行。没过几年，也就是多贝勒的大追儿在八九岁的时候，有一次多贝勒不在家，进山打猎去了，他的大追儿被

① 达爷：满语，首领。
② 扈伦：满语，城池。
③ 沙里甘：满语，妻子。
④ 追儿：满语，儿子。
⑤ 沙里甘居：满语，女儿。

一匹受惊了的野马踩踏致死。他的沙里甘悲痛欲绝，一病不起，最终也离他而去了。

家里只剩下多贝勒和两个沙里甘居。多贝勒经常要进山打猎，家里只剩下两个年幼的女孩儿也不行啊，多贝勒就又娶了一个小沙里甘。

要说多贝勒这后娶的小沙里甘，在部落里是数得着的美人。不少曾与多贝勒一起打猎的猎手与他开玩笑，说他不但能打豹子、逮野猪，还能降服漂亮女人呢！

可老天偏偏跟多贝勒过不去，这个漂亮的小沙里甘嫁给多贝勒以后，一连两年，也没给他生下一男半女，可把这对夫妻愁坏了。他们寝食难安，焦急万分。多贝勒带着他的小沙里甘不知拜过多少山神，吃过多少野药，喝过多少庙里的香灰水，但是，不管怎么弄，就是不管用。多贝勒拍拍小沙里甘的肚子，总是空空的。多贝勒一怒之下，埋怨自己的小沙里甘没用。

小沙里甘不服气，竟说多贝勒："你天天除了抓豹子，就抓野猪，你那个凶劲，还有谁敢来？ 孩子都让你给吓跑了！"

其实，小沙里甘只是一时说的气话，可多贝勒却上了心，从此，他一改过去喝完酒就六亲不认的性格，而且也不再像以前那样喝酒了。更令人惊奇的是，他还救过被别人打伤的猎豹，并在自己院子里筑有养猎豹的窝。在早，多贝勒家的后仓房墙上挂满鬃毛野猪的獠牙，说明他捕杀的野猪已经不计其数。现在，多贝勒一反常态，每到秋天和春天，野猪繁育最多的时候，他都不再捕杀獠牙野猪，而是让它保护好庞大猪群中的母猪和猪崽儿。多贝勒的心变软了，性格也变得温顺了。

单说一个和风煦暖的傍晚，多贝勒的小沙里甘手里端着大木盆，盆里装着多贝勒和孩子们平时穿的衣物，她要到苏了河边去浣洗衣服。

她来到河边一块很平整的河滩上，选了一块平板石，卷起裤腿，两脚伸进河里，开始用棒槌捶洗衣服。

这时，夕阳西下，远处的山峦在夕阳的映衬下显得格外美丽。小沙里甘的衣服已经洗完了。她望着清凉的河水，想着出门打猎的爱根①这两天就要回来了，心里美滋滋的。她突然想洗一洗身子，于是转圈瞅了瞅，见四周无人，便脱下衣服，进到河里。

刚洗没一会儿，突然从南边飘来一团浓云，向苏子河这边就涌来了。

---

① 爱根：满语，丈夫。

小沙里甘以为天要下雨，想上岸收拾衣物和棒槌，赶紧回家。可是，随着浓云刮来一股飓风，这风力格外大，把小沙里甘吹得像有多少道绳子捆着一样，一点儿也动不了。没办法，她只好蹲在水里，准备等风小一小再上岸。

就在这时，从南边涌来的乌云停在了她的头顶，并且开始翻滚着、升腾着，还不时响起雷鸣声。渐渐地，小沙里甘发现，这片乌云幻化成两个巨大的神龟。一个在下边，一个在上边，在不停地扭动着。紧接着，天上下起了暴雨。小沙里甘蜷缩在水里，一动也不敢动。突然，她觉得自己的下体涌进一股暖流，一直到她的腹中。紧接着，风停了，雨住了，乌云也散了。

小沙里甘来不及细想这发生的一切，见雨停了，赶紧上岸穿衣，抱起自己的木盆，急匆匆地跑回家里。

到家以后，小沙里甘就觉得自己的肚子里有些异样，她也不知道怎么回事。过了两天，多贝勒打猎回来，小沙里甘就把自己在河里遇到的奇事告诉了多贝勒。还是多贝勒见多识广，他一听就知道这是天上的神龟在相交，可自己沙里甘体内的变化令他猜忌：难道是神龟交配的精液遗落凡间，进到自己沙里甘的体内？他决定先不和沙里甘同房，观察几天再说。

没想到，没过数日，小沙里甘就觉出自己怀孕了。她欣喜万分，告诉了爱根。多贝勒非常兴奋，逢人便讲：我多霍洛有神助，必天赐我骄子。

果然，没过几个月，多贝勒的小沙里甘就产下一个白白俊俊的小男孩儿，非常聪明、机灵，小眼珠儿里好像有很多的话语，多贝勒爱如掌上明珠。还没满月，孩子就开始牙牙学语，好像要说话似的。他更不同于一般婴儿的是，他的一笑、一哭、一动，都似乎关系到天上的风云变幻、阴晴雨雪。

就在孩子刚出生不久的一天早晨，多贝勒为了一家人的生活，要出门打猎。孩子哭闹不止，怎么哄也哄不好。可多贝勒也不能不去呀，家里的食物已经不多了。他告诉自己两个年纪尚小的沙里甘居："一定要帮着额莫①照看好你们的阿浑②。"并告诉自己的沙里甘："我就在附近打几

---

① 额莫：满语，母亲。
② 阿浑：满语，兄弟。

只野兔，很快就回来。"

结果，到了晚上，多贝勒也不见踪影。小沙里甘急了，顾不得自己虚弱的身子，要出门寻找爱根。就在这时，多贝勒踉踉跄跄地进了屋。小沙里甘急忙询问缘由，多贝勒轻描淡写地说："出去转了半天，也没见一只动物，就往远处走了走。后来见天色已黑，怕你们担心，就回来了。"

小沙里甘见自己的爱根安然无恙，就相信了他的话，没再多问。

其实，多贝勒并没说实话。他之所以这么说，是怕自己的沙里甘担心。到底是怎么回事呢？听我这个说书人告诉你吧。

多贝勒出门以后，确实是在附近转了大半天，而且也真的没发现一只动物，就连一只小动物都没看见。多贝勒不甘心，就往密林深处走去。越走越远，越走林子越密。这时天已经黑了，多贝勒也早已经饿了，因为早晨出门的时候，他只打算在家附近转悠转悠，所以没带干粮。

就在这时，他突然听见远处有树叶发出的沙沙声。多贝勒知道，这是动物走路碰到树木发出的响声。他立刻打起精神，屏住呼吸，两眼凝视前方。没过多久，就见一只体形硕大的老虎晃晃悠悠地出现在他的视线中。看老虎肚子圆滚滚的样子，好像刚刚饱餐了一顿，想去找水喝。多贝勒悄悄拉开弓弦。老虎的耳朵也非常尖，一下就发现了多贝勒，朝多贝勒躲藏的方向就扑过来了。多贝勒来不及多想，慌乱之中箭射偏了。老虎继续扑向多贝勒。多贝勒凭着自己在山里摸爬滚打几十年练就的一副猿猴的机灵劲儿，急忙闪身躲开。老虎扑了个空，但它不甘心，转身又扑过来，多贝勒又躲了过去。两次扑空以后，老虎的气势小了不少。可多贝勒因为又累又饿，已经没劲儿了，再加上连续两次躲过老虎的猛扑，体力也消耗了许多。多贝勒见形势对自己不利，在老虎还没转过身来第三次扑向他的时候，赶紧撒丫子蹽了。多亏他自己要强，腿瘸了以后还硬撑着走山路，练就了自己似豹子一样的速度。也该着他命不该绝，眼下这只老虎已经吃饱，追了他一会儿没追上，就不愿意追了，多贝勒这才侥幸逃脱。

还有一次，多贝勒也是要出门打猎，这次孩子不仅没哭闹，反而笑嘻嘻地瞅着他，像是给他送行，结果多贝勒这次打猎不仅满载而归，而且还打到一只肥胖的大马鹿。从此，多贝勒更加喜爱这个襁褓中的儿子，把他视为神童，给他起名"阿突罕"，就是有预见的聪明小子。

从此，多贝勒每回出猎前常常成习惯地先问问他的宝贝儿子，从孩子的话语中、表情里，多贝勒就能预测到能捕捉到猎物，往往非常灵验。

说到这里，不能不提到多贝勒勇救海西女真哈达部首领王忠的故事。

有一次多贝勒要去五女山打猎，临行前，就问小阿突罕："阿玛去给你打一只大马鹿，你说怎么样啊？"

这时小阿突罕已经会说话了，他眨巴眨巴水灵灵的大眼睛，说："阿玛不打大马鹿，阿玛打老虎。"

正抱着阿突罕的额莫说："能打到大马鹿就不错了，还想让你阿玛打老虎，老虎是那么容易打的吗？"

结果，小阿突罕还是拍着手说："阿玛打老虎，阿玛打老虎。"

见此情景，多贝勒只好答应道："好，好，好，听你的，阿玛打老虎。"

多贝勒带好了弓箭和专门对付猛兽的大铁棒出门了。他在山里转了一天，也没看到什么老虎，只打到獐子和花鼠子等一些小动物。到了傍晚，他吃了点儿随身携带的干粮，喝了些皮囊里的水，然后爬到一棵扭曲的老柞树上，眯瞪了一宿。

第二天早上起来，多贝勒吃了口干粮，继续往山里走。临近晌午的时候，他突然听见前面不远处传来虎啸声和人们嘈杂的惊叫声。多贝勒循声过去，只见前面能有二三十个人，围成一个大圈儿。这些人手里都拿着兵器，正紧张地盯着被围在圈儿里的一只老虎，而地上躺着两个被咬成血葫芦一样的人。此时老虎正扑向一位穿着讲究、女真人打扮的中年男子。多贝勒认识这个人，他就是海西女真哈达部的首领王忠。就在老虎将王忠扑倒在地，张开大口咬向王忠脑袋的时候，多贝勒飞扑过去，舞动起手中的七节钢鞭，砸向老虎。钢鞭发出"呜呜"的声响。老虎听到声音，立刻停住身形，想回头看个究竟。它哪知道，钢鞭已经到了它天灵盖。老虎应声倒地。

周围已经吓呆了的嘎什哈①们一窝蜂似的跑过来，把吓得筛糠了的王忠搀了起来。

王忠望着倒在地上的老虎，心里这个高兴，刚才的惊吓一股脑儿地丢到了脑后。他非常敬佩这个武功高强、机智果敢的年轻人，虽然这个年轻人走路有点儿瘸，但毕竟对自己有救命之恩呀！于是，王忠把他请到大堂上，连作三揖。

多贝勒长这么大，还没有受过身份如此尊贵的人给自己行此大礼，

---

① 嘎什哈：满语，随从。

连忙说"不敢当、不敢当",并把王忠扶回到主位上去。

王忠嘴里还一个劲儿地说:"救命之恩,没齿不忘、没齿不忘……"

多贝勒接过话茬儿,说:"出手相救,是我女真人本色,应该的、应该的!"

两人互相客气了一番。

多贝勒临走前,王忠送了他很多礼物,包括十个俏俊的女真格格①,但多贝勒只收了十匹骏马和五十副弓箭。王忠把他送到离哈达城老远老远的地方,才和多贝勒依依惜别。

这年冬天的一天,天上下起了鹅毛大雪,北风呼啸,王忠正在哈达部的大堂上议事,守城的兵卒来报:"多贝勒求见。"

一听自己的救命恩人来了,王忠连忙迎了出去,与多贝勒行抱腰礼②。

行完大礼,多贝勒兴致勃勃地对王忠说:"王爷,你猜,我给你带什么来了?"王忠看了看多贝勒,问道:"什么呀?"

多贝勒一闪身,立刻走过来一个弓着腰,手提用黄绸覆盖的大鸟笼子的男阿哈。

王忠好奇地问:"这是什么呀?"

多贝勒一字一顿地说:"白玉爪。"

王忠一愣,白玉爪!这可是个稀罕物,过去只听老一辈人说过,说它是海东青中的珍品,可自己却从来没见过。

多贝勒又不慌不忙地说:"这是我送给王爷的,打开看看吧。"

王忠有些不相信多贝勒说的话,他走过去,把蒙在笼子上的黄绸子揭开,呀!果真是只神鹰!只见它通体雪白如银,爪似碧玉,体形比常见的鹰大一倍,犹如清澈洁白的冰雪雕成。王忠简直看呆了!

王忠半天才缓过神儿来,疑惑地问:"这鹰你果真送我?"

多贝勒点点头,说:"是呀,我就是送给王爷的。白玉爪是名贵,但我们的友情更珍贵!"

王忠不住地点头,说:"好,好,改天咱一块儿去放鹰。"

多贝勒劝阻道:"王爷,不要急。白玉爪脾气暴,不跟生人,我好不容易才驯出来,让他跟你多熟悉一段时间再放也不迟。"

---

① 格格:满语,姑娘。

② 抱腰礼:女真人中的一种礼节,表示亲密的意思。

说罢，多贝勒往身后一指，说："王爷你看，我不光给你带来白玉爪，我还带来另外两只呐。"

经他这么一说，王忠才注意到多贝勒带来的马队中，有两匹马上坐的是架着海东青的放鹰人。其中一个人架的海东青的眼睛是柠黄色的，腹面羽毛呈淡麻黄顺水花纹，后背与翅翼羽毛呈深棕色；另一只深红眼睛的稍大一些，胸腹上已长出鱼鳞斑纹。再看后面的马队，马背上驮着貂皮和鹿狍之类的猎物。王忠感到多贝勒的情意真是沉甸甸的，忍不住又一把抱住他，行了抱腰礼。

酒席上，王忠向多贝勒介绍了他的汉族兄弟周哈番[1]，他原是朝廷的一名秀才，后来自愿到女真之地，虽然身份是阿哈[2]，但是和海西女真哈达部城主王忠同睡一铺炕，同吃一锅饭。王忠把他视为左右手，很多事都交给他去办。因为他说话文绉绉的，一肚子的墨水，人们就叫他周哈番。周哈番和多贝勒见礼后，一同入席。

酒席中，多贝勒吟起了家乡的一首关于海东青的民谣：

> 阿玛有只小甲昏[3]，
> 拉雅哈[4]，大老鷹。
> 阿玛有只小甲昏，
> 白翅膀，飞得快，
> 红眼睛，看得清。
> 兔子见它不会跑，
> 天鹅见它就发蒙。
> 猎人见它睁大眼，
> 管它叫作海东青。

王忠与周哈番都为多贝勒的民谣鼓掌叫好，三人约定围场相见。

到了约定的日子，王忠与多贝勒、周哈番一起来到围场，王忠还带了一些哈达部的放鹰人。

多贝勒架着"白玉爪"领头，后面是架着"秋黄"的王忠和架着"三

---

① 哈番：满语，老爷。
② 阿哈：满语，奴仆。
③ 甲昏：满语，东北方言，海东青（东北名鹰）。
④ 拉雅哈：满语衬词，烘托气氛。

年龙"的周哈番。王忠等人登上山头的制高点瞭高儿①，其他放鹰人都当"赶杖人"，钻进树丛，用木棍边敲打树干边大声吆喝，把野鸡、沙斑鸡、山跳子②等猎物都轰了出来。

不多会儿，就见一只大白山跳子被轰到了一片空地上，只见它用一对前爪扳住一根拇指粗细的柳枝，用身体压住柳梢，使柳枝弯曲成一张硬弓，警惕地蹲在那里不动弹。

王忠开始放鹰，只见那只"秋黄"如响箭般笔直地飞向目标，到跟前时，诡计多端的山跳子向旁边一闪身，那柳条骤然弹向"秋黄"。"秋黄"猝不及防，被弹得昏了过去……

紧接着，周哈番的"三年龙"直扑向山跳子，也被它一闪身躲开了。

多贝勒说了句"看我的!"

说着，多贝勒放飞了自己手中的"白玉爪"。只见"白玉爪"如闪电一般振翅起飞，然后又紧贴着地面偷袭过去，一爪子就将山跳子拍昏在地……

三人忍不住在雪地上打滚庆祝。

王忠再三说:"神鹰，神鹰!"

周哈番触景生情，竟吟起诗来:

> 海东健鹘健如许，
> 鞲上风生看一举。
> 万里追奔未可知，
> 划见纷纷落毛羽。

王忠虽然没完全理解诗中的含义，但他知道这是夸海东青的，于是问道:"这是谁写的? 听着挺好听的。"

"这是《契丹风土歌》中的诗。"博学的周哈番答道。

三人大笑。

王忠想留多贝勒多住些日子，但无奈多贝勒执意要走，王忠只好送些礼物让他带回去。

不久，王忠为了奖赏多贝勒，把兴京二道河子附近的哈尔萨阿林之

---

① 瞭高儿:登高远眺，东北方言，这样易于发现猎物，利于猎鹰俯冲攻击。
② 山跳子:东北方言，野兔。

地赐给了他。但是，哈尔萨阿林原来已经有了一些猎人部落，这些人个个恃强擅打，不容多贝勒立足。本来多贝勒能征善战，力大过人，可以和这些人一较高低，但他不愿伤了与王忠的兄弟之情，所以只能一忍再忍，最终自愿离开了那里。

就在多贝勒领着多霍洛部落的人迁徙了好几个地方，但都不长久。最后，迁居到距马尔墩不远的果楼 (古勒) 山，在这里安营扎寨。到了后期，这里的猎物也越打越少，多霍洛部落的人经常挨饿，多贝勒准备再次迁徙。

就在这时，哈达部城主王忠又一次伸出援手，他看在多贝勒临危伏虎救自己一命的情分上，把自己掌管的苏子河上的一段百里水渡交给了多贝勒。多贝勒带领部落的人兢兢业业，靠这百里水渡度过了那段艰难的岁月。

这百里水渡正巧是北方诸申 (女真) 进京到抚顺朝贡、经商的咽喉要道。随着北方各部交往日频，来往过客络绎不绝，竟成了一时的活跃之地。多贝勒凭着渡资，收买皮张土货，又训练兵丁，请汉人做舵夫，教武艺，并用挣来的钱修了古勒山城。多霍洛部很快发展起来，名震一时。

第二章　阿突罕梦魂拜师

据说阿突罕在他十岁那年冬天的时候曾经走丢过，家里和部落里的人都出去找也没找到。后来在一片荒山古林里的柳树下，找到了酣睡不醒的阿突罕，人们把他背回了家。

到家以后，阿突罕还是一直酣睡，怎么叫都叫不醒。这可急坏了多贝勒，他请来萨满①跳神，没有效果。没办法，多贝勒只能坚持每天给阿突罕顺牙缝灌些水，来维持他的生命。七天以后，阿突罕醒了。他揉了揉眼睛，伸了个懒腰，嚷着说自己饿了，要吃东西。阿突罕吃饱喝足以后，多贝勒才知道，原来儿子在野甸子上骑马追兔子时，追进一片古林，迷了路，出不来了。马把他驮到了一个冰天雪地的古洞前，洞里飘出了一股股的药草味儿。

阿突罕沿着山洞小心翼翼地进到里面，里面很宽敞，有一位白胡子老玛发正端正打坐。哦，原来他是一位云游四方的尼堪僧人。

那老僧慢慢地睁开眼睛，见到一个女真人打扮的小男孩儿来到了山洞，便招呼他过来坐。

由于阿突罕从六七岁的时候就开始跟王忠到抚顺马市去交易，所以他会说汉话。阿突罕听话地坐到了老僧的身旁。老僧摸着阿突罕身上穿的猪皮袄裤和披肩上的串环，喜欢得不得了。

老僧仔细端详小阿突罕，见他相貌不凡，断定阿突罕日后定能成就一番大业，便把他领到山洞深处，教他一些占卜神术。

阿突罕非常聪明，悟性也非常高，他通过和老僧的简单交流以及观察老僧的手眼动作，便能明白老僧的意思，况且这位打关内过来的老僧又常到漠北，也知晓几句鞑子话，所以俩人沟通起来并不吃力。

老僧非常喜欢这个聪明俊秀的女真男孩儿，将汉人的五行之说及六

---

① 萨满：满语，氏族司祭人。

甲神兵和诸葛相法统统传授给他，并且还传授给他一部《骑法神诀》书。

要分别的时候，老僧送给他"遇水而生，遇骑而勇，遇骄则亡"十二个字，并告诫他："这是你一生的箴言，你要好生牢记，好自为之。"阿突罕什么话也不说，只是掉泪。

老僧又安慰他："你不要哭，天下没有不散的筵席，只要你牢记这十二个字，将来不辱没为师的名字就行了。"

阿突罕不吱声，只是点头。

忽然，阿突罕开口说道："巴克希①，我还想跟您学本事。"

老僧疑惑地说："哦？本事？我教你的六甲神兵和诸葛相法不都是本事吗？"

阿突罕瞪着他那双发亮的大眼睛，坚定地说："巴克希，我知道，您教的那些兵法将来都用得上，但我说的本事不是指兵法，而是咱北边能用得上的。"

老僧暗自思忖："北边能用得上的？"

过了一会儿，老僧脸上有了笑容，说道："好！我教你冰嬉之术。"

阿突罕不解。

老僧告诉他："冰嬉是指所有的冰上活动，有冰滑、冰球、冰舞、冰上'踢熊头'②、打雪挞、堆雪人、挂狮象，嘿，花样儿多着哪。"

阿突罕一听乐了，说："好啊！巴克希，咱们这边有大半年是冬天，这些本事一定用得着。"小阿突罕乐得直蹦高。

老僧牵着他的手走出山洞，外面白雪皑皑，寒风呼啸。

师徒俩来到山下一条大河边，只见河面上冰如明镜。

老僧叫阿突罕在冰上跑几步，结果阿突罕的脚一踩到冰上还没等跑，就摔了个大屁蹲儿，疼得他直咧嘴。

阿突罕揉了揉屁股，爬起来又跑，又是一个大屁蹲儿……

阿突罕跑不了了，因为冰面实在太滑了。

老僧说了句："看我的！"

说着，老僧换了一双鞋，然后到冰面上去了。

只见这位白胡子老僧在冰面上快捷如飞，像长了翅膀一样，阿突罕都看呆了。

---

① 巴克希：满语，贤师。

② 踢熊头：女真人的一种原始游戏。

阿突罕还在那里发呆，老僧已经回到他身边。

阿突罕急切地问："巴克希，快告诉我，您怎么跑那么快呢？"

老僧笑着说："奥秘在这儿呢！"

说着话，老僧脱下脚上的鞋子，给小阿突罕看。

阿突罕接过鞋子左看右看，也没看出什么门道。

老僧伸手把鞋底儿翻过来，只见鞋底上镶有一块细长的铁条，在熠熠闪光。

阿突罕如梦方醒："哦，原来奥秘在这儿呀！"

老僧点点头，说道："对，就是这玩意儿。这叫'冰滑子'，是金太祖完颜阿骨打的四太子金兀术发明的。"

小阿突罕一听是女真人的大英雄金兀术发明的，就更有精神头儿了，央求师父快快讲讲它的来历。

老僧严肃地说："此事说来话长了，这还要从大辽天祚帝讲起：

大辽的皇帝天祚帝，行猎到鸭子河①时，在那里举办头鱼宴②。天祚帝喝到有几分醉意的时候，叫在座的酋长们给他跳舞助兴。当时的那些酋长都是女真人，对大辽一百多年的残暴统治非常不满，但他们也不敢违抗皇帝的旨意，于是就起身跳起了女真舞蹈，可唯独有一个年轻人没有和大家一同跳。天祚帝认出他是女真完颜部落联盟大酋长乌雅束的弟弟完颜阿骨打。

散席之后，天祚帝跟他最信任的大臣萧奉先说：'阿骨打这小子这样跋扈，根本没把我放在眼里，不如趁早杀了他，免生后患。'

萧奉先是天祚帝元妃萧氏的兄长，他认为阿骨打没有大过失，杀了他会引起其他酋长的不满，就说：'他是个粗人，不懂礼数，不值得跟他计较。就算他有什么野心，一个小小的部落长，也成不了气候。'

天祚帝觉得萧奉先说得有理，就没惩治阿骨打，渐渐地也就忘了这件事。

后来，阿骨打称帝建立了金朝。那年秋天，天祚帝率七十万大军亲征，他心想：小小阿骨打只有区区两万人马，根本不堪一击，我七十万大军就是踩也把他踩死了。

哪知道，阿骨打毫不畏惧，亲率两万人马迎敌。

---

① 鸭子河：现松花江一带。

② 头鱼宴：用春天头一网打的鱼做成的宴席。

阿骨打依地势部署防御了八天，辽军也没有动静。原来此时的辽国内部发生了政变，耶律章奴在上京反叛，天祚帝匆忙西去平定叛乱了。得知这一情况，阿骨打当机立断，从防御改为主动出击，派轻骑兵追赶天祚帝，创造了两万人战胜七十万人的奇迹。

后来历史上有句话叫'女真过万不可敌'。就是这么来的。

北宋宣和四年，北宋出兵伐辽，大败而回，金兵却以破竹之势连续攻占了辽的中京，天祚帝见大势已去，命耶律淳留守南京，自己则率卫兵逃往鸳鸯泺。到了鸳鸯泺还没等喘气，金军就追来了，天祚帝只好以五千卫兵护驾，逃往西京大同府。金军尾追至西京，天祚帝命少部分人看守，他带着大部分人马继续向西逃窜。金兵降服守军，继续向西追击天祚帝。这一路上天祚帝是惊慌奔命，最后逃到了夹山，而夹山就是如今内蒙古的大青山。大青山易守难攻，金兵无法进山追剿，没办法，只好从外围把大青山围起来，而这一围就围了整整两年。

围困大青山的金军将领是金朝国相完颜撒改长子完颜宗翰。完颜宗翰本名黏没喝，又名粘罕，小名鸟家奴。

这年冬天的一天，天祚帝探听到粘罕回上京去了，便准备做最后一搏，拼死突围到西夏去。

这一情况被金朝安插在大辽的暗探知道了，报告给了当时的金军将领完颜娄室，完颜娄室便把部下将领召集到一起商议对策。

这时，一位叫金兀术的女真英雄来到大帐中，和金将完颜娄室秘密商议了很久，得到完颜娄室的赞许。

第二天，金军全部装上'冰滑子'，奇袭天祚帝。

'冰滑子'打破了两军对峙的僵局，奇袭成功。

二百年前由辽太祖打下的基业就这样从历史的舞台上退了下来。后来金兀术把天祚帝降为海滨王，在金国善养，三年后病死。"

阿突罕被金兀术的英雄故事深深地感动了，他说："我也要做金兀术那样的人。"

阿突罕苦练冰嬉之术，学会了许多冰上本领，有初手式、小晃荡式、大晃荡式、扁弯子式、大弯子式、大外刃式、跑冰式、背手跑冰式等形态。他还会很多花样，如哪吒探海、大蝎子、金鸡独立、朝天蹬、童子拜佛、双飞燕、卧鱼、卧睡春、千斤坠等姿势。不仅如此，他还学会了缘竿、盘杠、飞叉、耍刀、弄幡、倒立、扯旗等高难动作。

一天，阿突罕练完"金鸡独立""凤凰展翅""果老骑驴""燕子戏水""犀牛望月"等冰上射箭技艺，回到山洞，发现师父不见了。他洞里洞外、山上山下找了个遍，也不见师父的踪迹。阿突罕知道一定是师父不辞而别，他不禁大哭起来。

这一哭把阿突罕哭醒了。

原来阿突罕昏睡了七天七夜，醒来时，他身旁有一部《骑法神诀》奇书。阿突罕把自己梦魂拜师的奇遇告诉了自己的阿玛和额莫。

后来，阿突罕把冰嬉之术传授给女真人。

话说多贝勒的势力大起来以后，经常带着嘎什哈们凭着敕书到抚顺马市去交易。时间久了，多贝勒就认识了抚顺的御史大人张学颜，俩人处得不错。多贝勒经常给他带一些山里的特产，像山参、貂皮、狍子肉、木耳、榛子、核桃等，御史大人也经常给他一些中原的布帛、食盐及生活用品。一来二去，他俩成了好朋友。

阿突罕十岁的时候，有一次，多贝勒带他去马市交易，恰巧碰到在抚顺马市的御史大人张学颜在翻看一本书，越看越皱眉。阿突罕好奇，凑到了他跟前。哈，这本书他认识，跟前一阵子那个汉族师父送他的奇书《骑法神诀》一模一样。

此刻张御史正为其中口诀的费解直皱眉，一抬头，看见这个女真孩子在自己旁边站着，便不耐烦地说："去，去，去，别在这捣乱，这书你看不懂。"

阿突罕不屑地说："哼，这有什么难的？如果你给我一匹好马，我就给你讲解书中的口诀。"

御史大人有些不相信地说："此话当真？"

阿突罕小嘴一撇，傲慢地回答："当真。"

张御史一拍大腿，说："好，我这就叫人牵一匹好马来。但有一条你给我听好了，如果你讲不明白，别说我宰了你！"

张御史很快叫人牵来一匹骏马。

阿突罕上前把马鞍卸掉，纵身一跃，骑上了马背，然后就像长了翅膀一样，一溜烟不见了踪影。

张御史正在张望，阿突罕已经回到了张御史身旁，在马上干净利落地做了一个前滚翻、一个后滚翻，接着又稳稳地站在马背上，然后又一溜烟地不见了。

张御史还没醒过神来，阿突罕又回到张御史身旁，而且是倒立在马背上，嘴里振振有词地叨咕着什么。

张御史仔细一听，这个女真孩子正在背诵《骑法神诀》中的口诀。

张御史很奇怪，这个女真孩子怎么会背汉书呢？

此时的阿突罕尼堪话已经说得很好了，他用尼堪话大声喊："这本书我读过！"

张御史更奇怪了，这么深奥的书，他一个女真小孩儿怎么能读得懂？

阿突罕记得自己对师父的承诺：一定不把自己梦魂拜师的奇遇说出去，所以他只是又一遍对张御史说："《骑法神诀》我读过！"

张御史还在奇怪，这时阿突罕的阿玛多贝勒来了，张御史一把拉住他说："这是个神童，快，帮我留下他。"

多贝勒看了阿突罕一眼，笑着对张御史说："什么神童，他是我的犬子。一个小屁孩儿懂什么？"

张御史见是多贝勒儿子，心中大喜，说："快，快随我进府，我还要向他学习骑术呢。"

阿突罕随阿玛多贝勒就这样进了张御史的家。

冬日的一天，张御史到自己府上的后花园，阿突罕正在"射天球"。张御史定睛细看，只见广阔的冰场中央设立着一座旗门，旗门的顶端高高悬挂着用彩穗制成的"天球"。阿突罕站在一百步开外搭弓射箭，弓响箭出，正中目标。真是身手敏捷，英姿勃勃。

张御史越看越喜欢，不禁大声说道："你还有什么本事，都使出来，让老夫开开眼界。"

阿突罕答应一声，表演起汉族师父教他的冰嬉之术。

阿突罕到了晶莹如镜的冰面上，换上带有冰滑子的靴子，快捷如飞，把张御史都看呆了。

接着，阿突罕又在如镜的冰面上一连倒滑好几丈长，一会儿左转，一会儿右转，一会儿向后跃翻，一会儿伸腿张臂……

张御史不停地为这精彩的冰上表演鼓掌叫好。

阿突罕又请张御史给他牵来一匹好马。

马牵来以后，阿突罕表演起"冰上一马十三式"。这项表演，要求表演者一口气完成十三个高难度动作。阿突罕表演到最后一式双腿蹲滑时，张御史又一次为阿突罕的精彩表演鼓掌叫好。

阿突罕表演完"冰上一马十三式"，又开始在旁边的雪地上堆雪人、塑雪马，玩儿得不亦乐乎。

张御史让下人把酒水和佳肴拿来，并把阿突罕的阿玛多贝勒也请来，他要为小阿突罕饮酒赋诗。

酒席上，多贝勒父子见礼后，张御史问阿突罕："你刚才表演的是什么呀？"

阿突罕回答："我表演的叫冰嬉之术。"

张御史有些疑惑，问："冰嬉？"

阿突罕说："对，是叫冰嬉，是指冰上所有活动。有速滑、花样滑，射箭、冰球、冰舞、冰上'踢熊头'、打雪挞、堆雪人、挂狮象等，花样儿多着呢。"

阿突罕接着说："咱们这里有半年的时候是冬天，练好了这些，行军打仗都用得着。"

张御史点头称是，又问："这'踢熊头'是怎么回事？"

这回多贝勒抢着回答："在早以前，我们的先祖在捕获熊、虎、豹、野猪等猛兽时，先要将捕捉来的动物的头放在树桩上拜谢山神，然后才能烤食兽肉，食后要将兽头拿来踢，以尽余兴。后来，熊头多为被踢之物，此项活动就称为'踢熊头'。后又用熊皮、熊毛缝制成球状物，取代熊头来踢，所以又可称为'踢形头'。"

张御史又问："踢熊头有什么规则吗？"

多贝勒说："当然有。首先要在冰上划三道横线，设三名裁判，每名裁判手中各执一根木杆，立于线上，任何一方将'熊头'踢入对方线内，裁判手中的木杆即刻落下，判为得分，得分多的为胜方。"

张御史豁然开朗，说道："我知道了，古书上讲的'蹴鞠'就是这种比赛。苏秦游说齐宣王时形容临淄甚富而实，其民无不吹竽、鼓瑟、蹴鞠者。'蹋'即'蹴'，'鞠'即球。汉代的《西京杂记》《盐铁论》《蹴鞠新书》《刘向别录》中都有关于蹴鞠的记载。三国两晋南北朝时，蹴鞠之习依旧流行未衰。唐宋时期最为繁荣，经常出现'球终日不坠''球不离足，足不离球，华庭观赏，万人瞻仰'的情景。杜甫有诗曰'十年蹴鞠将雏远，万里秋千风俗同。'"

说到这里，张御史诗兴大发，站起身来吟道：

> 青靴窄窄虎牙缠，
> 豹脊双分小队圆。
> 整洁一齐偷着眼，
> 彩团飞下白云边。

万顷龙池一镜平，
旗门回出寂无声。

殿后飞迎似轻燕轻，争先坐获如风掠，

吟诗完毕，张御史又对多贝勒父子说道："汉人、女真人都是大明子民，是一家人。我要收阿突罕为义子，而且我还要给他起个汉人名字。"

多贝勒叫过阿突罕给张大人磕头，拜义父。

张御史看着小阿突罕，考虑给阿突罕起个什么名字好呢？

他沉思了片刻，然后一拍桌案，大呼："有了，有了！"

多贝勒忙不迭地问："叫什么？"

张御史回答："就叫王杲吧。'王'是我们盼望他有出息，成为女真王爷，'杲'汉意是明亮，王杲的意思就是闪烁光芒的女真王爷。怎么样？"

多贝勒很感动，连说："好，好！"

从此阿突罕就改名叫王杲了。

打那以后，王杲经常到御史大人府里居住，并在那里学习汉文化和中原武术。王杲聪明机灵，一学就会，经常是无师自通。御史大人的家人也都非常喜欢这个女真哈哈济[①]，王杲在御史大人的府里一住就是好几年。

---

① 哈哈济：满语，男孩儿。

第三章　裕王宸妃赴辽东

嘉靖年间，裕王朱载垕为了讨父王世宗的欢心，和嘉靖爷身边最贴己的公公葫芦哥一起，由明宫的侍卫们护卫着，瞒着嘉靖皇帝暗下江南，去苏杭水乡为父皇遴选美女。

皇上要选秀女的消息一经传出，可忙坏了地方上的官吏，有的达官贵人为了能攀上皇亲国戚，肯舍万贯家资买通门倌儿、勋臣、地保，求他们在选妃人面前说句好话，还有的不惜花重金重银，买来家境贫寒、颇有姿色的妙龄少女做义女。这些女孩儿被接进府衙后院儿，由公公葫芦哥坐镇，府承等人进行初选，又经宫里的嬷嬷们挨个地验身，然后，公公葫芦哥再千里挑一、百里挑一、十里挑一。几经筛选，最后，再由裕王出面，选定了十名美女。

裕王经与苏杭两州的州官、府承、公公葫芦哥议定，因国事繁急，不可耽搁，又恐沿路多事，夜长梦多，择吉还宫。

此番裕王由公公葫芦哥殷勤陪同，典选的江南丽人还真令他万般随心得意。在这十名美女里，裕王特别看中了一名头梳云鬟、脸若桃花、肌肤似玉名叫张媛儿的女孩儿。裕王便吩咐葫芦哥一定要对这位美人好生照顾。

当裕王等一行人顺利地回到京城，进内宫向嘉靖皇帝禀明此事时，他本以为父皇会对自己夸奖一番，哪承想，嘉靖爷连看都没看，只是微微地点了点头，告诉葫芦哥："把她们带到皇后那儿去。"然后起身走了。

裕王呆呆地看着父皇的背影，半天也说不出一句话来。他暗自揣摩：父皇是什么意思？难道对我偷下江南不满意？还是对我选的这些秀女不满意？

还是葫芦哥机灵，会说话，忙招呼说："裕王，皇上可能有国事要商议，改天咱们再跟皇上提立妃的事吧。"然后紧跟嘉靖皇帝，匆匆往后宫走去。

其实裕王想错了，这时候的嘉靖皇帝对女人并没有什么要求，他把精力都用到潜心修道、祈求长生不老上了，所以不管是什么样的美人，就是天仙站在他面前，他都已经没有了那种久旱遇甘露的欲望了。所以当他听说儿子为自己遴选美人的时候，根本没什么想法，只是吩咐公公葫芦哥交给皇后安置，然后继续回他的小屋炼丹去了。

公公葫芦哥按照皇上的旨意把这些美人交给皇后，皇后也不知道皇上是什么意思，到底看没看中这些美人，要立哪位美人为妃。没得到皇上的旨意，也就不知道把她们如何安置，于是皇后告诉葫芦哥："把她们暂且安置到北苑那所闲置的紫云殿吧。"

就这样，这十个小姑娘住进了紫云殿，一住就是仨月，无人问津，但每天的吃喝有人送，只是不许出院。

这些姑娘年龄都不大，没离开过父母，更没独自出过远门，虽说有宫女太监伺候着，但见不着皇上的面，更得不到皇上的宠幸，身边连个主心骨儿都没有，怎么办哪？由于思乡心切，再者希望渺茫，有的小姑娘就开始哭上了。

开始的时候是一两个哭，接着是三四个，再接着这十个姑娘都哭上了。一时间，紫云殿里哭声一片，不知道的还以为死人了呢。这可吓坏了宫女太监们，别看这些美人在这里无人理会，但她们要是有个三长两短，这些伺候的人是要吃不了兜着走的。于是，有人悄悄把这事告诉了裕王身边的心腹随从，一个叫李芳的小太监，请裕王帮忙想想办法。

其实不光这十个小姑娘着急，裕王比她们更急。本以为自己通过这事能讨好父皇，没想到，父皇根本不买自己的账，把这些姑娘交给皇后，然后就当什么都没发生过一样，提不提、念不念的就那么地了。当裕王得知这些小姑娘已经哭作一团的时候，便命李芳偷偷去找葫芦哥来裕王府商议办法。

公公葫芦哥来了以后，裕王就问他："本王这次亲下江南为父皇选妃，父皇意下如何呀？"

公公葫芦哥面露难色地说："回裕王，万岁爷正在炼丹禅道，已经数月没迈出宫门半步啦。"

裕王明白了，他对明朝前几任皇帝的情况比较了解。朱元璋跨马得天下建立明朝。洪武三十一年夏五月，朱元璋驾崩后，皇太孙朱允炆即位，以明年为建文元年。建文元年七月，朱元璋四子燕王朱棣举兵反朱允炆。建文四年，朱棣自立为皇帝，改年号为永乐，史称"永乐大帝"。

朱棣在位二十二年，颇有建树，编纂《永乐大典》，开拓了北方疆土，将行政区划一直北延至黑龙江出海口至库页岛，并派三宝太监（即郑和）七次下西洋，与亚非欧许多国家开始了商贸联系，扩大了大明朝的影响和地位。然而，自朱棣以后的皇帝就没有如此辉煌的功绩了，不是朝臣专政，就是太监弄权。从嘉靖帝以后，大臣们一年见不到皇上几面。皇上每天都在忙着宴请所谓的世外高人，炼丹、禅宗、学道，整个的心思全在羽化成仙上了。朝廷的事全在一些显赫的公公掌控之中，公公葫芦哥便是当今嘉靖爷最信得着的贴己宦官之一。现在，在嘉靖帝深宫讲道的峨眉道长，正在九仙炉内熬炼"真阳化血丹"，需要炼七七四十九天。嘉靖爷和峨眉道长从早到晚已经炼到六六三十六天，正在苦求九仙炉内的元阳再现之际，哪有心思听裕王的江南选秀之事啊！

说来嘉靖皇帝所有这些沉醉于求神丹的举动，很大程度上是公公葫芦哥们的推波助澜。所以，裕王知道，要想说通父王，就得先买通公公葫芦哥。于是，裕王冲李芳使了个眼色，李芳便从裕王内廷楠木箱中，取出上月福州王来京时进献给裕王的上乘缅玉观音一尊。这玉观音单产在南海宝岛，价值连城，一向为世人所景仰。

裕王接过玉观音，捧到葫芦哥面前说："公公，这些日子费了不少心思，事已到了这个地步，本王尚请公公玉成此事，再另有重谢。"

公公葫芦哥并没有客气，伸手把缅玉观音接到手上，仔细地掂量赏看，从那眼神和咧开的嘴角中流露出无限的欢欣和喜悦。

葫芦哥一边赏看宝贝一边说："赐此厚礼，折煞我葫芦哥了！裕王请放心，裕王的事，就是我的事，奴才理应尽心尽职。"

公公葫芦哥回宫以后，直接面见嘉靖爷。峨眉道长一看嘉靖爷身边的葫芦哥来了，马上起身迎接。

葫芦哥很关心地问："元阳真丹炼到什么程度了？"

峨眉道长回答："阴阳互补，阳盛阴缺。"

葫芦哥眼珠一转说："日前裕王为陛下新选秀女十人，可补此缺。正巧微臣刚看过历书，明天就是吉日。择日不如撞日，万岁不妨于明日到御花园召见秀女。"

嘉靖爷欣然准允。

第二天，嘉靖爷准时来到御花园，新入宫的十名秀女早就来到这里等候陛下召见。见万岁爷来了，秀女们款款下拜，齐呼："参见皇上。"

嘉靖爷一摆手，秀女们平身，站立一旁。

嘉靖爷来到这些秀女面前，仔细端量，当他走到一个穿粉色衣服的秀女面前时，停住了脚步。只见这个女孩含情脉脉而不显张扬，妩媚百态而不扭捏做作。嘉靖爷在这个女孩儿的头上轻轻拍了一下，然后转身回到龙椅上坐下。

公公葫芦哥当然明白万岁爷的意思，马上宣旨："张媛儿留下，其他人退下。"

九个秀女行礼退下。

当天夜里，嘉靖爷摆驾紫云殿，临幸了张媛儿，并封张媛儿为宸妃。张媛儿谢主隆恩。此时其他九个秀女因没被皇上看中，已搬离紫云殿，分散到各个宫中当奴婢去了。

秀女张媛儿，不，现在应该叫她张宸妃了。张宸妃心里无比激动，没想到，这么多秀女，皇上单单选中了自己，还立自己为妃，这真的是不容易的事啊！哪知道，皇上只宠幸了她一次，以后再也没来过紫云殿。张宸妃感到很失落。

春去秋来，一晃一年多的时间过去，张宸妃十三岁了。在这一年的时间里，张宸妃每天待在紫云殿里孤灯伴影，寂寞无聊。

对于张宸妃的情况，裕王知道得清清楚楚。因为自打张媛儿进宫以后，裕王就经常派李芳偷偷到紫云殿打听张宸妃的近况，所以对父皇冷落张宸妃、张宸妃心情烦闷之事知道得一清二楚，但无奈父皇不去紫云殿，他当儿子的也不好说什么呀。裕王对此无能为力，一点忙也帮不上。

就在他绞尽脑汁的时候，门官来报："辽东名生李成梁携厚礼求见。"

裕王喜出望外，多日来，早听巡按御史禀奏过，铁岭有位名生叫李成梁，骁勇善战，有大将之才，虽家贫，但不攀涉名贵，所以至今未得到重用。裕王有心召见此人，没想到，他今天自己登门来了。裕王不由得喜出望外，赶紧命门官："快快请他进来。"边说边起身出门迎接。

提起李成梁，那可是名噪辽东的一员大将。他的几个儿子都是大明朝的虎狼之将。大明朝长城以北能有百余年的平静，可以说他是功不可没的。这里姑且只把他小时候的事说上一小段儿。

李成梁，字汝契，号引城，辽东铁岭人，后来人们都叫他李大帅，女真老屯人给他起了个外号叫"断命侯"，说他太狠毒，杀人不眨眼。据说其祖上是从朝鲜过来的，他父亲是朝鲜人，母亲是汉家女子，会诗文。到李成梁这代已经过了几代了，所以李家早已经把自己当成汉人了。

李成梁小的时候家里很穷，他很早就没了父亲，全靠母亲辛辛苦苦地把他拉扯大。母亲教他诗文礼仪，五经四书。李成梁非常孝顺，对母亲的话是言听计从。李母为教育李成梁，还用利刃断自己二指，以激励李成梁发奋向上。

据说李成梁小时候常在铁岭桥边捡骆驼绒卖钱，就为这，他还让蒙古兵抓走过。那咱驼毛的用处很大，最实用的是用驼毛制作毡衣、毡帽。于是，有的穷人就捡这个卖。人们经常见到一帮小孩儿跟着蒙古兵的骆驼屁股后面跑，边跑边捡。

李成梁跟这些小孩儿一样，在风雪天披着个破衣裳，顶着风雪抢捡驼毛。但驼毛也不是那么好捡的，靠骆驼本身的新陈代谢掉下来的驼毛有限，捡的人又多，怎么办？小时候的李成梁心眼儿就多，他就每天到蒙古兵的饲养场帮助喂骆驼，然后趁蒙古兵不注意，偷着用手、用梳子往下梳毛。梳驼毛也得分时候，秋天的驼毛又多又好，这时候梳下的驼毛是最好的。

有一次李成梁正梳得起劲儿，突然一个土蛮额真的兵丁来了，他抓住了正在偷梳驼毛的李成梁。土蛮额真把李成梁用绳子捆到了西番。李成梁不放心自己的母亲，半夜趁看守的兵丁不注意，逃回了铁岭。回到家后，李成梁得了一场大病。

李成梁小时候的故事大都差不多，但他成年以后的事传的就不一样了。在这里，我把这位李总兵的逸闻趣事再说上几段，仅供诸位茶前酒后的消遣和娱乐吧。

李氏趣话一：成梁都二十大多了，还未有功名。一次，成梁老母染重病在床，成梁亲自熬汤药，口尝药味，跪喂慈母。一连三百六十五天，天天如是。成梁的孝心感动了堂上供奉的吕祖，吕祖暗自称赞成梁恭听侍教，堪为孝儿，应有嘉报。

于是，李成梁梦到了吕祖。吕祖给了李成梁两粒金丹，让他一粒给母，一粒自用，并告诉他说："你吃了金丹，会长勇生智，日后定能为朝廷效力。但切记要少杀生灵，否则美名变臭名。"

李成梁醒来，果真见桌上有两粒黄豆样的东西。李成梁忙跑到母亲房中，见母亲病情加重，已经人事不知。李成梁来不及多想，将一粒金丹放入母亲口中，并用水冲了进去。说来也真奇怪，成梁母亲吃下药不大一会儿，竟奇迹般地张口睁眼，抚儿痛哭。李成梁赶紧给母亲喝了几口水，又端上一碗热粥。几口热粥下肚，成梁母亲竟能走动，体健如初。

成梁感激至极，来到吕祖的神龛前跪地叩拜。据说李成梁老母自打服用金丹以后身体一直硬硬朗朗，什么毛病都没有，寿至九十九岁，于嘉靖三十年秋日无疾而逝。

再说李成梁那天见母亲吃了金丹以后疾病全无，心中甚是高兴，也就没有多疑，按仙人指点，服下另一粒金丹，吃后身体没什么感觉。可李成梁从此却兵书战策阅后能背，如照本宣读一般，而且武功功力大增。

一次，有个江南艺人在铁岭桥边摆摊卖艺。他手里拿个老粗老粗的粗铁棒子，足有四五百斤，但在这老艺人手上，铁棒像根木杆一般，任由摆弄，而老艺人脸不红、气不喘，丝毫不显吃力。只见老艺人把这根铁棒举起来，用一只手在头顶上绕来绕去，然后把铁棒放在肩上，双臂往下一压，铁棒就像面条一样弯了下来。忽然，老艺人双足站定，双手紧握铁棒，大铁棒压在老艺人的胸上。看热闹的人吓得目瞪口呆，生怕老人有任何闪失。就在这千钧一发之际，只听老艺人跺足大喊，弯曲的双臂青筋暴跳，双手用力往上一推，像变戏法一样，偌大的弯弯铁棒霎时变成一根直溜溜的大粗铁棒。看热闹的人佩服得五体投地，鼓掌叫好。

只见老艺人收回丹田之气，双手抱拳，哈哈大笑地说："此乃小意思，众位见笑了！"

正巧李成梁这天打小桥边经过，见这边围了一堆人，也凑过去看热闹。他越看越不服气，就上去施了个礼，说："师傅，我试一试。"

老艺人见他是个文弱书生，鼻子一哼，说："这可不是玩儿的，你要是死了我可不给你抵命。"

周围的人也都劝李成梁不要逞强。李成梁走过去，话也不说，伸手接过棒子，手一举，竟把铁棒举了起来，然后又竖起来立在头上。众人怕出人命，吓得四散惊逃。

老艺人一见，知道李成梁乃是非凡人物，单腿跪地，询问李成梁尊姓大名，二人结为至交。后来，这个人把自己的妹妹嫁给了李成梁，也就是李成梁的大老婆。

李成梁做了朝廷命官以后，越加倾心于兵法战略。他运筹帷幄，驰骋沙场，为明廷立下汗马功劳。可惜呀，李成梁不听忠言，杀人如灭蝼蚁。所以，李成梁虽活到九十岁，子孙荫袭要职，却没能流芳百世，辽东人没有不骂他的，汉人、女真人、高丽人个个对他切齿痛恨。皇家也不追念他好，都是因为怨鬼甚多，阴府难容。

李氏趣话二：说李成梁是天上守东河口的天狼星转世，王杲是仙龟。二仙争要七仙女中的老七，仙龟咬伤了天狼星，撕破了他的仙袍，逃到凡间。天狼星为报咬伤之仇，下凡来抓他。

你知道李成梁为啥是穷光蛋？就因为他下世时仙袍被仙龟给撕碎了，光着身子，所以李成梁年轻时受尽磨难，家境一贫如洗。

李氏趣话三：李成梁在铁岭遇到一个奇人，此人自称"吕大仙人"。这位吕大仙人教他兵法和武艺。后来，吕大仙人在睡梦中死去。他死后给李成梁托梦，叫李成梁把他埋到铁岭河东山上。李成梁倾其所有，按照吕大仙人所嘱，给他下了葬。

李成梁发迹做了高官以后，人们纷纷传讲，说这位吕大仙人就是吕祖，是他在暗中相助。李成梁的府衙后堂里也供有吕祖的画像。

李成梁这个人文武全才，有大将风度，但由于家贫，没钱承袭祖位，所以年近四十了，仍是官场上的一名白丁。李成梁早闻裕王的为人，反复思虑多日，冒着会被逐出府门的危险，翻箱倒匣，把家母仅存的一根银簪当掉，买了晋见裕王的礼物，登门求见。

裕王边走边高兴地说："今早喜鹊喳喳叫，我想见的人终于来了，真乃遂我所愿啊！"

李成梁没想到裕王不仅召见自己，而且亲自出来迎接，有些惊慌失措，连忙跪地磕头，说："俾生汝契，冒昧叩见裕王，望祈恕罪。"

裕王俯身将李成梁扶起，说道："说哪里话来！本王久闻汝契大名，早有召见之意。"

李成梁做梦也没想到，裕王竟是如此的谦逊知礼，而且和蔼可亲。这一连串的没想到使李成梁感激涕零。

裕王笑着说："汝契何故流泪呀？"

李成梁回答："裕王乃一人之下，万人之上，朝事繁多，竟屈驾见我一介草民，实乃我李氏门庭之幸啊！"

裕王笑呵呵地摇摇头说："本王素闻汝契之大名，今日得见，也是本王之幸也。"裕王赐座。

双方落座后，侍卫献上香茗。

裕王说："汝契，本王素喜开门见山。当今天下纷争，察哈尔林丹汗器据一方，辖控蒙古，节制辽东，扈伦各部纷争不断。朝廷年年派兵平乱，劳民伤财，父皇、众臣寝食难安，小王我亦为此求贤若渴。今日汝契到舍，愿闻安抚辽东良策。"

李成梁很聪明，知道裕王是一位心怀远虑、系念国家安危的皇子，他的美名在朝中早有赞誉。民间乡里，常可听到窃窃私语，有"嘉靖恋神，儿子系国"之说。今日得见裕王，使李成梁倍感荣幸，总算在郁闷中遇到一位可以倾诉衷肠的知己了。李成梁又反复思索，裕王这样毫不客气、直爽地向我询问，这或许是对我才能的考问和测试。李成梁也是快人快语的人，历来是士为知己者死，多少时日找不着一个赏识自己的人，今日得见明主就想一吐为快。

于是，李成梁侃侃谈道："当今辽东动荡，过在朝廷，不识英雄，不擅用人。试看多少庸碌无为贻误国事，多少酒囊饭袋败走沙场。民无地安可活，商无货安可贾。啼饥号寒，赤地千里。当今天下，文缺诸葛伯温之人，武欠尉迟敬德之才，叹我朝不知远虑，不知渴求也！"

李成梁话语不多，言简意赅，深深地打动了裕王朱载垕，切中了他多年来积存在内心深处的思绪。成梁说得对呀！明朝自太祖得天下，可惜江河日下，其症结不就是朝堂中无有栋梁之材吗？裕王很佩服李成梁的远见和胆识，而且又非常敬佩李成梁一览众山小的毛遂自荐的气派。

李成梁简短的话语完全征服了裕王，使裕王一腔热情地要在父皇面前、在朝廷众臣面前举荐李成梁。美玉岂能被泥土埋没，大英雄应驰骋疆场！

李成梁从裕王府走后不久，裕王通过公公葫芦哥为李成梁在朝中谋得一份辽东参将之职。李成梁从此走上了仕途，凭他的聪明才智和勇猛善战，驰骋疆场，飞黄腾达，无有二人，在辽东的名声越来越显赫。

这以后，李成梁和裕王的关系越来越好，他常到裕王府走动，给裕王送些辽东的虎骨、鹿茸、貂皮等特产，也不时地送些江南的翡翠、玛瑙等奇珍异宝。裕王也把李成梁当成自己的亲信，有些什么体己的话都跟李成梁说。

这一日，李成梁带着新打的十只黄羊来看裕王，当然，没得到皇上的允许私自进京是要杀头的，所以李成梁每次来都要悄悄地化装一番。

李成梁通过后门的门倌通报裕王，说："李成梁求见。"

裕王吩咐门倌："请汝契进来。"

李成梁进来后给裕王磕头施礼，裕王请他起身回话。

裕王赐座后，问李成梁："汝契此次进京有何事啊？"

李成梁欠着身子回答："汝契有阵子没见裕王了，心里着实想念，所以冒死前来。"

裕王听后苦笑了一下，并没说话。

李成梁觉得有些奇怪，要在往常，裕王听了他的话肯定非常高兴，今天为何如此愁闷呢？李成梁多聪明啊，他马上知道裕王遇到了难事，其实从第一次晋见裕王他就看出裕王心里有事，可跟裕王不熟，他不敢多问。今天他又看见了裕王那忧郁的眼神，于是马上关切地问："微臣斗胆问一句，裕王遇到了什么难事，能否跟微臣一说？"

裕王看着李成梁那真诚的眼神，想了想，自己确实想不出好的主意，还是跟这个人说了吧。于是，裕王就把自己一年多前亲下江南为父皇选妃，选中的张宸妃在宫中寂寞孤单，自己想帮她的事跟李成梁和盘托出。

大家都知道，李成梁那是文武全才、足智多谋之人，这点小事还能难倒他？李成梁想了想，说："裕王不要为难，臣有一个办法，保证让宸妃转忧为喜。"

裕王催促道："赶紧说给本王听听。"

于是，李成梁凑到裕王的耳边把自己的想法说了一遍，裕王边听脸上边露出笑容，并且不住地点头。

原来，机灵聪明的李成梁，凭他对北方乡土人情、民风民俗的了解，知道他出的这个主意张宸妃一定会很高兴地接受，而且他也深知裕王内心喜欢张宸妃，李成梁的主意也必定会为裕王所采纳，圆满实现这两全其美的良策。

这天，裕王便派李芳去召公公葫芦哥。

葫芦哥见到裕王后躬身施礼，眯缝着他那双小眼睛，献媚地说："裕王，召咱家有何吩咐？"

裕王摸透了葫芦哥这帮宦官公公们喜好小惠的秉性，让身边的侍女从内庭楠木柜中取出早就预备好的一对琥珀雕成的彩绘麒麟，赏给葫芦哥。

葫芦哥搂抱着这对小琥珀麒麟，喜形于色，满脸堆笑地凝望着裕王，小声问："裕王有何吩咐？说吧！"

裕王这回也没客气，跟葫芦哥把张宸妃的事说了，并按照李成梁教他说的照说了一遍。

葫芦哥听后想了想，说："还是咱家想办法吧。"

葫芦哥回到宫里，先是去了趟紫云殿，见到了张宸妃。宫女们都知道葫芦哥是皇上身边的人，他能够随随便便、出出进进在各个嫔妃的内宫之间，没人敢阻拦。

张宸妃此刻又在抹眼泪呢，一瞧见葫芦哥到来，更引起她的无限惆怅和悲伤。

葫芦哥瞅着张宸妃哭得可怜的红肿秀眼，也觉得十分心疼，问道："人活一世，都要求得一乐，娘娘何必如此？难道有哪个不晓事的侍女、歹人顶撞您了不成？抑或是深宫中衣食、茶饮没有讨得娘娘的欢心？有啥委屈都跟公公我一一诉说。"

张宸妃清楚，葫芦哥在主子们和宫里的大小娘娘面前温顺得像只猫，但背地里他对宫里所有的宫女和比他小三分的太监崽子们却狠着哪，稍不满意，就会招来他一顿毒打，甚至丢掉性命。张宸妃进宫有些时日，虽满含惆怅，但她也是江南秀女，聪慧异常，葫芦哥对她的献媚那都是主子的心情反馈，此番前来必有要事。

于是，张宸妃抽泣着问道："公公有事吗？"

葫芦哥看了看张宸妃身后的侍女，暗示了一下。

张宸妃遣退侍女。

葫芦哥向前又凑了两步，神秘地说："娘娘啊，您的苦日子熬到头了，咱家是来给娘娘您报喜的。"

张宸妃诧异地问："公公此话何意？"

葫芦哥悄声说道："娘娘您不知道啊，裕王殿下可怜娘娘的处境，想带娘娘出去散散心，不知娘娘意下如何？"

宸妃问道："什么？裕王想带我出去散心？去哪？江南吗？"

葫芦哥说："不，不，不，这地方要比江南水乡美妙，多少神仙皇帝都没去过啊！那里有碧海驼群、千鹤凌空、松原雪海、北女夷歌，这可是自周秦以来多少风流才女都梦寐渴求之处啊！今朝裕王要陪您越长城、渡辽水，与女真诸夷握弓赛马、狂舞竞歌、赏心同乐，何等美哉！何等妙也！娘娘，叹我净身之人，没有您这般洪福，一生有此一次，便可声耀宗室。娘娘，您同意否？"

张宸妃那也是很聪明的姑娘，葫芦哥所讲述的这些美景，从她有生的书函中从未有读过，也未有听说过。她时而惊奇、时而疑惧、时而欣喜。是的，自己是朝思暮想想离开这深宫大院，回到亲人的身边，即使不能回家，出去散散心也比每天在这里圈着强，可她不知葫芦哥这些狡诈之人究竟葫芦里卖的是什么药。她不敢轻易表态，她深思着，凝想着，不出一声。

葫芦哥在他转述裕王的话语时，也在察言观色，探视着张宸妃脸上的表情变化，葫芦哥从张宸妃的表情中看出她对这个出关的良策既感到陌生、欣喜、好奇，又感到疑虑重重，有莫大的不信任感。但葫芦哥感到很欣慰,自己总算凭着三寸不烂之舌,传达了裕王的诚意。张宸妃对北方的景色已经心存向往,超出了对南国故乡的怀恋。俗话讲:解铃还得系铃人。该搭的桥我已经搭完了,下一步那就要看裕王自己了。

葫芦哥接着往下说:"娘娘,再过几天菊花就要开了,您借口赏花到御花园,裕王会在那里等着您的。"

张宸妃半信半疑地瞅着葫芦哥。

葫芦哥一语道破,说:"娘娘,您不要再犹豫了,我不会骗您的。娘娘,怎么着,裕王那边还等着回话哪。"

其实宸妃对年轻帅气的裕王印象颇深,因为自己就是被裕王选中的,但苦于裕王是皇上的儿子,跟自己差了一辈,所以张宸妃不敢有非分之想。可现在裕王传话过来,要带她出去游玩,张宸妃非常激动,她难为情地微微点了点头。

葫芦哥心花怒放,马上施礼,说:"好了,我这就给裕王回话去。"

第二天,在葫芦哥的安排下,裕王和张宸妃在御花园见面了。

裕王把自己想带宸妃北游的计划说了一遍。

张宸妃羞涩地点了点头,说道:"一切听裕王的。"

一切按计划进行着。

这天,嘉靖皇帝刚刚炼完真丹,心情非常舒畅,信步来到御花园。看着满园的鲜花,嘉靖爷龙心愉悦。他一边走一边看,走着走着,见那边小道的回廊上有一女子在低头沉思。嘉靖爷走过去,女子身旁的侍女刚想招呼女子,嘉靖爷摆了摆手,侍女退到一旁。

嘉靖爷走到女子身旁,女子突然发现嘉靖皇帝站在自己面前,吓得赶紧跪地磕头,说:"臣妾不知万岁驾到,请万岁恕罪。"

嘉靖爷一摆手,说:"平身吧。"

嘉靖爷瞅了瞅自己面前站着的这位年轻女子,有些面熟,但印象不深,他悄悄地问葫芦哥:"这是?"

葫芦哥凑到嘉靖皇帝耳边,低声说:"这是万岁爷前年新纳的张宸妃。"

嘉靖皇上这才想起,自己前年好像是纳了一个妃子,还是儿子亲下江南为自己选的。一晃近两年了,自己只宠幸了张宸妃一次,以后再无甘露,所以印象并不深。嘉靖皇帝看着张宸妃,问道:"你怎么好像不高兴啊?"

张宸妃吓得慌忙跪地,怯怯地说:"臣妾不敢。臣妾只是离家久了,有些想家。"

嘉靖皇帝点了点头，说："是啊，一晃快两年了，思念自己的家乡也是情理之中的事啊。行了，起来吧，朕不怪你。"

张宸妃谢过嘉靖爷，起身站在一旁。

正在这时，裕王从花园的另一条小道路过，见嘉靖皇帝在此，马上走过来，跪地施礼，说："儿臣给父皇请安。愿父皇万岁！万岁！万万岁！"

嘉靖皇帝一摆手，说："起来吧。"

裕王站在嘉靖爷的另一侧。

嘉靖皇帝看着裕王，问："皇儿，你今天怎么想起到御花园来呀？"

裕王一拱手，说："回父皇，儿臣听说御花园的鲜花开得正艳，所以前来观瞧，正巧父皇在此，能够得见父皇，也是儿臣的福分。"

嘉靖爷微微点了点头。

其实裕王说的是实话，一年当中他根本见不到嘉靖皇帝几次，嘉靖皇帝不是闭关修道，就是听道士讲经，就连朝中的事情都不过问，这点咱们在前面也提到过，所以能见他一面真的很不容易。不过今天见面，都是葫芦哥精心安排的，只是嘉靖爷不知道。

嘉靖皇帝跟裕王拉了些家常，裕王又施礼道："父皇，儿臣有一事禀报。"

嘉靖皇帝问："什么事啊？"

裕王说："哈达部首领送来银牌邀请，哈达部的长寿妈妈，父皇所知道的董尔吉福晋八十寿诞在即，请父皇派使臣参加。儿臣想，哈达部非同一般，是北部外藩之首。儿臣想代父皇前去祝贺，借此机会巡视一番，一来查看一下他们有无反意，二来笼络一下蛮夷，不知父皇意下如何？不过由谁随同儿臣一起前去，最能代表父皇心意，儿臣尚未想好。今日正巧在园中见到父皇，特奏明此事，还请父皇示下。"

嘉靖皇帝想了想，儿子说得对呀，北方的这些蛮夷生性粗鲁，难以驯服，但他们四肢发达，头脑简单，只要稍对他们施以恩惠，他们就会感恩戴德。如果儿子能代自己前去祝贺，哈达部的王爷一定会感激涕零的，他会更加地听话，好，就这么定了。不过，派谁随行呢？这可让嘉靖皇帝犯了难。这随行的人可不是好派的，他必须是自己身边最亲近的人，只有这样才能体现出我大明皇帝对他们外藩的重视。可最亲近的人还有谁呀，四儿子景王？不行，朕已经失去了大儿子和二儿子，现在只有三儿子裕王和四儿子景王。我要是把他们两个都派出去，万一路上有什么闪失，我大明的江山岂不是后继无人了吗？嘉靖皇帝一时想不出合适的人选。

要不怎么说葫芦哥会来事儿呢，裕王话一出口，他马上明白了裕王的意思，其实这也是他跟裕王商量好的。明代的宦官和阉臣向来会讨好主子，他马上上前一步，来到拿不定主意的嘉靖皇帝身边，献媚地说："老臣有一主意，不知当讲不当讲？"

嘉靖皇帝瞅着神秘兮兮的葫芦哥，说："你有什么主意，说出来朕听听。"

葫芦哥凑到嘉靖皇帝耳边，说："万岁爷可以在后宫选一妃子随行，这样方可显出万岁爷对哈达部的器重。万岁爷觉得如何？"

嘉靖皇帝一想这个主意不错，可妃子选谁呢？

嘉靖皇帝一抬头，看见了站在一旁楚楚可怜的张宸妃，立刻有了主意，马上宣旨："裕王、张宸妃听旨。"

裕王和张宸妃跪地接旨。

嘉靖皇帝宣："命裕王和张宸妃择日动身前往哈达部，给董尔吉老福晋祝寿。"裕王和张宸妃接旨。

圣旨下了以后，一切具体事务由葫芦哥和李芳商量安排，由于是皇子和皇妃一同出行，所以一切都要稳妥仔细。

裕王的心里也很担心，千里边关，寒风瑟瑟，到处是一片风吹草低见牛羊的荒野之地，是铁马兵戈征杀不绝的战场，历代的文臣武将一谈出关都心有余悸。进入明代以来，虽然明皇加强了山海关的防务，近些年又有辽东巡抚张氏家族的治理，社会相对稳定一些，但部落之间的争斗也是不断发生，而且塞外野民素来野蛮无知，不服管束，一旦闻知宸妃出塞，有流寇争抢丽人，不但血流成河，宸妃落入何人之手都很难预料，所以裕王一再叮嘱葫芦哥和李芳："一定要小心安排，万万不可大意。"

葫芦哥知道裕王的这些担心很正常，也在情理之中，他想了想，说："裕王，稳妥起见，何不把李成梁叫来商议一下？"

裕王一听非常高兴，说："对呀，本王这些天光顾着着急，怎么把他给忘了呢？快去，把李成梁给本王叫来。"

飞马传书，李成梁很快进宫面见裕王，这次跟以往不同，他是光明正大进宫的。

见过裕王，裕王就把父皇恩准他和宸妃出塞的喜讯告诉了李成梁，并让他协助葫芦哥和李芳一起把此次出塞的行程及护卫工作做好。有这样一个效忠主子的机会，李成梁当然愿意。

准备工作很快做好了，奏请嘉靖皇帝以后，一行人择吉日上路了。

一个是皇子，一个是皇妃，阵势自然很大，沿途各地的州官、府衙接待的也很隆重，这些自不必说。话说经过了一个多月的行程，一行人来到了沈阳关。出了沈阳关，就到了哈达部的地界。

第四章　哈达部叔侄失和

　　哈达部现在的首领叫王台，人们称之为"万罕"。王台的祖上原居住在松花江北域一条支流流域。这条支流从兴安岭的群山丘陵之中汇入松花江中，当地的女真人称之为呼兰河。

　　呼兰河汇入松花江水域的这一段，每到阴雨连绵的日子，河水暴涨，许多被冲毁下来的林木都涌进松花江，经常闹出人命。当地的百姓活不下去了，纷纷背井离乡。万罕的祖上同这些百姓一样，为了逃避洪水的吞噬，举家南下，来到了当时的开原府（现在的辽宁省开原市）南关一带。这里远离江水，没有洪涝灾害，是一马平川的平原，连接西部草原，那里是蒙古王爷的地方。王台的祖上因过去是渔民，非常勤奋，能吃苦，蒙古王爷就喜欢这样的雇工，而且王台的祖上也非常机灵，每当见到王爷、福晋或者王爷的家人上马、下马，他都赶紧跑过去，充当上马石、下马石，有时候一天要跪几十遍甚至上百遍，也从不叫苦。王爷为此赏给了他十匹马。

　　在草原，马素来被称为"草原之舟"，有了马，就有了发家的本钱。王台祖上得到这十匹马以后，如获至宝，精心地饲养和照料。也是老天有眼，大马生小马，小马长成后又生小马，没过五年，十匹马竟然变成了几十匹的一群马。王台的祖上成了当地的一个马王爷。他手下不单雇了从关里来的汉人，还有女真人与蒙古人。到了王台玛发①速木太这辈的时候，已经有了自己的家丁、护院。

　　生活富裕了，速木太就考虑到要想使自己的地位得到巩固，就要得到朝廷的庇护。速木太心中有数，大明朝还在兴盛的时候。他所在的辽东一带，大大小小的部落都像春天的野草一样，竞相培植和扩大自己的地盘和势力，蠢蠢欲动。当时除当地的蒙古部落以外，北部的乌拉部、

――――――――――

　　① 玛发：满语，爷爷或对长辈的尊称。

附近的叶赫部、南部的辉发部和东部的长白部，这些部落都在努力扩大自己的势力，都眼巴巴地盯着大明皇帝。谁与明朝越亲近，谁就会得到明朝的相助，就越吃得开。于是，速木太用尽平生解数联络朝中大小官员，与之交友，暗传信息，取悦朝廷。与此同时，他还花言巧语暗告他部的机密，贬责他部，以求得明朝对自己的格外关注和信任。

就这样，他得到了明廷的赏识，得到了可以到马市进行交易与进京许可的敕书，被封为地方官，成为名正言顺的一方之主。

所谓的敕书就是由盖有大明皇帝玉玺，明晃晃、堂堂正正发下来的准允辽东部落间互易和进京的文书。一道敕书可以到互市进行一次贸易往来，可以把本部落多余的物品换成自己需要的财物，丰富本部族众的生活。那时候，能够得到朝廷的敕书是很不容易的。各部势力的大小是与敕书的多少有关的：敕书越多，标志着部落的财富就越多，实力也越强；敕书少，则说明财富少，实力也弱。

明嘉靖十三年以后，哈达部的罕位传到了速木太的大儿子王忠的手里，也就是王台叔叔的手里。这个王忠是一员猛将，骁勇善战，再加上有侄子王台的辅佐，叔侄俩齐心协力治理部落，哈达部的势力日渐强盛。

这时，在海西女真这块地方，几个大的部落已经崛起，他们是哈达部、叶赫部、乌拉部和辉发部。乌拉部和辉发部的势力相对弱一些，对哈达部影响不大，能够与南关哈达部抗衡的，是紧挨他们居住在开原北关的叶赫部。

在明代的辽东，历史上俗称"南北两关"，这两关各雄霸一方。北关以叶赫部褚孔革父子为代表，褚孔革阿玛速黑忒死后，褚孔革全部继承了父亲的遗产，成为北关的首领，南关则以王忠为首领。

南关和北关互不服输，成为明朝在辽东的两大支柱，但褚孔革在辽东一代的影响及为人都远比王忠要高。褚孔革为人豁达，善于联系各部，又能帮助弱小部落，也正因为褚孔革在辽东的威望，得到朝廷的首肯，地位远比哈达部的王忠要高，所以褚孔革并不把凶悍的王忠叔侄俩放在眼里。王忠忌恨褚孔革，主动挑起事端。在嘉靖年间，褚孔革被狡诈的王忠杀了，敕书和寨子也都被王忠占为己有，部落的族众被迫移居他处。

说实话，如果王忠能够继承祖辈的传统继续经营下去的话，哈达部的前程会不可限量。可到了后期，王忠开始贪图安逸享乐、荒淫奢靡的生活，跟侄子王台有时为了争夺财宝吵得面红耳赤，导致两人彻底翻脸的是王台的一个叫赛云的小妾。

事情的起因是这样的：王忠所居住的地方叫侠倡宫，王忠和他的妃妾们住在宫苑的西阁。由于王忠经常找王台议事，王台也经常帮着叔叔打理部落的事务，于是王忠就把空闲着的东阁让王台住着。

有一天，站在西阁楼上从月窗东眺的王忠，遥见东阁天井旁假山下一个身穿红裙、腰系彩带，正在观赏水中游鱼的美人，长得那个漂亮啊。王忠看得眼睛都直了，他问身边的嘎什哈："此女是何人？"

嘎什哈回禀说："罕王，您还不知道呐？这可是东阁里的一位大美人，是日前小王爷从西辽河一个庄户家里花二百两银子才买来的丫头，名叫赛云，现已被小王爷收为小妾。"

王忠被这个叫赛云的女人的美貌给迷住了，怎么看都看不够，为此，王忠一连月余茶饭难进。平日对侄子的生活琐事很少理会的王忠，这回来了个一百八十度的大转弯，不断地对王台嘘寒问暖，冬天屋里冷不冷啊？夏天房子漏不漏啊？反正就是天天大侄子长、大侄子短的，关怀备至。

要知道，那王台也是个人尖子，对叔叔王忠肚子里的花花肠子早就看透了，不管王忠怎么绕，他都打定主意，不让叔叔踏进自己的东阁半步，王忠一直没有机会下手。

可老虎也有打盹儿的时候。一天，王台身边的嘎什哈禀报："侠倡山发现了一只白狐。"

王台一听非常高兴，马上拿起墙上捕白狐的鹿皮绳套就往外走。他要活捉白狐，用白狐皮给爱妾赛云做一个白狐围脖。要知道，那时候要是能够捉到一只白狐是非常不容易的，常常是部落酋长在春分以后，狐狸发情的时候，派人进山下套子，百十个皮套或许能套住一两只白狐，打着的白狐除了献给朝廷，偶尔剩下那么一只便送给跟他要好的，或者实力比自己大的部落的罕王，以示友好。明代以来，民间有句嗑儿：朝中的敕书，艾曼①的白狐。意思是白狐可以和朝廷的敕书相媲美。

见王台要去捉狐狸，赛云也想跟着一起去。可王台怕伤到她，没让她去。

王台还是不放心，一再地叮嘱赛云："你要好生在家里待着，哪儿都不要去，爱根我去去就来。"

---

① 艾曼：满语，部落。

然后又嘱咐服侍的奴才："你们一定要照顾好我的沙里甘，千万不能出什么差错。要是有什么闪失，我活剥了你们的皮。"

一切都安排妥当，王台才带着嘎什哈匆匆离去。

他哪知道，这一切都是叔叔王忠安排的。原来，王忠自打见到侄子的小妾，就喜欢得不得了，他日思夜想，想把她占为己有，可一直都没有机会下手。人都有一个毛病，越是得不到的东西就越想要。相思之苦，折磨得王忠寝食难安。他思来想去，终于想出了一个妙计：把前些日子干儿子王可陆献给自己的白狐偷偷放进侠倡山上侄子的狩猎场，侄子知道后肯定要去捕杀。自己趁此机会溜进侄子的内宫，与美人成就鱼水之欢。

果然，侄子王台得知有白狐进入自己的狩猎场，马上手提套绳，骑马前往。王台前脚刚一离开东阁，王忠派去监视王台的眼线就告诉了王忠。王忠见自己计谋得逞，乐得手舞足蹈，抓起桌上的一碗奴勒①一饮而尽，然后抹了抹嘴巴子，屁颠屁颠地往侄子王台的东阁跑去。

王台身边的嘎什哈们没想到罕王会来东阁，马上跪地迎接。王忠也不理会，径直往里走。嘎什哈们不敢阻拦，年纪大的嘎什哈悄悄派小嘎什哈去禀告小王爷。

再说王忠进了王台的内阁，赶走了赛云身边的侍女，不顾赛云惊恐的眼神，一把把她搂过来，嘴里一边叨咕着："我的美人，我的宝贝，你可想死本王了。快来，让本王稀罕稀罕。"一边急不可耐地撕扯着赛云的衣服。

赛云被突然驾临的罕王吓坏了。她眼里充满了泪水，不停地哀求这位罕王，求王忠放过自己。可王忠哪管那些，他像饿狼一样扑了上去。

经过好一番折腾，王忠得到了满足。他提上裤子，临走还不忘告诉赛云："哪天我还来。"然后大摇大摆地走出了侄子王台的内阁。

跑去报信的小嘎什哈快马加鞭来到狩猎场，王台正睁大眼睛搜寻那只白狐，看到小嘎什哈来了，预感到情况不妙，急切地问他为啥来到此地。

小嘎什哈上气不接下气地说："额真②，大事不好，罕王来到你的东阁。"

---

① 奴勒：满语，女真米酒。
② 额真：满语，主人。

王台一惊，忙问："赛云福晋怎么样？"

小嘎什哈回答："我走时还不知福晋消息，但罕王是奔她来的。"

王台怒火从心中烧，恨恨地说："如果赛云有事，我定将他粉身碎骨！"

说罢，王台带领人马回去了。

王台听着信儿赶回来的时候，叔叔王忠已经走了，屋里只剩下哭得像个泪人似的爱妾。王台气得哇哇暴叫，提刀要去跟叔叔拼命。

这时赛云已经从惊恐中缓过神来，她急忙拦住了王台，说："王爷，万万不可！他是罕王，势力比你大，你要是这么去了，吃亏的肯定是你，即使你不被杀了，也占不到便宜。王爷，要三思啊！"

王台望着怀里的爱妾，想着爱妾说的话，确实有些道理。是啊，自己的功夫不比叔叔差，可自己的势力没有叔叔大，毕竟他是罕王，整个部落的兵权在他手里，要是硬拼的话自己未必会占上风，如此看来，要想报仇只有等待机会。说实话，王台也不是白给的，那也是有勇有谋的一个人，刚才之所以要去找叔叔拼命，只是一时气急，当他渐渐冷静下来以后，这其中的成败利害就看得非常明白了，王台暂时忍下了这口气。

话说王台虽然没有马上去找叔叔王忠拼命，但这仇恨的秧苗却在他心里扎下了根。

几天以后，赛云见王台平静了许多，才怯怯地把王忠临走时留下的话告诉了王台。王台一听火冒三丈，血往上涌，大骂道："王忠，你还跑惯了腿了，你要是胆敢再来，我非劈了你不可。"气得他坐在床上直喘粗气。

气过以后，王台脑子里回想着赛云说的话，叔叔这个人一向说到做到，他要说来就肯定能来，不只是这样，叔叔都有可能把赛云要了去，到那时该怎么办哪？不行，我不能就这么等着，我得想个办法让他死了这条心。想着想着，王台脑子里突然冒出了一条巧计，好，你不是还要来吗，这回我就将计就计，让你有来无回。

那时候，蒙古草原的马很多，而且蒙古马俊美健硕，日行百里，在当时交通不发达的情况下，马是很重要的交通工具。不仅大明朝要到蒙古买马，其他民族包括女真人等都到蒙古去买马，就连部落之间的王爷、贝勒们送礼也都送马，以示对方的尊贵，于是，蒙古马就成了奇货可居的宝贝，随之而来的也就出现了"控马奴"。什么叫控马奴？就是偷马的贼。这些控马奴心狠手辣，武功高强，他们常聚集在一起偷各个部落里的好马，然后运到明朝那边去卖。

王台接触上了几个控马奴的头，因为是贼嘛，居无定所，生活没规律，也不稳定。王台常在盗马贼衣食无着的时候，接济他们一些粮食、衣物和食盐等。这些盗马贼非常感激他，不仅不祸害他的牧场，而且非常听他的话，只要他一声令下，他让干啥就干啥。

且说这一天，王台来到王忠处，禀奏道："叔叔，过些日子就是到朝廷进贡的日子。小侄儿想这侠倡宫附近的猎物都被咱们打得差不多了，也没什么稀罕东西，所以小侄儿想去长白山打些大的猎物回来，叔叔拿着进贡朝廷也体面。您看怎么样啊？"

说实话，刚开始的时候王忠的心里的确有些忐忑不安，侄子王台的彪悍他也知道，自己睡了侄媳妇，这件事做得有些过分，要是侄子跟自己翻脸，自己也没什么话说。但自己是罕王，只要是好东西，就应该归自己所有，况且事后他见侄子那边也没什么反应，王忠的心里坦然了许多，渐渐地他又开始想入非非。现在侄子主动请缨要去长白山打猎，为自己进贡准备猎物，这可是好事。王忠知道，到长白山打猎来回要一个多月，非常辛苦，王台那么爱他的小妾，不可能带她去。侄子一走，我又可以和那小美人行鱼水之欢了，这种一举两得的事求都求不来呀，王忠心里越想越美。

王忠抑制不住内心的激动，答应道："好，好，好，难得你为叔叔着想，叔叔我非常高兴。说吧，你需要什么？我一定满足你。"

王台看着王忠乐得快要咧到耳朵根子的大嘴丫子，强压心中的怒火，不露声色地说："我想把叔叔的侍卫队带去，他们个个武功高强，捕捉大猎物就需要这样的能人，其他别的就不需要了。"

王忠一心只想和赛云在一起的事了，对于王台说的话想都没想，就答应道："行，行，你要什么都行。"

得到王忠的准许，王台告退。

一切准备好了以后，王台带着王忠的侍卫队五十人和自己的贴身随从三十人及男女猎人近百人，浩浩荡荡地上路了。王忠为了表示对侄子的感谢，亲自送行。

送走了王台，王忠迫不及待地来到了王台的内阁，一把搂住了赛云，照着脸蛋子就是一顿啃。

这次赛云跟上次的反应不一样，她不再哭哭啼啼，而是羞涩地说："罕王，忙什么？时候还早呢，等到晚上奴婢好好伺候伺候王爷。"

王忠没想到赛云会说出这样的话来，他以为自己已经驯服了眼前的这位美人，很高兴地说："好，好，我的小马驹子，就等晚上吧。哈哈，哈哈……"然后走了。

到了晚上，喝得醉醺醺的王忠来到了王台的内阁。一进屋，就看见桌上摆满了酒菜，赛云上身穿着从京师买来的江南花丝绸做成的镶着红绦边的紧身小坎肩，胸前缝有两只用黄丝绢叠成的小黄蝴蝶，下身穿殷红色紧腿丝绢里裤，外罩殷红色叠裙，头上的云鬟高高盘起，上面扎了一个黄绒金丝的蝴蝶花。这是女真少女临睡前为了使自己修长的头发不至于蓬乱而做的特殊修饰。赛云正含情脉脉地坐在桌前。

王忠迫不及待地上前一把把赛云搂在怀里，说道："来吧，我的小马驹子，都想死我了。"

赛云并不惊慌，而是用手挡住了王忠凑过来的淌着口水的嘴，说道："哎，罕王，急什么？我还想敬罕王一杯呢。"

王忠一愣，没想到，这女人还有这兴致，便点头答应道："好，好，好，喝酒可以，我现在就跟你喝。哈哈哈哈……"王忠放开搂着的赛云。

赛云拿起桌上早已倒好的一杯酒，递给王忠，然后，她自己也拿起一杯，说道："承蒙罕王抬爱，臣妾敬罕王一杯。"说罢，一饮而尽。

赛云的这一举动把王忠乐得呀，都找不到北了。他想都没想，一仰脖，把杯里的酒就搁进去了。

赛云又拿过酒壶给王忠倒了一杯酒，说："这第二杯酒我敬罕王，望罕王永远像下山的猛虎，强悍无比。"

王忠接过酒杯，一仰脖，这第二杯酒也下肚了。

接着，赛云又给王忠倒了一杯酒，说："这第三杯酒我敬罕王，望罕王永远宠爱妾身。"

王忠点头答应，说："放心吧，只要你依了我，我会像心肝宝贝一样的疼你。"

三杯酒下肚，王忠感觉头有点儿晕，但他依然挣扎着搂着赛云来到了床上。到了床上，他感觉头越来越沉，越来越晕，接着，就什么也不知道了。任凭赛云怎么摇晃，他都没有反应。

各位可能要问了，这王忠也太没有酒量，喝三杯酒就不行了？其实是赛云在王忠的酒里下了迷药，当然这一切都是王台事先安排好的。

见王忠不省人事，赛云忙打开屋门，冲外面敲了三声梆子。梆响过后，几个人影快速闪进内阁，其中的一个人奔赛云就过来了。走到近前一看，此人是盗马贼的头儿，叫德贝儿。

赛云告诉德贝儿："事情办妥了。"

德贝儿说："好。你去吧，这块儿就交给我们了。"

赛云转身出屋。

此时的王忠一动不动地躺在床上。德贝儿拔出怀里的短刀，冲着床上的王忠狠狠地砍了过去，一刀，两刀，三刀……也不知道砍了多少刀，反正王忠身上都被剁烂糊了，他这才停下来手。

大伙儿七手八脚地把王忠用兽皮包上，放到马背上，驮出了侠倡宫。由于王忠的侍卫队都被王台给调出了侠倡宫，所以一路上也没人问。

第二天，侠倡宫里乱了套，人们纷纷嚷嚷着："罕王不见了，罕王不见了。"怎么回事呢？

原来，王忠有个习惯，他每天早晨天不亮就要起来练练拳脚，活动活动筋骨，几十年了都这样风雨无阻。可这一天天都大亮了，王忠也没来，每天陪他练功的小嘎什哈不知道什么原因，就来到王忠住的西阁。

西阁的奴才们都在忙着自己手里的活计，见小嘎什哈来了，就问他："你不陪着罕王练功，跑这来干什么？"

小嘎什哈说："我等到这时候了，罕王也没来，我来看看怎么回事。"

侠倡宫的人都知道，不论遇到什么事，罕王都不会停止练功，今天这事的确有些奇怪。奴才们纷纷停下手里的活计，互相询问缘由，可谁也不知道。

他们在这正嘀咕呢，王忠的大福晋过来了，她厉声问道："你们这帮奴才，不赶紧干活，聚到一起干什么？"

奴才们吓得四下散开，继续做手里的活计。

小嘎什哈跑到大福晋跟前，悄声说："禀大福晋，罕王到现在也没去练功。奴才来看看，罕王是不是还没起呢？"

大福晋一听非常吃惊，说："什么？罕王没去练功？我不知道啊，他昨天夜里没在我这里睡呀。"说完，她又觉得自己有些失言，忙吩咐道，"我知道了，你下去吧。"

小嘎什哈走后，大福晋忙来到二福晋的房里，询问王爷昨晚可曾在她这里过夜。

二福晋回答说："没有。"

二福晋就问大福晋："怎么回事？"

大福晋告诉二福晋："王爷今早没去练功。"

二福晋也觉得很奇怪。于是，两人来到了王忠其他几个小妾的屋里，结果大家都说王爷没来。

还是二福晋心眼儿多，偷偷地跟大福晋说："王爷能不能去东边呀？"

其实大福晋早就有这个想法，只是碍于她大福晋的身份，这话她不能说。现在二福晋说了，她马上吩咐人去找。

没想到，派去的人很快回来说，小王爷那边也没有。

这就奇怪了，王爷能去哪呢？还能丢了不成？这可怎么办？王台不在家，王爷的侍卫队又跟王台一起走了。

没办法，大福晋吩咐家里所有的人都出去找罕王。很快，派出去的人有了回音，侠倡山上发现了罕王的尸体。

大福晋一听都傻了，她和二福晋跟着报信的人来到侠倡山，看见了面目全非的罕王的尸首。大福晋号啕大哭扑了过去，身边的人急忙拽住她，还有人搀住了瘫倒在地的二福晋。奴才们七手八脚，把罕王的尸首抬了回来。

大福晋赶紧派人飞马去找王台。其实王台根本没走出多远，所以听到信儿的王台很快就回来了。他来到王忠的灵柩前，干号着，挤出几滴眼泪。接着，又装模作样地派人调查叔叔的死因，最后调查出来的结果是罕王被族里叛乱的人杀了。至于罕王怎么走出的侠倡宫，为什么没人陪伴等一些事，根本无人追究。其实大家都心知肚明这事是谁干的，只是没人站出来捅破这层窗户纸而已。

最后，王台杀了几个所谓叛乱的奴才，然后厚葬了叔叔王忠，大福晋、二福晋殉葬。大福晋的儿子由王台收为义弟，王忠的家财与奴才全都归王台所有，那些盗马贼也都归顺了王台。

就这样，王台成了哈达部的首领，人们称之为"万罕"，寓意永远的王爷。

第五章　明妃东巡侠倡宫

　　裕王和张宸妃等人一出沈阳关，进入哈达地界，情形就不一样了。哈达部的礼仪与大明朝的有所不同，首先迎接他们的是一百面敲得咚咚山响的迎宾大鼓，一百把奏着欢快乐曲的喜庆琵琶，还有恰拉器和各种管弦乐。道两旁插着彩旗，几十个女真姑娘，她们个个喜气洋洋、笑容满面，随着欢快的乐曲跳起了女真人的玛克辛①。

　　要说这万罕也确是与众不同，他为了讨好和献媚朝廷，还准备了五十辆车轿和五百名护卫人员。车轿是用金银绸缎装饰的彩车，里面很宽敞，可以坐四五个人，还可以在里面睡觉、吃饭等，就像是一间活动的房子。护卫人员个个身穿铠甲，身背弯弓、利箭，手拿刀矛，非常剽悍、魁梧，训练有素，连护送裕王和张宸妃的侍卫们也不得不竖大拇指。

　　为了使裕王和张宸妃食宿更好一些，万罕还命人在沿途三百多里地的路途中设了五个临时的迎迓驿站，一日三餐全部由这五个迎迓驿提供。五十个嘎什哈飞马在车轿队伍和迎迓驿之间。每当快到进餐的时候，离车队最近的迎迓驿里的厨子便做好饭菜，然后，这些嘎什哈飞马送到车轿中。当裕王等人打开食盒的时候，饭菜还都是热的。

　　不仅如此，厨子们遵照万罕的吩咐，所做的食物全是北方的特产，具有浓郁的北方民族特色。裕王和张宸妃他们吃腻了宫里的食物，头一次吃到这样地道、清新的北方菜肴，感到特别新鲜。万罕为了排解裕王和张宸妃旅途当中的寂寞，还在迎迓驿里安排了歌舞艺人，为裕王和张宸妃表演女真人的乌春②和玛克辛。总之，裕王和张宸妃这一路上非常开心。

　　在距万罕的行宫侠倡宫五里地的地方，车轿停下了。万罕率他的大

---

　　① 玛克辛：满语，舞蹈。
　　② 乌春：满语，歌。

福晋、二福晋及文臣武将，在这里迎接裕王殿下和皇帝的爱妃。万罕的二福晋本是明皇身边的宫女，能歌善舞，对大明的礼仪也懂，是明皇为了拉拢万罕赏赐给他的，所以万罕把她带了来。

万罕及哈达部众臣齐刷刷地跪倒一片。

万罕叩头施礼："小王恭迎裕王千岁，皇妃千岁。祝裕王千岁千岁千千岁，皇妃千岁千岁千千岁！"

众人齐声高呼："祝裕王千岁千岁千千岁，皇妃千岁千岁千千岁！"

裕王抬手示意："平身吧。"

众人齐声高呼："谢裕王千岁！谢娘娘千岁！"

万罕起身，上前一步，拱手施礼，说："今日喜神临门，裕王殿下和娘娘千岁驾临我哈达部，哈达部蓬荜生辉啊。裕王殿下和娘娘千岁舟马劳顿，请先进宫歇息歇息吧。"

万罕退后一步，请裕王和张宸妃先行。一行人进入侠倡宫正殿大堂。

啊！裕王和张宸妃怎么也没想到，被称为蛮荒的女真之地竟有这样壮丽雄伟的宫殿。

万罕所居的侠倡古宫，依侠倡山而建，故宫以山得名。侠倡山山势峭陡，直入云天，是哈达国北御叶赫的天然屏障。侠倡宫西面有条河，叫哈达河，也就是现在的清河，据其音又称嘎拉河、蛤蟆河。哈达河河水湍急，浪如白箭。到了汛期，河水猛涨，冲过岸边的堤坝，一片汪洋。野鸢、红雁成群，哈什蚂、鱼类、水獭等取之不尽，哈达众民衣食无忧。

这侠倡城说来并不算大，它始建于永乐年间，是一座小城，到了王忠的时候扩建了一些。因王忠忠于朝廷，明廷就派匠役帮助建造，其工艺都属汉族房屋楼台建筑。到了万罕王台时期，又进一步扩建，建成现在的侠倡宫。侠倡宫原来无名，到万罕时才正式命名叫侠倡宫。有的说侠倡宫三个字是嘉靖爷亲笔御书，也有的说是嘉靖爷身边的掌墨太监写的，后来嘉靖描了描，盖上玉玺，便成了"天子之宝"了。

万罕的侠倡宫坐落在侠倡山下。土石围成宫城，城四圈有四座城门。每座城门的正门有三扇大门，两侧一边一个甬门，加起来一共是五个门。城门两侧古松参天，榆柏若林，林外是护城河，河里有鱼、虾。万罕为了防备入侵者偷袭，又命人将河道加宽，由原来的三丈扩为五丈，河深由原来的一丈半扩为两丈。这还不算，万罕还命人在河中挖了暗沟。

城内不大，有宫楼二十余幢。正中央宫楼的主楼正殿建设得比其他宫楼规模更宏伟，前廊设有红漆的顶天抱柱九根，再往前有一排整齐的虎头白玉石柱，左右各十二根。中间是用花岗岩铺成的长长台阶，沿阶而下，一共有二十九级。石阶两侧有铜鹤、铜雀、铜牛、铜羊、铜鹿、铜马等浮雕，栩栩如生。在宫苑的中央，筑有假山、鱼池，两侧井然有序地排列着鼓楼、云牌楼（敲击传令用），这是万罕的议事之所。

全殿建筑朱漆图绘，雕梁画栋，脊顶金钟、金铃，风中嘤嘤入耳，若天乐临空。殿两侧各有偏殿八间，为众将、众随臣休息、饮茶、议事、办理杂务的地方。各间门前亦均有铜鹤、鱼池、花榭、雀笼等。过了正殿，则为一朱墙，将前后院隔开，中有正门入内。内院为万罕深宅，外姓不得入。门前两旁为武士房、兵备房，为万罕守卫内庭。院内铺石板路，石板路两侧为菱花莲池，池中红鲤相戏，莲池绿蛙小唱。石板长路两侧除莲池外，各有四幢歌亭。八幢歌亭建筑别致，一曰彩凤亭、一曰神鹊亭、一曰鹤鸣亭、一曰画燕亭、一曰虎威亭、一曰豹尾亭、一曰醉鹿亭、一曰戏熊亭。这八亭，前四亭由女奴女官在内侍候，每亭画廊彩色均以亭名为画，神态秀美，亭内各有三十乐女，作歌乐；后四亭则由男奴男官在内侍候，每亭画廊彩色均以亭名为画为饰，神态英武，亭内各有三十男将，作舞。凡万罕出入，迎迓百客，国中大典，八亭各献绝技，如入仙洞。

裕王和张宸妃一行人都为侠倡古宫和周围环境的美丽啧啧称奇。

进宫后，裕王和张宸妃重新落座，万罕及臣子重新跪地，行大礼。

裕王抬手示意："平身。"

众人谢过裕王和宸妃，起身。

裕王："本王奉皇上旨意，前来给董尔吉老福晋贺寿。老福晋在哪呢？"

万罕见裕王找自己的额莫，急忙上前一步，禀奏说："回禀裕王，老母喜闻明皇爱妃在裕王的陪伴下要来本地，日夜祈盼，现正在后宫等候，臣这就派人去叫。"

不大一会儿，一位满头白发的老妇人在两个年轻姑娘的搀扶下，来到了大殿。老妇人跪地施礼，两位小姑娘跪在老人的后头。老妇人说："臣妾见过裕王千岁，见过娘娘千岁。祝裕王千岁千岁千千岁！娘娘千岁千岁千千岁！"

裕王抬手，说："起来吧。"老妇人谢过。

裕王说道："本王和娘娘此次来哈达部，就是奉父皇之命前来给老福晋祝寿的。传父皇谕旨。"

众人一听要宣皇帝的谕旨，急忙跪地接旨。

葫芦哥宣读圣旨："谕户部、吏部、工部拨黄金五百两、白银万两，锦缎一千匹、生铁千斛、蒙古骏马五百匹，作为朝廷对万罕慈母千寿的贺礼及对爱妃的盛情款待之忱。哈达要将最甜美的蜜酒、最艳丽的欢歌燕舞，献给宸妃与裕王。钦此。"

葫芦哥宣读完圣旨，万罕及他的臣僚们山呼万岁。

万罕激动地说："谢皇上给我们贫瘠的哈达土地这么多的恩赐！小王将竭尽全力，上慰万岁爷，下伺候好裕王及宸妃。小王肝脑涂地，在所不辞。"

说罢，率领他的臣僚们重又朝向西方的京师宫阙，山呼万岁，行九叩大礼。万罕接旨。

由于路途劳累，万罕请裕王和张宸妃稍作休息，稍后他要宴请朝中贵人。

裕王和张宸妃来到颐安宫下榻。这颐安宫是万罕侠倡宫建筑群中的"阿房宫"，过了八亭便是。平时里面藏娇三百，待御幼女一百，百花簇簇，香风阵阵，彩蝶醉落酒溪……

这里是园中之园，四周由红墙围绕，只见高墙不见人，现在除了伺候的下人，其他人都被遣走了，所以十分安静。由于裕王和张宸妃一路劳累，各自休息，很快便进入梦乡。

绕过颐安宫，就是所谓的后城，这里是董尔吉妈妈、万罕众妃及幼子所居住的地方，而且并排有四座宫楼，有燕来楼、秋水楼、红叶楼和白玉楼。其中白玉楼是用江南玉竹和京师当地的香山白桦相叠而成，所选白桦均为有百年树龄的上等木材，这里是万罕宠幸新人的地方。万罕的儿子虎尔罕等人都已经长大，均住在宫外，另有府第。

裕王和张宸妃经过短暂的休息，精神了许多，万罕那边的迎宾大宴也准备得差不多了。说来万罕为了办好裕王殿下驾临的迎迓大事，真是费尽了心机。自哈达部的侠倡宫建成以来，还没有迎接过这样的贵人，要知道这是大明皇帝的爱子与妃子呀！万罕除了上不能登天、下不能入地，江河湖海所有山珍海味都一并搜求净尽，并将哈达部最好的庖工师傅悉数延请入宫，为他庖制女真人名传海内外的北菜大宴，给一向风流倜傥的裕王和张宸妃一大惊喜。

说起这北菜，那可是女真人自古以来在荒蛮的漠北生活中所世代传承下来的烹饪特艺。万罕部落的北菜也独树一帜，更为讲究。下面，我们先介绍一下北菜的特点：

早时候的女真菜肴以燔烤为主，燔烧百珍为席宴之魂魄，久而久之，形成了一种粗犷、豪放之风采，是其他饪肴很难比拟的。

制作北菜最主要的是烧工，也就是我们现在所说的火候。北菜烧工讲究用泥火、石火、木火、鬃毛火、枯草火、湿草火、骨火、水气火、炭火、灰火、油火、温火。木质火又分为松柞火、椴桦火、果木火、秧藤火、花草熏火、果藤熏火、平木熏火、甜木熏火，而在用法上又分为一炉火、双炉火、四炉火、单壁火、双壁火、四壁火、平炕火、双层炕火（夹板火）、地炕火、地沟火、天罩火、香烟火、花烟火、隔夜火、一日火、二日火、三日火、燎火、水火相济火、几袋烟火、几炷烟火等，时间往往是点燃茸绳，以其燃烧长度来确定。

烧烤禽兽以其部位大小来确定用什么窑，窑分泥平窑、石平窑、三步窑、五步窑、笼窑、圈窑、长蛇窑、小罐窑、瓷罐、古坛窑、陶坛、石坛、泥坛、瓦坛、房坛、砖坛，而小禽小兽烧烤又分皮囊裹烧烤（俗名烧肉包）、鹿纸①裹烧烤、鬃羽裹烧烤、百花包裹烧烤、麝香包裹烧烤、药枝茎根花蕊裹缠烧烤、涂血涂香料黄酒烧烤。此外，北菜崇尚自然火，如日光火、月光火、星光火，即用日晒、风干、阴干等方法炮制菜肴。

烧烤北方菜肴，还必须得水火相济。烧烤有一个秘诀，就是所烧之物必须先用汁水浸煨，缓滋慢渗，才能成为绝妙的佳肴。故清水与调配的汁水才是北菜的精髓，不可轻心妄为。水，必为清洁之活水，包括江心水、湖心水、深井水、江水融水（即为开江水）、天雨清澄水、海心水（深海水）。取来的水必须储存于石臼、木桶、瓦瓮等干净的器皿中，不能落入尘埃。另外，也不能使用隔夜水，如果要使用隔夜水，必须先将水煮开。烧烤时边看火候边用勺皿滴汁水，如此烧烤出来的肉嫩香而不柴，不硬焦难嚼，且保烤肉之本色。

烧烤用火用水的两技都要精湛，要善于随时观察火候，能辨认烟色与火色。火色有白、红、黄、蓝、黑，亮光迥异，热力迥异，随机应变，变幻无穷。

烤料选肉很重要，大凡烧烤，讲究的都是鲜肉，禽兽虫鱼，不鲜不取，不青嫩不取，不壮健不取，而且要现杀现宰。宰杀的时候要大开膛，

---

① 鹿纸，系指一岁小鹿之嫩皮，经过加工制成的金黄色透亮的薄纸，可食，备做北菜各类佳肴之用。

去除内脏，放尽体内淤血。血汁用皮囊、陶罐等器皿盛放，保存在阴冷的地方，也可用木槽盆蓄血，以保原汁原味。喝饮鲜血，可补力，剩下的血可以另做菜肴。开膛的时候必须用清水将膛内冲洗干净，否则烧烤出来的肉不嫩，味不鲜。

烧烤所用的鲜肉，对于储藏的要求也非常严格。一般夏天的时候要求是不过午，春秋的时候要求是不过夜，冬天天冷了就好办了，用雪把肉埋起来储存是最好的，这样的肉不仅可以保鲜，而且不干裂，像刚屠宰的一样。

北菜所用的烤具，源于游猎生活，就地取材，石、木、陶皆可以为具。木多用柞、柳、榆、桦之干，或取石板、石臼、石筒、石条块等，或以土为坯搭建炉灶，后来亦有制成瓦片、瓦罐、瓦灶等，较为便利。

为了招待好贵客，万罕特命人准备了北菜中的精品，如烧仔鹿、烧仔猪、烧鱼蟹、烧熊掌、烧猴头蘑、烤全羊、焙烤蛇肉、吊烧天禽腿、石管烧山鸡卵（火炼金球）等名贵菜品。

由于裕王和宸妃都是在江南长大的，根本没吃过这样地道的北方烧烤，闻着飘过来的阵阵香味，裕王忍不住夹起一块仔鹿肉尝了尝，不错，肉质细嫩、鲜美。裕王赞不绝口地说："妙、妙，本王从未吃过这等美味。"说罢，又伸筷夹了一块刚端上来的烧熊掌，同样是那样的鲜美，肥而不腻，入口即化。

看着裕王一块接一块地吃着，陪在一旁的万罕和他的姜室们都憋不住想笑，但又怕裕王降罪，不敢笑。还是万罕的小姜聪明，她命侍女将一盘烤羊肉放到宸妃面前，请宸妃娘娘品尝。宸妃娘娘尝了一口，确实不错，也禁不住连连点头夸赞。

下一道菜，是北菜当中的另一大菜系——蒸菜。

要说这蒸菜也可谓是北菜的又一奇工。蒸菜传于金代。据传，辽天祚帝在春天举办头雁宴，强令女真户户渍制清水鹅，以鹅代雁。如果你做出来的菜品精细，不肥腻，就给你减轻税役；如果做出来的菜品油腻、粗糙，就把你抓入大牢。女真人没办法，为了活命，只好苦研蒸术。

怎么样才能使肥肉保持其鲜味、清淡而又不油腻呢？

于是有人研究出来一种方法：将大鹅放到箱里，箱底下有一大容器，里面放半下水，上面盖上盖，下面架火蒸，结果鹅汤色白若乳而不浊，鹅肉入口则化，小嚼即滑入胃。以此为据，女真人又掌握了各种蒸食禽鱼之方法，小者整体清蒸，硕大牲躯则选择肋条等精嫩少脂肉入箱，以热气煨之，使之软烂至极。而熊掌、猩唇、鲟唇、鼋肉等，多经洁净后一蒸、二蒸、三蒸方上宴席，非常适合年迈脂高的人秋夏赏享。

北菜清蒸，制法精细，加松子、榆钱、黄瓜、香草等淡雅调味品，以别于汉菜，白淡、不入酱色。

给裕王准备的蒸菜有清蒸熊掌、清蒸甲鱼、清蒸仔鹿脯、清蒸哈什蚂、清蒸人参飞龙脯（鹌鹑、铁雀之属）、清蒸河蚌、清蒸大海虾（海蟹之属）、清蒸鲫鱼①、清蒸海鱼肚②、清蒸海参。

望着这一道道制作精良考究的蒸菜，裕王有些不敢相信自己的眼睛，他做梦都想不到这些山野莽夫竟也能有这等技法，蒸出来的菜一点儿也不亚于中原御厨所做的菜，难怪父皇一再嘱咐他到塞北要多看、多学，千万不可掉以轻心。

品尝完了蒸菜，又开始上炖菜。要说这炖菜，其做法也是非常有讲究的。当时人们大都知道北菜烧烤之妙，很少有人知道炖菜之奇，那是因为各地皆有炖菜，而且有异曲同工之处，殊不知北菜的炖法与之相比还有较为独特的地方，故俗有"厨者能做烤工，难担炖工"之叹。

北菜炖煮百物，炖法有五：

一曰清炖，又称水炖③。如白炖鸡、白炖鸭、白炖牛肉、白炖羊肉等，蘸各种香料、调料而食。油料有韭花、香油、酥油等。此多源出祭礼。清炖，取纯洁之意。

二曰拌炖，又称合炖④，如枸杞、黄芪、人参、干贝、果酱、蜂蜜、花瓣、芝麻、榆钱、苏子、松子、黄酒、椒类等，根据不同菜肴，自如调配，使炖肴除保持原肉性外，又渗入不同清香气味。炖法除视火候、汁汤技艺外，尤善施调香、存储之述。此法功在扬原性、抑邪性、祛陈性。

三曰汤炖，又称羹汤入水炖，即先要烹调、存储好牛、鸡、鸭、飞龙、哈什蚂、龟、蛇等各种汤汁，依菜肴不同配汁蒸炖。不用清水，用"萨克达希勒"⑤炖之。

四曰果花炖，又称北料炖。此法多在庖制大肉类时驱邪腥杂味，根据不同菜肴加入青蒿条、香梨囊、香蒲束把、山花椒枝、山芝麻枝、香椿

① 清蒸鲫鱼，用加吉鱼，俗名"吉祥如意"。
② 鱼肚：鲸等海中巨鱼之膘，洁净切割庖制后蒸食，为一大良肴。
③ 水炖：指用井、泉、江、河、湖水来炖熟百物。
④ 合炖：指除用清水外，加入牛、马、鹿、羊奶入锅。依菜肴不同而用不同乳汁。
⑤ 萨克达希勒：满语，老汤。

木条以及晒干之各种花瓣、罂粟花等，以扬肉香。

五曰蜜炖，北菜有甜肴。南菜挂浆，北菜蜜炖。炖后可长期干藏，为辽金名肴，蜜脯、乳脯、蜜炙腊肉、糖鹌鹑、糖仔羔等，即此法也。

总而言之，北菜能炖煮天下之生熟百味。万肴归宗，均不脱上述五法也。

北菜还非常注重炖肴的器皿。炖器种类繁多，罐分瓦罐、陶罐、瓷罐，大小不一；锅分大中小及碗形，各式铜、铁锅；甑分大甑、中甑、小甑。炖肴有厨师炖的，亦有厨师先炖半熟，再搬入筵席，宾客边炖边添菜肴边食。

炖法，大多为先在容器中加配方料，适量汤汁，然后放入主料。经过一段时间，闭封，盖严罐口，密封一段时间，使料味通散主料。冬夏四季皆可制用。罐内主料生熟、切割形体不一，依菜肴而定。食用时，取出再用火炖。炖时，又分原体炖和捆体炖。原体炖即将罐内主料不切割，经火炖一炷香、一时辰、一日、二日、三日或更多时辰，取出食用；捆体炖即将料物用蒲黄草、香茅草、马兰草、白茅草，经水泡柔软有韧性后，缠紧主料，入容器再施火炖。

昔时，尚有囊炖之术，兴传于辽金之世，其法古久，将洁好的禽兽肉和各种山菜用皮革包裹炖之。皮革多选用牛皮、老驼皮、老熊皮、老野猪皮，去毛，晒干，割取一方，再放进水中浸泡，缝制成囊状，包裹料物储藏，有汁亦不能外溢，两头紧扎，越紧越佳，呈皮囊形，吃时任选，放锅中炖熟烂食之。也有用香梨木、白桦木、栎木（柞木）、黄菠萝木制成长方形木槽的，加蜜蜂木盖，亦有呈筒状者，亦加盖，内装主料，放一大锅中火炖，食者围宴，现煮现食，踏歌畅饮，颇有兴致。

依据上述之法，万罕命厨房做了十道菜，其中有白芍人参鸡、枸杞豌豆黄金肉①、海参烩鹿尾、罐焖关东鸡块②、群神大聚会③、炖三鸡④、参枸炖龟肉、北芪炖鹿肉、鳖甲炖鹌鹑、清炖三鞭。

裕王和宸妃那都是皇宫里出来的人，什么没吃过，什么没见过？可愣是见什么都觉得稀奇，都想尝尝。主菜上得差不多了，侍者又进献上

---

① 黄金肉：猪、鹿、驼等肉皆可。
② 关东鸡块：又名诸申鸡块，亦名四块瓦。
③ 群神：诸禽之心、腰、腿肉。
④ 炖三鸡：又名三鸡赐福。三鸡：树鸡、野鸡、沙鸡。

依尔哈木克①。

早年，北民村寨常自酿饮品。夏天常用花水酿制，甜香适口，用以待客，为席间一绝；冬天则为冰饮，若凌冰，若虹雪，若梨汁菊汁冰坨。亦有制成人、兽、禽、花卉之形，风趣横生。花水之料，采于北方夏秋，以萨哈连②沿岸、松花江沿岸、脑温江③沿岸、虎尔哈④沿岸之野花、野菜、野果为主要取材之源，酸甜爽口，清心养肺，明目安神。北地寒苦，日照少，花期甚短，多集中在阳历七月至九月间，且不易久存，易霉烂。

数千年来，北民创造了巧制饮料（包括冰饮）的特技，更善于秋菜冬藏。北方大多有果窖，每当冬季降临，村村寨寨自制花水、冰饮，可一直饮用到次年旧历正二月间。大户人家往往还有深藏之窖，深窖冬暖夏凉，饮汁有在罐筒中深藏五七载者，久而甘醇，香气扑鼻，多饮可醉，称之为"木克奴勒"⑤"朱克奴勒"⑥。

哈达部就用这最原始的方法制作出酒水，它们有嘟柿饮、花红饮、山梨饮、草果饮（草莓饮）、雅格达饮⑦、枸杞饮、红灯笼饮⑧、葡萄饮、野菊山贝饮、参鞭红灯饮。裕王和宸妃喝着这酸甜可口、沁人心脾的花水，盖住了刚刚入口的菜味，清爽极了。

酒过三巡，菜过五味，侍者开始上干果。要说这北宴的干果也是有讲究的，一般按宴席规模分二、四、六、八碟，冬季可上冻干果，夏秋上冷藏冰果。由于裕王和宸妃来的时候正值阴历九月，秋高气爽，是瓜果的成熟季节，上来的瓜果大都是用刚摘下来的鲜果制成，有糖缠榛子仁、糖缠核桃仁、糖缠松子、糖缠菱角粉、向日葵籽、蜜菇葓、蜜草莓、蜜嘟柿、黏米奶糕、萨其马糕。

十几个女真沙里甘居，最大的两个刚满十岁，其他的小姑娘也就七八岁。这些姑娘们头扎盘云髻，髻上扎有凤展翅的小金簪，身穿洁白的鹤裙，手舞彩带，翩翩舞蹈，口唱乌春儿歌：

---

① 依尔哈木克：满语，草莓果汁。

② 萨哈连：今黑龙江。

③ 脑温江：今嫩江。

④ 虎尔哈：今牡丹江。

⑤ 木克奴勒：满语，花酒。

⑥ 朱克奴勒：满语，冰酒。

⑦ 雅格达：兴安岭产的树本野果，玲珑剔透淡绿色，大如黄豆，酸涩爽口，俗称灯笼果。

⑧ 红灯笼：指东北一种俗称"菇葓"的野果。

猛温色，图们色，
宁赊力吉赫，
乌勒滚吉赫，
呼突力吉赫。

大概意思是："千岁、万岁，春来了，喜来了，福来了。"

天真烂漫的小沙里甘居们，穿着一身白鹤裙，在裕王和宸妃面前欢天喜地地唱啊、蹦啊，活像一群小白鹤，乐得董尔吉妈妈前仰后合，腼腆的宸妃也笑出了喜泪。

裕王一行一边看着歌舞，一般品尝着美酒佳肴，心情非常愉悦。由于第二天就是董尔吉妈妈的寿诞，加上裕王他们刚到，需要好好休息一下，所以迎宾大宴并没进行得太晚，便互相拜别安歇去了。

第二天一大早，侠倡宫里里外外就热闹开了，各屋的贵人跟仆人们分头忙碌，开始准备董尔吉妈妈一年一度的寿诞喜宴。

宴席格外讲究和隆重，处处显露出雄踞辽东的哈达部人杰地灵、百业兴旺、地域富饶，所有佳肴美味香型皆不同凡响，其庖工、雕艺、燔技、刀法让莅临者称奇，赞不绝口。

万罕率众妃众星捧月般奉迎着裕王和宸妃。宴间每上一道香肴名菜，万罕为表示恭敬，一改往常由庖工和礼宴官为贵客宣报菜名的老规矩，而由万罕自己亲报菜名，述说佳肴采撷和庖制的特色、轶闻和典故，妙语连珠，惹得裕王和宸妃笑得合不拢口。

弦乐声中，忽然门帘高挑，进来四个头戴红毡小帽、身穿大红喜袍的庖工，他们肩扛长竿，长竿之上放有一张小方桌，小方桌上坐着一尊金佛老寿星，站在两侧的四位侍人，高喊"老祖宗吉祥，福到喽！"然后将长竿上的小方桌稳稳抬下来，摆上宴席高桌。

裕王、宸妃和董尔吉妈妈不约而同地凝望着席上新摆上来的这尊全部用花木香脂精心雕塑得栩栩如生、惟妙惟肖的金佛老寿星，心情非常激动。

这时，万罕缓步走来，恭恭敬敬地撩衣下拜，高声说道："欣逢我哈达部共祝我母百寿华诞，良辰吉日，裕王千岁和娘娘千岁齐来祝贺，哈达万民蒙福，山河生辉。小王我今献上金佛老寿星从阿布卡赫赫[1]那里

---

① 阿布卡赫赫：满语，天母。

取来的寿桃百枚，恭祝裕王、娘娘千秋百岁！恭祝我母福寿安康！"

万罕说完站起身来到宴桌前，双手拍掌，只见佛肚大开，从佛爷腹内源源不断地滚出鲜桃百枚。万罕亲手一一恭送给裕王、宸妃和母亲董尔吉妈妈，然后自己拿起一桃后，又让席上每人各领一枚寿桃。

金佛老寿星神像撤下。

八位身穿彩袖莲花裙的沙里甘居，手弹小铃鼓，跳起欢乐的莽式玛克辛，有人也情不自禁地起身，跟这几个沙里甘居一起唱着，跳着，呼喊着：

"妈妈沙比①！"

"妈妈果勒敏查拉芬②！"

"妈妈猛温色！"

"妈妈图门色！"

鼓乐声中，庖工们捧上一色用糖脂、花卉、蜂蜜、面筋精制和镂刻、雕塑而成的"鲤鱼跳龙门"。这又是女真北菜中另一道集观赏、故事、传闻于一体的可观、可点、可吃的大型美味佳肴。

裕王过去曾吃过女真宴席，对哈达万罕的宴技还算满意。不过，宸妃可是头一遭来到漠北，真正大开了眼界，长了不少见识，渐渐地有些喜欢这里了。宴后，董尔吉妈妈嘱咐万罕一定要陪着贵宾裕王和宸妃去西校场虎啸林观赏咱们哈达部女真人的比武表演。

---

① 沙比：满语，吉祥。
② 果勒敏查拉芬：满语，长寿。

第六章　虎啸林群雄献艺

大明皇子裕王殿下亲自陪同宸妃凤驾东巡哈达，哈达部要举行比武表演，那可真是千载难逢的盛事。在这个节骨眼儿上，女真各部的人谁也不想落后，都争着抢着想竞睹一下皇妃的娇容美饰。此刻的哈达部热闹非凡，犹如群雄聚会。

万罕陪着宸妃和裕王，来到了西校场虎啸林里的比马箭场。这场子大呀，一箭射出去打不到边儿，南连树海，北依侠倡，西拦烽火三台，东靠涓涓淡水。校场一色是用珠色兔眼江石拌白细沙，用夯石一块一块砸成的，远看像一面镜子。在那时，校场靶场的好坏，显示出一个部落头领的武功高低以及实力大小，所以有"一马二箭三校场"之说。

校场中间有一点将台，台高二丈五尺，上有女儿墙；台的底部，东西长约有八丈，南北宽七丈；中间有拱门，门洞高二丈，门宽一丈五尺。东、西两侧战旗迎风飘舞。正中有二层楼，楼高二丈四尺，木椽飞檐，上下层有木制楼梯可通。东、南、西三面设有拱门，四面均系花窗。这是明朝派来的汉人能工巧匠修的。

校场没有主人的允许，是不准外人入练的，就像是自己身上的手帕不借外家一样。那时女真人有个规矩，手帕是个人名号的象征，手帕上均刺有不同的标志，见手帕如见其人。互相礼赠、别离也以手帕互换。手帕又是互相联系、交往的凭证，女真少女少男更以手帕作为相邀的印记。把校场比做手帕，可见把演兵场看得何等神圣！

万罕因为是明皇爱妃凤驾北来，又有裕王相随，跟随来的名宦勇将不计其数，一时兴奋，在老寿星提议下，一定要让南方的小美女看看塞外的弯弓盘马，长长见识，饱饱眼福，使之消愁解闷。万罕也为显示自己"强将手下无弱兵"，就忙派身边嘎什哈，迅速备办虎啸林中的演武场。

万罕登上点将台，破例宣布：凡习武者均可跃马试箭，不分尊卑，不分族姓，不分长幼，以马箭分强弱，以马箭定输赢，死伤不论。

比赛开始，战旗猎猎，鼓号震天，兵卒们迅速按哨令摆开了雄武的旌旗阵势，一霎时把虎啸林四周围了个水泄不通，惊起草丛中群群大马莲花斑蝴蝶，急速地扇扇着大彩翅，忽而东飞飞，忽而西飞飞。飞得累了，就落到正在林中吃草的百匹战马的耳朵尖儿上，远处望去，还以为是一片片树叶呐！骏马扬鬃甩尾，蝴蝶们只好又仓皇飞翔远去。

虎啸林校场北面，扎有一座三丈高台，四周兵卒护卫，个个执戈抱刀，戒备森严。兵将里面是三千彩女侍婢，各捧拂尘、香盒、水匣、果盘、各种乐器、八宝玉器，簇拥着，像花团簇簇，这花蕊中便是万罕母子和贵宾贵人。烽火台狼烟四起，三百里外征马驰骋，以警外扰之敌。

先上场的是哈达部的两位英雄：一个是矮个子，名叫杜度，"杜度"是"斑雀"的意思；另一位是高个子，名叫库尔缠，"库尔缠"是"灰鹤"的意思。一听名字就知道这俩人都灵活异常。二人向万罕行礼后，万罕按照女真人的习俗，让他俩先比试骑射。

两人互相谦虚一番，各自攀鞍上马。杜度在前，库尔缠在后，每人手持弯弓，身披箭囊，快马加鞭，飞驰三圈后，只见杜度拉满圆弓，飞马跑到点将台前，然后突然拨转马头，"嗖、嗖、嗖"，飞马连发三箭，均中靶心，全场响起一片喝彩声。

叫好声还未落，库尔缠的快马已疾驰而至。只见库尔缠两脚紧蹬鞍镫，身子直立，弓弦拉圆，马儿连跳了三跳，连发三箭。头两箭均中靶心，第三箭"嗖"的一声，人们还没看清楚，就听"当啷"一声响，箭靶落地，喜得万罕直夸"好箭法，好箭法呀！"

原来这库尔缠第三箭把靶绳射断了，围观的人目瞪口呆，说不出话来。

这时杜度在马上向库尔缠打一躬，称赞道："阿浑好箭法！"

库尔缠谦逊地回答："哪里，哪里，你的箭法才真正了得。我只是碰巧而已，碰巧而已。"

杜度摇摇头，说："阿浑是真正的神箭手，小弟输得口服心服。"

杜度下去以后，又有人上来跟库尔缠比赛骑射，整整比了半天，也没有人能超过他。万罕请裕王给库尔缠脖子上戴上一颗闪闪发亮的大野猪獠牙，它象征着库尔缠是真正的女真巴图鲁[①]。

---

① 巴图鲁：满语，英雄。

午饭后，各路英雄开始比赛刀、枪、剑、叉等武器，只见霎时间两匹马两个人在校场翻腾如飞，你杀我挡，兵器闪光，耀人眼目。比赛整整进行了一下午。

到了傍晚，比赛快结束了，万罕让自己的虎子——虎尔罕①贝勒上场了。虎尔罕果然身手不凡，他表演的飞马连弩更是与众不同。只见他前手抱一弓，后臂胳肢窝下又夹一藤子弓，向前射是虚射，向后射是实射。他与人比试的时候往往先是虚晃一招，假装败下阵去，对方如若追马赶来，他便连放臂下弓，五箭连射，再猛的勇将都要被射中心窝，摔落马下，立即被俘。

万罕不仅要显示一下自己的儿子，也是为了给宸妃逗逗乐子。不过他想到还有一位小英雄，当下那可是无人可敌，这就是自己的义子、赫赫有名的建州卫首领多贝勒之子——王杲。

万罕深知自己的儿子虎尔罕不是王杲的对手，不想让儿子在自己的眼皮子底下输得窝囊难看。另外，他也知道王杲是火暴脾气，沾火就着，真若是惹翻了王杲，俩人打起来，那可是老公鸡斗架，咬到一块儿拉都拉不开，不好收场。万罕鬼心眼儿多得很，他事先哄骗建州部首领觉昌安②把王杲叫到侧帐之中，命仆奴殷勤备至，劝酒献肉，灌醉王杲。这酒是明皇亲赐的牛犊坛子酒，酒好，比过武二郎喝的酒，香得很。凡人平时喝不着，何况这些塞外野民了。王杲素喜好酒，用这酒缠住他，量他再有本事也打不起来了。

觉昌安起初没觉察万罕的设计，后来他猛然觉得不对味，想到情况不妙，自己是王杲的长辈，怕王杲吃亏，便背地里将自己的想法告诉了王杲，劝慰他，事事当心，不叫他逞能。王杲却不以为意。

觉昌安非常了解万罕，深知此人心胸狭窄，小肚鸡肠，时时窥视众部将，特别提防他们父子，因此觉昌安留了心眼儿，素有虎将不显绝技的涵养。于是，他事先就告诉自己的儿子礼敦、塔克世③及手下部将，不要外露锋芒，只管饮酒吃肉。

虎尔罕在校场上与报号上阵跤斗者比试，不少勇士败下阵来。跤斗有规则，连胜三跤，奖一杆帅字旗。虎尔罕此刻一连夺得三杆帅字旗，真如众星捧月一样，校场中哈达部的众兵卒，如雷鸣般地为虎尔罕喝彩。

---

① 虎尔罕：满语，刚出洞的小公狼的意思。
② 觉昌安：清太祖努尔哈赤之祖父。
③ 塔克世：清太祖努尔哈赤之父亲。

觉昌安也使劲儿地鼓掌拍案喝彩，向万罕祝贺。

俗话说得好：人到得意时，就容易忘乎所以露了馅儿。虎尔罕就是这种人。此时此刻，他简直不知自己肚子里能装下几碗干饭，膨胀得快要变成个球儿啦。他站在校场上，仰着脖子高声断喝道："呔，众位，虎尔罕我今儿个要给裕王和娘娘千岁好好露露我的绝技飞马连弩。"

下边众哈达部的将勇兵丁猛劲儿地为虎尔罕鼓掌欢呼，帮助造势，特意让觉昌安等建州部的人脸没处搁，气死猴！

说到这儿，我说书人书中暗表，虎尔罕为啥如此猖狂？他不知道那从不饶人的小王杲来了么？虎尔罕知道，他也很聪明，不过他事先得到阿玛万罕捎来的话儿："王杲已醉，你放开胆儿干吧！"所以，虎尔罕敢扯着嗓子大声号叫，底气那么足，架势那么强硬。

虎尔罕得意扬扬的这么一表演，气坏了觉昌安带来的建州英雄们。端坐在另一侧帐中的礼敦气得眼珠子都快鼓出来了，跳起来就要冲出去。觉昌安一把把他摁住，一再使眼色叫礼敦忍住性子坐住，不准胡来。

虎尔罕因知道王杲在醉卧之中，所以敢这么耀武扬威。早些时候，虎尔罕跟阿玛的义子、自己的磕头兄弟小王杲比试过。一比才知道，那真是青鹏比沙鸡，相差太悬殊，根本对付不了！那小王杲专能破他的飞马连弩。虎尔罕的飞马连弩是跟王杲的阿玛多贝勒学的，王杲当然会破了。

若问王杲用什么破虎尔罕的飞马连弩呢？用的是他自己的坐骑"卷地龙"。

王杲骑的马叫"卷地龙"，这马不是高头大马，是蒙古八百里瀚海千马万马中生出来的一对"瀚海马"，女真人称为"恩都力莫林"，意思是神兽、神马，其快能追星赶月。据传闻，此马一生就是双胎，而且是一雌一雄，同生同长。若其中一马死去，另马必死，故又同死同归。小马其貌不扬，酷似怪兽。身纹色黑如墨，且亮若明镜，毛甚短，软且滑，眼红耳大，两鼻如花瓣，两耳若猫耳。鬃长甩地，马跑长鬃飘洒，宛如蹄踏行云。"卷地龙"尾粗，修长鬃尾与马身毛色一样，一色黑毛，没一点儿杂毛，夜间只见马眼闪光，像黑云一团，白天像黑风卷地。若催马追赶时，遇到箭雨来袭，"卷地龙"迅即四蹄伏地，如蛇扭动穿行，走起八字，俗称"跑梅赫"①。这"梅赫步法"很厉害，能左右闪动，瞬间能躲

---

① 跑梅赫：女真语，像长蛇那样左右跑动。

过迎面飞来的任何箭雨，而且贴地疾行，又防过从头顶穿过的飞箭，射不着它。他很快钻入你的马下，拱翻骏马，杀死对方。其他烈马见了它，只会惊叫流尿，无心恋战。所以，王杲父子崛起于苏库苏护河，骑的就是这种马，很有声望。这王杲骑这样的马，本身就压过虎尔罕一筹。

单说小王杲此时正在酣睡中，忽然觉着耳边传来一阵阵呐喊声、呼喊声，又传来马蹄飞奔的"哒、哒"声。王杲猛然跳起，抓住身旁哈达部的一个小校问道："嗯？我怎么睡着了？外边在干什么？怎么这么吵？"

小校早吓得三魂出窍，哀求道："小爷，别管那些了，你就好好在这歇着吧！"

王杲厉声喝道："快说，外面在干什么？你要不说，我拧下你的脑袋。"

小校没办法，只能如实相告，说："是虎尔罕贝勒在表演飞马连弩。"

王杲听了暴跳如雷，举起酒坛子又仰脖喝了几大口。真是烈酒壮豪情，琼浆生猛志。王杲忘记了觉昌安的嘱咐，大吼一声，竟自侧台皮帐中纵跳而出。

不料，打门后窜出五条大汉，王杲一看他们凶神恶煞的样子，就知道他们的来意。好汉不吃眼前亏，王杲笑吟吟地说："我出去看看，一会儿就回来。"说着迈步就往出走。

其中一人追上去，伸手把王杲拦住了，惊恐地说："小阿哥，你不能出去。你要是出去了，我们几个人可吃罪不起！"

王杲笑着说："别害怕，我悄悄出去，一会儿再悄悄地回来。"

那人摇摇头，说："不行，小阿哥，你这是让我们几人窜荞麦[①]呀！"

王杲还想往外走。

五个人一起挡住了去路，其中一个人说："我们额真早就吩咐过，不能让你离开这帐子半步！"

"啊！"王杲大失所望。

那个人又说："小阿哥，你就委屈一下吧。我们也是没有办法呀。"

见此情景，王杲只好无奈地回到帐中。

令人没想到的是，王杲去茅房，这六个人居然也跟着，眼睁睁地看着王杲上厕所，把王杲弄得哭笑不得。

王杲又一次无奈地回到帐中。

---

① 窜荞麦：东北方言，为难。

时间在流逝，眼看比武就要结束了，那六条大汉还寸步不离地站在帐外，把王杲看得死死的。

忽然，小王杲灵机一动，计上心来，他趴在了桌子上。不一会儿，传出了鼾声。

屋里的一举一动，屋外那六个大汉看的是真真切切，见王杲进入梦乡，他们这才放下心来。

其中一个人说："刚才这小子硬要往外走，真把我吓一跳。他要是出去搅了小王爷的局，咱们几个还能活命吗？"

另一个人接话说："是啊！刚才我也吓够呛！真怕他硬闯出去，咱们没法交差。不过好在他现在消停了。"

几个人不约而同地出了一口气。

不多一会儿，其中一个人吸了吸鼻子，说："你们闻到一股味儿没有？"

另外几个人都伸长鼻子闻了闻，没闻到什么味儿。

几个人七嘴八舌地说："哪有什么味儿？"

"是啊，我们怎么没闻到。"

"你鼻子有毛病了吧？"

那个人坚持说："不，不！我真的闻到了，有一种煳味儿。"

正说着话，另外一个人也吸了吸鼻子，附和着说："好像真有一股烧着了的味道。"

接着，另外几个人也闻到了烟味儿。

六个人赶紧找这烟味儿的来源，找来找去，也没找到。有人朝帐子里瞅了瞅，哎呀，不好！王杲的帐子里着火了，可这小子还趴在桌上睡觉呢。

几个人赶紧救火，并叫醒王杲。

火被扑灭了，可王杲却不见了。几个人立刻慌了神。

原来王杲趁大家伙儿救火的当儿口，骑上他的"卷地龙"，溜啦。

此时校场上的虎尔罕扬扬得意，他正为自己的无人可敌高兴呢，王杲的快马就已经来到校场外。旁观的人来不及阻挡，王杲就已经冲到虎尔罕跟前，急得觉昌安顿足叹息，喜得礼敦兄弟们拍手称快。

王杲骑在"卷地龙"的背上，醉酒惺忪地朝着虎尔罕大喝："虎子阿哥，别在那里像儿马子一样逞能，帅旗是我的！"

虎尔罕一见王杲到来，心里暗惊，思忖着：阿玛不是说王杲今天不来的吗，可他怎么又出现了？虎尔罕心里有些害怕，但脸上还是堆着笑，说道："兄弟，你怎么才来呀？你看，帅旗已被为兄夺得，要不给你吧。"

王杲冷冷地说："我并不想让阿浑相让，咱俩还是比试一下吧。"

虎尔罕见此情景也不能说软话啊，只能硬着头皮打吧。

虎尔罕二话没说，双腿狠踹马肋。战马被踹痛了，怪叫一声，跳起来像利箭一般冲向王杲，两个人战在了一起。打了不分上下百回合，虎尔罕渐感体力不支。虎尔罕见形势对自己不利，便决定使出自己的看家本领。他打马便走，王杲随后追去。虎尔罕见时机成熟，回身拉开飞弩，三弩齐发直逼王杲额头。一般人在快马连弩之下必定迅即丧命或掉落马下，而此刻他面对的是骑着"卷地龙"的小英雄王杲，虎尔罕的动作就显得又笨又慢了。

就在虎尔罕连弩射向王杲的一刹那，王杲的"卷地龙"早已贴地穿跃到虎尔罕战马胯下。虎尔罕的战马被罩在"卷地龙"头上锋利的护头刺劈成两半，血肉横流。虎尔罕被摔了个狗啃泥，趴在了地上。王杲念在虎尔罕是自己干哥哥的情面上，手下留情，没去理他，给他留了一条性命。

虎尔罕知道自己小弟心狠手黑，也怕吃亏，不敢激怒他，赶紧爬起来溜走了。王杲跳下"卷地龙"，捡起地上虎尔罕留下的三面帅字旗，昂首阔步走上点将台。

万罕只好宣布："帅字旗归小将王杲，他才是女真巴图鲁。"

场内立刻像开了锅，礼敦等一帮小兄弟乐得直蹦高，觉昌安则为这样的结局深感不安。

王杲别看醉酒，礼节却不丢，他先拜过主位上的裕王、宸妃，接着又拜见老寿星董尔吉妈妈和万罕。

万罕见自己的儿子虎尔罕在裕王和宸妃面前栽这么大的跟头，真是一肚子火，可又不好直接拿觉昌安与王杲撒气。他眼珠儿一转，又有了鬼点子，何不用用计引王杲上钩，杀杀他的锐气？

万罕满脸堆笑，高声说道："小儿王杲的箭术那可是盖世无双的，就让小儿为裕王和娘娘表演助兴吧。"

万罕这么一鼓动，哈达部的众兵将们个个都知道这是万罕设下的毒计。王杲刚才醉酒中与虎尔罕校斗，还没有歇气，再让他拉圆大木弓，那可是非有千钧力量不可的。王杲小小年纪，这回恐怕要丢脸喽。

觉昌安等人也早已看透，暗叫王杲不要应战。可是王杲偏不听邪，胸有成竹地安慰觉昌安和众位兄弟，你们都稍等片刻，看一看万罕老狐狸是怎么样与他儿子虎尔罕一样当众现丑的！说完，便重又走入场子中间，向众位抱拳，俯首施了个罗圈大礼，然后便让兵卒们给他拿来十把木弓和箭囊，供自己挑选。

兵卒们抬来了十把弓箭，王杲一连拿起七把弓，掂了掂，都摇头不称心，说："偌大的哈达部难道只有此等分量的弓吗？没有沉点儿的吗？"

万罕见王杲还有些力气，便命众兵士们速去兵器库里取来大型粗木弓。不大工夫，六十名兵卒抬来了三十张粗大的长弓。王杲走过来，仔细看看，又拿起来用手弹一弹弓弦，用双臂猛力左右分开弓弦。由于臂力过大，弓弦突然折断。

王杲一连拉断了三十三杆木大弓，怒声说道："不中，此皆童子弓，儿戏也。要不众位稍等，我回寨取我自己的硬弓。"

万罕气得脸都青了。

他怒气冲冲地说道："王杲，休要戏耍我哈达部。我有家藏二百多年的镔铁弓，非有五百八十石之力，方可拉开此宝弓。此乃我万罕家镇宅大披弓，多少大力士都没有拉开，量尔小儿亦无能为力，故未取出。"万罕的话惊动了在场所有的人，都渴盼能目睹这张传世神弓。

王杲仰天大笑说："罕王，杲久闻此弓，朝思暮想已久，方才所言乃激将语，敬望罕王海涵。杲渴盼赐此宝弓一试臂力，万罕可否愿意？"

万罕命兵卒们再去兵器库抬取镇宅的镔铁宝弓。众兵卒很快抬来镔铁宝弓，王杲使足气力，大喝一声，将大镔铁宝弓拉得满圆，赢得满场喝彩。

王杲拿着这张镔铁宝弓，重又骑上"卷地龙"，箭射飞马靶、火鸡靶。箭不虚发，得到太子和宸妃的赞誉，破例宣他近前，裕王赐酒。

王杲谢过裕王殿下，然后接过侍卫递过来的酒，一饮而尽。

王杲这一上前，裕王和宸妃才看清楚了，原来王杲这么年轻、俊美、风流倜傥，就是在偌大的中原王朝也难找出几个像他这么漂亮的。裕王和宸妃暗暗惊叹王杲的美貌。

裕王和宸妃让王杲再把箭术表演一遍。

王杲精神抖擞，手持弯弓，背负箭囊，翻身上马，猛加一鞭，"卷地龙"立刻四蹄翻飞，在箭场上跑了起来。王杲拔出箭支，拉满圆弓，对准箭靶就是一箭，正射在靶心。

王杲连射三箭，箭箭都中靶心。

裕王乐得直叫好："好箭法，真是一员虎将！"

裕王破例让王杲与自己一同用餐。

这时，十几个人敲打着鼓，几十个人吹着悠扬清脆的笛子，一群女真格格唱着女真人特有的《鹧鸪歌》走到近前，宴会进行到了高潮。

万罕提议："咱们玩传木勺，好不好啊？"

大伙儿异口同声地说："同意！"

此游戏规则是大家坐在一起，传递一只木勺，另有人背对着大家击鼓，鼓停的时候，木勺传到谁手里谁就喝酒。也有耍赖不喝的人，人们就扭着他的耳朵，逼着他喝，"哎哟、哎哟"的叫喊声伴着人们的哄堂大笑。

三通鼓响，木勺传到王杲手中。

王杲站起来，拿起桌上的酒一饮而尽，直呼："痛快！痛快！"

突然，王杲发现酒席宴上不见了虎尔罕的踪影，于是他就问万罕："我的虎子阿浑呢？怎么一直没见他？"

万罕面红耳赤，解释道："这桌只有优胜者才能上来。虎尔罕今天输给了你，没脸来了。"

王杲笑了笑说："桥归桥，路归路。校场上我们一比高低，喝酒时我们还是好兄弟！"

在王杲的再三请求下，虎尔罕这才红着脸过来。这下可喜坏了两个人，一个是觉昌安，他为王杲给足了万罕面子而高兴；另外一个人是宸妃，她看到王杲不仅箭法好，而且心胸宽广，像个男子汉，心中不禁对王杲充满敬意。

第七章　砍柴奴勇救万罕

这边王杲出尽了风头，急坏了那边的另外一位女真英雄。说来他也是有些来历的，这个人是谁呀？他就是住在苏库素护河上游、五女山下的王兀堂，也有的叫他王乌昌。

要想讲王兀堂，还得从他和王杲的祖先李满柱说起。

明朝永乐年间，朱棣在燕京称帝，建了北京城。这期间，山海关外的女真人崛起，其中有一个剽悍的女真人，即建州卫女真人、部落的首领，叫李满柱。李满柱原姓古伦氏，没有名字，女真人就叫他格布①。因明成祖朱棣赐其祖父李姓，人们就叫他李格布，后改成李满柱。也有人讲，他的"李满柱"一名，是汉家人给起的。"李"是皇上的赐姓，"满柱"是"曼殊"的转音，也就是"朱申"的意思，也即是"满洲"的讹音。当然，这只是民间的一种传说。

李满柱凭着一身豪气和勇敢，也凭着他那火热的心肠，对弱小的零散部落恩威并施，不仅收服了附近小部落的嘎珊达②，而且附近许多自立为罕的部落长也纷纷投靠李满柱，李满柱的队伍越聚越大。

后来，这些女真人感到他们的居住地地面狭窄，树木稀少，衣食甚少，他们就想寻找一个美丽的富庶之地。于是，在头领李满柱的带领下，过了鸭绿江，寻到浑江上游。

夜里，头领李满柱梦到了一只白狐，白狐的嘴里含着一枝带着绿叶的树枝。白狐一言不发，放下嘴里的树枝转身跑走。头领李满柱是猎人，见到猎物哪有不追的道理？李满柱急忙追出去，追啊追啊，穿过一片密林，来到一座突兀的大山面前。此山方圆数十里，松林密布，四周是悬崖峭壁，而山之巅则是一片平川，约有数十里之长，遍地都是长着绿叶

① 格布：满语，名字。
② 嘎珊达：官名，即村屯长。

的小树。见这里景色如仙境，且参果姹红若红云，李满柱知是宝地。

于是，头领李满柱按照梦里白狐的指引，带着部落的人来到了这片神奇的土地，这就是美丽富庶的"孙扎沙里追阿林"，即五女山。可是，在这片土地上却居住着另一支女真部落，部落的首领是孙扎哈哈女罕。李满柱率领部落的人打败了孙扎哈哈女罕，夺得这片高峻而平坦的松林古山，在山上建起了自己的部落。他们还在山的南北两侧各开出一条像天梯一样的山路，只要有几个兵丁把守，纵使有千军万马，也难攻下这座天宫似的山寨。

在民间，关于五女山的传说有许多。

相传早年的苏库素护河上游，五百里羊毛细流，河网纵横。阿布卡恩都力①的五个侍女被贬到此，阿布卡恩都力命她们在此繁衍人类。五姊妹吃"红菇葆"，又酸又苦，吐在地上，变成了成千上万个男男女女，互相野合，有了现在的人类。所以，这里的人都尊称这座山为五女山，是圣山，是母亲的山，妈妈的山。这五女后来被天上的云神贝子看中了，要抢娶五女为妾，霹雷闪电。五女舍不得留下自己的子孙，便化成五座陡峭的岩石山，矗立在苏库素护河的上游。这就是五女山——孙扎沙里追阿林的来历。

还有一个传说，说天神阿布卡恩都力的五个侍女下凡到人间后，久居五女山。五女原为天上的五朵香花，异香扑鼻，恶魔闻了它便会昏迷，平常人闻了可延年益寿。就因为传说五女山中有五种仙花，千百年来引来各地方的人进山求花，五女山因此更加有名。

五女山地势险要，能攻能守，有万夫莫近之利。这里气候宜人，物产丰富，宜于百兽生长。猎人若狩猎一日，打到的猎物够数日吃的，且山上百花盛开，尤其盛产人参，参苗也大，为人形参，人们称之为"五女参"。

五女山是交通要道，四通八达，南通大明，东连长白、董鄂诸部，西北连建州诸地，可以藏龙卧虎。山上只有一条鹿道。鹿道，是一条细条如蛇的小道，是野鹿在觅水草时常走的路，后成为人们骑马通行的捷径。此道从山隙中蜿蜒而行，非常隐秘，非寻常人可以找到，必须有猎人引路，方可安全通过，否则进山迷路，数日难以出山。

李满柱的部落在这座仙山上不断地发展壮大，年湮日久，人丁兴旺。

---

① 阿布卡恩都力：满语，男性天神。

人们皆知五女山，皆知山上的首领叫李满柱。

五女山附近还有五路、特钦、王甲、哈钦等部落。后来，王甲、特钦、五路完全归附了李满柱，只有哈钦部一直不肯就范。

各位阿哥要问了，李满柱这么厉害，哈钦部为什么不怕他呢？

各位阿哥不用急，听我说书人告诉你吧。那时候苏库素护河沿岸有很多大大小小的山峰，这个哈钦部和李满柱他们一样，也占据着一座有陡峭悬崖的叫摩天岭的山峰，还有一个敢于和熊罴和猛虎搏斗的首领，人称"哈钦"的人。"哈钦"的意思就是勇敢。这个哈钦不仅勇敢，而且还是个大力士。他有一只八百斤重的柞木硬弓，十根熊皮拧成的弓弦，能同时拉开双箭，霎时间力毙双熊。方圆百里，人人敬畏。

当时北方女真部落没有钱币，部落和部落之间、人和人之间都是以物易物，这样才能共存共荣。以打猎为生的哈钦部把打来的猎物换给大一些的部落，这些大部落把征战得来的战利品如布匹、盐及日用品等换给哈钦部。哈钦部为了自己的安全，在附近林中、小路设置了不少哨卡、猎阱、地箭，一旦外人进入，只能是九死一生，遭擒无疑。其中不少道路的名称听了都使你胆寒，什么千蛇岭（梅长达）、老狼窝（牛仓）、虎呲牙（它飞喝）、吊死鬼（布凡卡）、娘断儿（扒哈吉）……千奇百怪，什么都有。

哈钦常在附近山中打猎，但是他有个非常奇特的性格，非常像一只称霸一方的老熊，又仿佛是一只占山的猛虎，凡哈钦涉猎驰骋之地，不允许有第二个猎人染指或居住在山莽之中，不用说猎获烈兽禽鸟，就是蹲在哈钦行进过的林丛中，哈钦也不允许，必驱逐而后快。

俗话说得好，虎啸最易引来英雄汉。哈钦的嚣张跋扈之气焰将世上狩猎奇才给招惹过来了。他就是不服这个气，而且他也颇有占山为王的个性和豪情，这个人就是建州卫的首领——李满柱。

李满柱单枪匹马闯入哈钦部，直接攀上摩天岭的顶巅之上，背靠古松，振臂高呼："阿布卡恩都力愿你做证，我是这山河的主人，有谁敢与我争锋比试，让他们来吧，我愿一一较量。赢我者，我退出鸭绿江；输我者，我不仅要占据鸭绿江，还要占据这附近所有的山峰！"

那桀骜不驯的哈钦也是当地著名的凶狠猎手，也曾跟虎豹搏斗过。李满柱只身闯寨的事，早已听手下奴才禀报。李满柱站在高崖上的这番自白，他听了以后非常的轻蔑不服，微微撇笑。哈钦自报家门，阔步昂首，来到了李满柱的面前，还特意单脚独立、双手展翅。

李满柱望见哈钦单脚独立的姿势，也从心里暗暗佩服，要知道，摩天岭是当地方圆二百里以内最高的尖岭。在阴天的时候，阴云密布，根本看不着摩天岭的尖端，连飞翔云际的天雕都勉强飞到山巅的腰部，而且时间不长，就要下降到山腰的底部。俗语讲，山巅的风如钢刀，其推力相当于百个壮汉。这个哈钦可真能耐，居然能在这山巅上单脚独立，不摇不动，足见他的定力有多大。说实话，这种功力没有几十年的苦练是换不来的。

李满柱心想：我还真没在这么高的山上练过这种功，真要与他比试的话，自己恐怕不是对手。李满柱心生一计，自己苦练轻功几十年，最喜欢像飞豹一样，转瞬间捕捉驰兔，或傲立高枝，纵身滑翔，迅即捕捉到翩飞的小雀。哈钦定力如此之大，自己何不给他来个以己之长，搏彼之短呢？打定了主意，李满柱就有应对哈钦的办法了。

李满柱年岁比哈钦大，经验多，久经风霜，按智谋远比莽撞的哈钦要强七分。这时的哈钦还仍然在那单腿傲立，时间长了，腿脚就有些支撑不住了，一阵阵打哆嗦。

见李满柱一动不动地瞅着他，也不说话，哈钦来气了，怒气哼哼地喊："李满柱，你到底想怎么的？要想打架就尽管过来，若是怕了，你就说一声，我也不讥笑你。你老让我这么站着，是何道理？"

李满柱沉着地大声说："哈钦，你单腿站着算什么功夫？你过来，我问你，你敢跟我比轻功吗？"

哈钦放下抬起的那只脚，走到李满柱跟前问："怎么比？"

李满柱说："咱俩都从这头朝下下去，只要你到底下以后没变成齑粉，就算你赢！"

哈钦一听吓一哆嗦，他在山中苦练多年，见过飞鸟雄鹰向下俯冲，可从来没听说过人像飞鸟雄鹰一样从山间冲向平地。人无翅膀，到底下岂不真要摔成齑粉吗？

哈钦瞪着大眼，张着大嘴，半天才试探地问道："李满柱大玛发，你、你、你，你在跟我开玩笑？不、不，咱们还是谈正事吧。我问你，你到底敢不敢跟我比试？"

李满柱拍拍胸膛，信心百倍地笑着说："哈钦，我怎么能跟你开玩笑？我李满柱说做就做，说办就办，何谈笑话？说吧，你究竟敢不敢跟我一起往下跳？"

没等哈钦回答，李满柱大步走向崖边，做出要往下纵跳的架势。

这时，头上的一缕流云掠过，山风吹得头胀胀地疼。李满柱俯视下望，数百只飞鸟像黑点一样，在下面翻飞。

李满柱大声地叫道："哈钦，快过来，跟我一起纵下！"

哈钦在山上住了多年，早已查看过山川的地势，想到自己偌大的身躯，要是从这么高的山上冲下去，急速冲击的下坠力量得有多大呀，纵使山崖间有伸展出来的红松的劲枝，也是支撑不住的。嗨，大丈夫就该坦坦荡荡，比不过就服输，想那李满柱也不会讥笑我的。

各位阿哥，哈钦的这些想法，都是他转瞬间的想法，我说书人为了坦露他的心理活动，才啰唆了这么多。

其实李满柱早已心中有数，他故意造出这种紧张态势，就是想让这个莽撞人面对这高高的山、陡峭的涧、呼啸的风涛、喧嚣的飞鸟，知难而退，甘拜下风。

果不其然，正如李满柱的预见，在他似跳不跳的时候，哈钦大声喊道："行了，我的玛发爷爷，算你赢。是鞭打，是杀剐，随你的便，哈钦我不会喊叫一声。"说罢，单腿跪地。

李满柱早已转过身来，双手把将要俯身下拜的哈钦抱起，说："年轻人，能正视自己的不足，就是好样的。如果你不见外，我希望收下你这位大英雄，咱们齐心协力，大干一场！"

俗语讲，塞翁失马，焉知非福。李满柱有幸得到了一位女真英雄，成为他的得力助手。

各位阿哥，说句实在话，李满柱在与哈钦的较量中，并不是与他进行武功的竞技，靠的完全是智战和心战。就凭着他的多谋多智和稳定的心态，赢得了这场角斗。李满柱在建州部中所以名传后世，威望甚高，族人甚至把他奉为神明，后世子孙以能做李满柱后裔为荣，就是因为他的多谋多智，才迎来了建州部的兴旺和发达。他的后世子孙王杲，直到努尔哈赤，一脉相承。这是后话。

随着时代的发展，到了明朝中叶的时候，女真人人口日多，才又出现女真右卫和左卫。

后来，李满柱承袭祖父阿哈出官职为女真都督金事，掌管建州卫。开始的时候，李满柱认真地履行着自己对明廷的"守边之责"，而明廷对于李满柱的忠顺也倍加关照。当建州女真人遭遇灾荒之年的时候，明廷依据李满柱的请求，令辽东都司及时地拨给粮米、食盐、布帛。李满柱本人及其属下人入京朝贡的时候，明廷也都给些赏赐。正统九年，根据李满柱的奏请，明廷授予他的儿子为千户，升李满柱为建州卫都督同知。明廷在厚待李满柱的同时，还谕令他监视蒙古各部的行动，适当的时候，对入掠辽东的蒙古部众予以剿杀，以此来安定地方。

但是，后来蒙古各部势力逐渐强大，建州卫女真部众与之抗衡越来越难，每当遭遇他们侵掠时，自身的安危都难以保证，何谈剿杀敌人？在大明景泰年间，李满柱迫于蒙古的武力威胁，不得已参加了蒙古部落的入边抢掠活动。李满柱的这一反常举动引起了明廷的震怒，许多要臣上疏明帝，要求朝廷调兵剿杀建州女真三部，以绝边患。

本来一心想效忠明廷的李满柱没承想自己在蒙古部众的胁迫下，闯下了杀身之祸。现在李满柱要防备来自明王朝的打击，又恐惧蒙古诸部的不断侵扰。不久，李满柱就率领建州卫的部众返回到婆猪江流域瓮村居住。

尽管如此，李满柱率部犯边的行为，还是引起了明廷的不满。景泰六年，明廷下谕令，命其子李古纳哈接替其父亲的职务，任都督同知，统领建州卫事务，而李满柱的职务被罢免了。

建州卫的部众返回婆猪江旧地居住后，与朝鲜的矛盾日益加重，双方摩擦不断。建州左卫在董山的统领下，迫于经济生活的压力，屡次犯边抢掠，成为明廷在辽东的最大边患。成化年间，明廷对入京朝贡的李古纳哈、董山等人严厉斥责，不仅没有以往的丰厚赏赐，反而被明帝下令押解出边，遣返回建州。历来桀骜不驯的李古纳哈、董山等人如何能忍受这种处罚，当一行人被押解到广宁时，忍无可忍的董山意欲逃跑，遭到明军的杀害，李古纳哈则趁乱逃回了自己的属地。

董山等人的反叛行为，惹怒了明廷。明廷下令，派大将赵辅率军进剿建州女真。同时，命令朝鲜派出军队，全力配合明军。

在这场史称成化之役中，建州女真人蒙受了灭顶之灾，左卫的建州老营被付之一炬，芦舍无存，部众尸横遍野，右卫也遭受到重大损失。

朝鲜军大将鱼有诏率军攻破李满柱父子据守的山寨后，大肆斩杀。李满柱中箭后被鱼有诏所杀，其子李古纳哈也死于乱军之中，活下来的族众逃往别的部落。

李满柱虽然死了，但建州部还存在，后来孕育出统一天下的大清朝，这是后话。

单说有一名叫阿哈的女人，她怀上了额真的孩子，在朝鲜军袭寨的时候，女阿哈为了活命，沿着河岸拼命地跑，偏巧河边有头老牤牛，女阿哈就爬到了牛背上，泅水来到了宽甸。上岸以后，女阿哈生下一子，而她自己却因难产而死。

婴儿的啼哭声惊飞草丛中一只黄头白尾的铁脚芝麻雀，被附近狩猎的万罕家的家奴瞧见了。家奴觉得很奇怪，便赶了过去。边走边听到隐隐有婴儿的哭声，循声音找了过去，看见一个女人的尸体，旁边一个赤裸的男婴在凄惨地哭着。家奴把孩子抱回宫，众奴婢把孩子养大成人，这孩子便做了万罕家的砍柴奴。

因这个孩子是狩猎的家奴在宽甸岸边见一只黄头白尾的铁脚芝麻雀飞起来了然后才发现的他，所以，众奴婢们就给这个哈哈济起名叫"兀堂"，也有叫乌昌的。"兀堂"，女真语的意思是"怪谬"。

男孩长大后，由于是在万罕府里做砍柴奴，便随了主人的姓，姓完颜，称王姓，叫王兀堂。王兀堂年年月月在山里打柴，跟虎豹鸟兽学会了爬树攀山跳涧扑斗等技能，而且勇力过人，尤擅摔跤。十二三岁的时候，王兀堂就能摔倒黑牛，与黑熊斗能摁倒黑熊。到了十六七岁，王兀堂背柴都不用大轿车，而是把柴垛往肩上一驮，像背了个小山仓，疾走如飞。

一次，万罕领着家奴去打春围，来到侠倡山的黑熊沟，正巧遇见两只蹲仓的千斤棕熊。双熊拍死两个仆人，咬死四匹骏马，扑向黄骠马上的万罕。万罕这么有本事，可见到这么凶狠的两个庞然大物，也吓得当场昏死过去。

在这千钧一发之际，王兀堂恰巧砍完柴由山上下来，见此情景，他立刻朝这边飞奔过来。柴垛像一座小山，黑压压的就压过来了，随着一声大吼，震得枯叶落、新枝摇。双熊以为是山塌了，吓得放下万罕，扭身就要往山林里逃。王兀堂扔下黑团团的山柴，像猛虎一样，一跃而起，骑在一只棕熊的身上。这只棕熊拼命反抗。王兀堂左手紧紧掐住熊的脊梁骨，右手俯身探入熊腹，一猛劲儿插进熊腔，掏出熊心，黑熊立刻倒地而死。

此乃一公一母两只黑熊，死的这只是母熊，另外一只是公熊。公熊见母熊死了，"嗷嗷"吼叫着，前爪抬起，后爪直立，像黑毛怪人一样，张着血盆大口就扑向了王兀堂。王兀堂就地一滚，黑熊扑了个空。王兀堂反身跃上熊身，右手又探入熊腹，揪出第二个血淋淋的小红窝瓜样的熊心。

这时，万罕还昏迷在地。一帮家奴早冲上来，呼叫万罕。

半天，万罕才苏醒过来，醒了以后，嘴里还一直叨咕："勒付①玛发，吓死人也。"

万罕睁开眼，见一少年站在自己面前，正生吃血淋淋的熊心，脸上、胸上都滴着血。

万罕惊问："巴图鲁，你是哪儿的英雄？本王要谢你救命之恩。"边说边叫人把他扶起，纳头要叩。

王兀堂慌忙跪下说："罕玛发，奴才是您宫里的砍柴奴，叫王兀堂。"

惊魂未定的万罕一听，救命恩人原是自己的家奴，这才站起身来，命奴才把马牵来，爬上马，返回侠倡宫。

从此，万罕格外青睐王兀堂，赐为御虾②，留在身边。

在众女真猛将中，唯独王兀堂的武艺不是来自名师，而是在砍柴的时候学于虎、学于熊、学于兔、学于鹰、学于羊，故擅攀高、远跳、格斗、闪转腾挪，招数特别。什么虎跃、熊伏、鹰啄、豹滚、鹿弹等等，全为王兀堂的绝技。

王兀堂有时专去堵虎洞，虎平时没有指定的巢穴。母虎在下崽子的时候凶猛异常，人距它百米之外，它都能嗅到气味，就要进攻。王兀堂为了提高自己的技能，专门去堵有崽子的母虎洞。母虎冲出来与王兀堂扑斗，他跳跃躲闪，直斗得骑上老虎为止。不过那王兀堂只是为了练本事，从不杀死母虎，任其远逃。

动物发情往往都是在春天，老虎当然也不例外。正常情况下，女真人猎虎的时候，一般都不选择在公虎发情期，因为这个时候的雌雄二虎性情都非常暴躁，猛过神龙，伤人甚烈。可王兀堂就不信这个邪，他专在老虎发情的时候寻找公虎，与之决斗。人家公虎本来想追逐情人，与之交配，突然被王兀堂挡住去路，自然非常生气，更是凶残万分，咆哮着扑向王兀堂。王兀堂能力劈雄虎，拳打母虎，力大非凡，俨如兽王。百兽闻到王兀堂身上的气味，都会望风逃窜。

王兀堂因其武术路子不来自凡间，其动皆如兽，又手舞两个大车轮，有万夫不当之勇，甚难对付。明朝的将领都怕他，给他起个绰号叫"活无常"，以谐王兀堂、王乌昌之音。意思是说他像"无常鬼"一样，索人性命。

---

① 勒付：满语，熊。

② 虾：满语，侍卫。

王兀堂自从做了万罕的御虾之后，就一直跟在万罕的身边，随万罕东征西讨，由于他的武功独树一帜，而且力大非凡，所以一般跟他交手，用不了几招，就魂飞魄散，败下阵来。就这样，王兀堂屡创新功，很快升为马前三等校尉。万罕还特地赐给他一名从建州右卫掠来的美女，叫乌龙，后来王兀堂娶她为妻。

说起这个乌龙格格可不能小觑。乌龙格格原名叫敦敦①，是一名很有能耐的女将。据说她小的时候，为了逃避哈达兵的搜掠，藏在了五女山中，夜梦五女仙传授武艺，一夜出徒。她手使三尺镶铁花棍，舞起来若天女散花，到处是光，处处是棍，只听风声不见人影。都说王兀堂武艺高强，却斗不过他的妻子乌龙格格。

其实这个乌龙格格原来也是建州李满柱的后裔，追溯起来，还是兀堂的族妹。兄妹现在成了夫妻，亲上加亲，夫妻恩爱，蜜甜若胶，两人生了三子一女。

乌龙格格知道王兀堂是自己的族亲后，就劝说自己的丈夫："我们是建州部的后人，怎么能长期在哈达部，吃人家剩下的饭？当年我们祖上为了给我们争一席之地，不惜血溅辽东。我们现在这样苟且偷生地活着，岂不愧对九泉之下的列祖列宗？"

王兀堂听了妻子的话，立刻血往上涌，要杀回建州，重树新旗。乌龙格格也表示要助夫征讨，声震辽东。

夫妻俩的欲反之心被万罕手下的探子耳长听到，密报给虎尔罕贝勒。虎尔罕一听，忙带精兵五百，围住王兀堂的住处。王兀堂夫妇怎么解释也不行，没办法，双方打到了一起。

无奈，好虎架不住群狼。礼敦父子、虎尔罕弟兄用擒虎丈钩，钩住了王兀堂，要杀他。乌龙格格痛哭流涕，跪地为夫求情。万罕念王兀堂救命之恩，又喜小两口都是虎将，故宽恕他们无罪，但却将他们的三个儿子和一个女儿押入了"小儿牢"做人质，夫妻俩这才死心塌地地在万罕帐下听令。

万罕为拉拢他，还派长子虎尔罕亲送五道大明敕书，又从明廷给他讨个指挥使的官衔。嘉靖四十年，还允许他到京师一游十日，皇帝赐酒。所以，王兀堂心更向着王台，向着明朝，更加与王杲对立，当然这些都是后话。

---

① 敦敦：满语，小蝴蝶。

　　王兀堂这个人心胸狭窄，谋略远逊于王杲。一身禽兽艺与绝伦招法，只能为王台所用。

　　他夫妻俩双双回到宽甸以后，招兵买马，抢占四周大小部落，声势日大。

　　宸妃出塞，王兀堂夫妇也在万罕营中。虎尔罕飞马连弩，王兀堂正坐在老树丫上鼓掌傻笑，并未看在眼里。王杲练罢，王兀堂大吼一声，手抡双车轮也表演起来。只听风声呜呜，像天罩伞盖，罩住人影，滴水不入。乌龙格格手使花棍，像钉在身上一样，身前身后，身左身右，踢来踢去，也是刀箭难入，滴水难进。

　　两人表演完毕，点将台上的裕王、宸妃都啧啧赞叹，说："塞北真是精英如云！"

第八章　多贝勒命丧黄泉

这边的小英雄们出尽了风头，那边的老英雄也不甘示弱。王杲的阿玛多贝勒就是其中的一个。

这王杲的阿玛名叫多霍洛，是个瘸子。这多霍洛性格粗野，力大过人，坐下一匹蒙古"黑缎兽"马，煞是威风，他的连弩神箭更是一绝。

多贝勒原居婆猪江边，以打猎为生，是个非常好的猎手，什么样的凶猛野兽他都不怕。别人出去打猎的时候往往是空手而归，或者只是打到一些小猎物，即使打到一两头野猪就不得了了。而多贝勒就不一样了，他不仅收获颇丰，而且常能打到鬃毛獠牙野猪。

鬃毛獠牙野猪就是人们常说的公野猪。这公野猪非常护群，一只鬃毛獠牙野猪能领一二十头大大小小的野猪。它的嗅觉相当灵敏，只要把鼻子冲天，按照风向使劲嗅一嗅，就能发现几里地、甚至十里地外的猎人和猎狗。不管你是多厉害的猎人，哪怕脚步再轻，鬃毛獠牙野猪都能发现。如果发现敌情，它会立即发出哼哼的叫声，猪群中的母野猪便会率领大大小小的猪仔迅即钻入林丛，藏匿起来。唯有鬃毛獠牙野猪独自一个傲然屹立，嘴里吐出白沫，两眼喷着红光，支着两只獠牙，显出一副要决斗的架势。就是这个架势，常常把前来的猎人给吓跑，猎狗也匆忙逃窜。野猪最厉害的要数它的攻击力和它的两只獠牙，它的攻击力能有几千斤的力量，当它发现猎物以后，会以迅猛的速度冲向对方，把对方掀翻，然后再用獠牙刺穿猎物的身体，最后吃了猎物，所以说野猪非常凶残。而且野猪皮和脂肪非常厚，一般的武器根本伤不到它。民间有"一猪二虎三熊"的说法，说明连老虎和棕熊都不是鬃毛獠牙野猪的对手。

王杲的阿玛多贝勒狩猎还专挑硬的捡，这里所说的硬的就是豹子和公野猪。要说这豹子也够厉害的，虽说它不像公野猪那么凶残，但奔跑的速度相当快，它善于跳跃和攀爬，跃如猿猴，矫健如猫，忽而上树，忽而纵地，风驰电掣，令人左右难顾。一头豹子，十人难敌，所以豹子也是猎人最棘手的猎物之一。对于这些，多贝勒全然不怕，他还最爱抓豹子与鬃毛獠牙野猪，只有这样，他才觉得解渴、赶劲、痛快。

说来，董尔吉妈妈寿诞之日，多霍洛当然也是贺寿之人。他在万罕摆设的庆寿大宴上，因贪杯多喝了牛犊坛子香酿美酒喝得酩酊大醉，伏在几案上，打起了呼噜。睡了一会儿，旁边的人把他叫醒，告诉他万罕在给裕王敬酒，众人理应陪同。

多霍洛一听让自己敬酒，立刻喜出望外，也没问明白怎么回事，端起酒杯，晃晃悠悠地朝裕王就走过去了。

宸妃和裕王仔细打量着这位女真巴图鲁。只见这位女真巴图鲁长相奇丑，又是个瘸子，打老远就能闻到他身上皮袍子发出的臭味儿，宸妃和裕王以及众女侍官早被熏得前仰后合，直往后退。宸妃坐在那里走不了啊，没办法，她只能捂住鼻子，把脸扭向一边。

多霍洛赶到桌前，打了个千，又叩了两个头，然后起身过去，竟在宸妃的脸上拧了一下，然后哈哈大笑。

他的这一举动吓坏了在场的各位，这还了得，这是欺君之罪，是要杀头的呀！

裕王不干了，万罕也吓得坐不住了。

辽东总兵李成梁下令众卫士捉拿多贝勒。众卫士一拥而上，抓住了还在狂笑的多贝勒。

多贝勒也没想到自己惹下这么大的祸，当众卫士七手八脚地把他按住以后，他才感到事情不妙。他挣脱了众人的束缚，打倒了几个卫士，然后骑上他的"黑缎兽"马跑了。这神驹，长尾长鬃一甩开，蹄子一蹬，一跑就是三百里。

多贝勒骑着"黑缎兽"像一阵风似的一直朝西跑下去，别看他喝多了，但他心里明白自己闯下了大祸，他怕连累自己的家人，所以并没有直接跑回古埒城，而是跑到古埒山边的榆树林中，才把马勒住。

明朝的兵马也随后赶到，可这些人哪是多贝勒的对手，他采用远来用弓、近处用刀的办法，杀死了一员偏将和十几个兵卒，就连保护裕王和宸妃的卫士也被他砍死十几个，吓得李成梁的兵马一个个拿着刀、枪、棍、棒，远远地围成了一个圈，但都不敢靠前。

螺角吹，人呐喊，多贝勒有些醒酒了，他知道自己已经惹下了塌天大祸，可是后悔已经来不及了。此时，明兵已经将多贝勒团团围住，眼看着包围圈越来越小，就要擒住多贝勒。

多贝勒刚逃出来的时候虽然是单枪匹马，可是，他的嘎什哈众将知道自己的额真有难，也都骑马追上来了。这些人杀开一条路，冲进了圈里，见额真正坐在笼起的火堆旁吃着马大腿，脸上毫无惧色。嘎什哈众将忙跪下请安，多贝勒豪笑着让大家快来吃烤肉，填饱肚子以敌明兵。多贝勒心想：干脆，给他来个一不做二不休，跟他们拼了！

正吵嚷中，哈达兵也到了，为首大将名叫包尔郎，是虎尔罕的先锋官。这包尔郎也是一员虎将，勇猛无敌。他身穿豹尾征袍，手使一对狼牙杵。

这哈达兵赶到以后并没有与多贝勒的手下交战，而是摆开一字队形。明兵见此情景，也马上分列两旁，闪开一处空地。

包尔郎打马冲入圈里，俯首请安，说："遵万罕口谕，请贝勒爷速速返回。"

多贝勒哪听他这个，大喝包尔郎让他快快退后，否则手上宝刀不留情。

包尔郎也是一个愣小子，与多贝勒性格一样，都是硬碰硬，他根本不理会多贝勒的话，打马就过来了。多贝勒见此情景，扔下正在啃着的马大腿，提着刀就迎了过去。

俩人到一起就动起手来。这包尔郎虽悍勇过人，又在马上，但也不是多贝勒的对手。几个回合以后，包尔郎稍不留神，多贝勒身子一纵，一下就蹦到他的马上，然后反手立刀，从包尔郎头顶劈下。一刀下去，把人劈成了两半。宝刀落在马背上，痛得烈马一声惨叫，蹿出人墙，咴咴叫着逃跑了。

多贝勒擦擦宝刀上的血，看着包尔郎带来的这些人，意思是你们还有谁不服，不服就过来试试。

兵勇们没想到先锋官在几分钟之内就失去了性命，一个个吓得目瞪口呆，谁也不敢再上前试巴。

这时，虎尔罕率手下飞马赶到。虎尔罕冲进人墙，跳下征马，来到多贝勒跟前，说自己是奉父罕之命，请贝勒爷返宫，一切事情由父罕担承，管保多贝勒平安无事。

多贝勒根本不相信虎尔罕的话，于是问道："你说你是奉万罕之命，你连万罕的令牌都没带来，我凭什么相信你？"

虎尔罕虽惧怕多贝勒的能耐，可他向来目中无人，又仗着自己是万罕的儿子，经常狐假虎威地发号施令，眼下见多贝勒不肯听自己的劝告，便又说："如果你不跟我回去，你看这战将如云，英雄难敌众手，猛虎难敌众豺，任你有天大的本事也逃不出这古埒山。到那时，如果朝廷要治你的罪，我罕阿玛也不能替你求情了。依我看，你还是识些时务，速速随我回城吧。"虎尔罕说着，手摁刀柄，就要动手。

多贝勒从小到大还没被人这样摆布过，何况是这与自己儿子差不多大的毛头小子。他大骂虎尔罕胆大无礼，说着要提弓放连弩。其实多贝勒倒不是想杀了他，他只是想发支梅针箭钉住他拿刀的手，叫他动弹不得。

就在这时，一阵角锣重鼓，打远处冲过来一队人马，能有百十号人。豹尾旗旗纛上系了一条白带。

队伍来到近前，走在前面中间的一位骑着万里黄龙驹的老者抬手大喊："混账的虎尔罕，还不跪下。我的好兄弟，快住手，万万不要伤了兄弟之谊。"

你知道来的是谁？万罕。对，是万罕。

原来，多贝勒闯下祸跑了。宸妃却不干了，是啊，自己身为当朝天子的妃子，却被一个相貌丑陋、身发恶臭的山野草民给摸了一下脸蛋儿，那简直就是奇耻大辱，那能干吗？宸妃哭闹不止，裕王也非常生气，多贝勒侮辱的不是宸妃，而是他裕王，是大明朝啊，他犯的这可是欺君之罪呀！

裕王盛怒之下传令下去："立即回朝。"

他要禀明父皇，立即发兵，血溅辽东。董尔吉妈妈见此情景焦急万分，一股急火攻心，昏了过去。

就在万罕手足无措的时候，小探频频来报：追赶多贝勒的兵马到哪里了，死了多少人；多贝勒被围困在古埒山。后来又听报虎尔罕带领先锋官包尔郎前去追赶多贝勒，万罕大吃一惊，因为他知道多贝勒的脾气，而且他也知道自己儿子不是多贝勒的对手。如果儿子跟多贝勒来硬的，不仅捉不回多贝勒，没法向朝廷交差，弄不好还得搭上自己的小命。万罕顾不上宫里乱得像一锅粥，忙召唤众臣仆安排诸事，自己骑上万里黄龙驹，披挂妥当，带上部将百余人，像一阵旋风似的望尘赶去。

万罕打马紧追，很快赶到古埒山，正见多贝勒要箭射爱子，急忙呼喊："手下留情。"

多贝勒见万罕亲临，心顿时软了下来，扔下手中的银环金柄宝刀，上前几步，甩手抖袍，给万罕请安。

万罕跳下马，扶起多贝勒。俩人席地铺上熊皮坐褥、坐枕，摆上玉壶、银杯。万罕还命随从传告明兵："请明兵退回侠倡宫，诸事由万罕我一人担承。若明皇怪罪，万罕我愿献首级到京师。"

多贝勒心眼儿多实呀，他见万罕如此仗义，心里非常感激，后悔自己行事鲁莽，给万罕哥哥添了麻烦。

此时，明兵已退。万罕和多贝勒并辔而行，俩人亲热如常，朝哈达部而来。

单说多贝勒身边有两个亲信，是亲哥儿俩，一个叫沙里虎，一个叫达里虎，这俩人心眼儿挺多。走着走着，他俩就觉得不对劲儿，贝勒爷闯了这么大的祸，万罕不仅一点儿没怪罪，甚至连一句责备的话都没说，态度反倒比以前更亲近了。哥儿俩就偷摸儿嘀咕，越嘀咕越觉得此事蹊跷，可又不好当着万罕的面说，怎么办呢？哥儿俩急得直跺脚。

突然，不知什么原因，沙里虎从马上跌落下来，满地打滚，头上汗珠直淌。众人忙下马搀扶，万罕和多贝勒也停下马，命人把他扶上马，以便继续赶路。说来也怪，达里虎也突然昏厥，汗珠直滴，满地打滚。不一会儿，又有十几个亲兵出现同样病症，痛苦不止。

多贝勒大吃一惊，随军萨满焚香祷告，神旨说此乃拦路五虎附身，暂且不宜出行，需在林中待几个时辰。等天交五鼓，晓星东升的时候，拦路五虎退去，众兵卒病症就能好。听萨满这么一讲，万罕与多贝勒便命随行在林中搭帐，四周点上篝火，征马放在四野，待避过五虎，再返回侠倡宫。

多贝勒陪万罕刚睡下，一个嘎什哈悄悄把多贝勒唤起，请出大帐。

多贝勒疑惑不解，只见沙里虎、达里虎领着众家丁跪在地上叩头，一个个精神饱满，疾病全无。

沙里虎跪禀道："贝勒爷，万万不可轻信万罕说的呀。万罕一向阴险狡诈、贪婪自私，他怎么会为贝勒爷您去承担罪责呢？奴才猜测贝勒爷此番回去，必定凶多吉少，贝勒爷不可上当啊！"

多贝勒一听大怒，大骂达里虎兄弟，说他俩是在挑拨自己与万罕的关系，并说万罕念及手足之情去求情大明皇帝宽恕他一野民，是诚心诚意地帮他解围，自己理应跟万罕回去。

其实多贝勒没全说实话，他之所以坚持跟万罕回去，还有另外一个原因，那就是女人。原来多贝勒自从打虎救了王忠以后，和王忠的关系一下就亲近了不少，来往也就多了，也就常到哈达部做客，有的时候就住在哈达部。时间长了，他就在哈达部安了一个家，并把他在外面掠来的两个小妾也安置在了这里，刚才自己跑得匆忙，忘了那两个小妾的事。打完仗，他一下想起来了，心里就开始惦记，他担心如果自己就这样一走了之，爱妾会被万罕父子夺走，所以当万罕提出让自己跟他回去，他爽快地答应了。

话说多贝勒在这里吵吵嚷嚷的，一下惊醒了万罕。万罕是个多精明的人哪，他一看眼前的场景，立刻就明白是怎么回事了。

万罕假惺惺地哭着说："我一片赤诚之心不被你们理解，我还有何脸面活在这世上？"说着，装腔作势地拔出腰刀要自刎。

多贝勒与亲兵忙上前拉住，并且不停地跪地给他磕头。多贝勒也请万罕原谅手下人不懂事，并表示他对万罕绝对信任，且令队伍马上出发。

沙里虎、达里虎兄弟见改变不了自己主子的决定，难过地说："额真的心比河水还清啊。可是额真为什么看不见河水中的毒蛇？我们哥儿俩先行一步，以报主子对我们的大恩大德。"说完，两人跪在地上给多贝勒磕头，然后一起跳崖而死。

沙里虎、达里虎兄弟牺牲了自己的生命，却没能改变多贝勒的决定。多贝勒跟万罕回到了侠倡宫。

回到侠倡宫后，万罕好酒好肉地招待多贝勒，并一再表示儿子不懂事，请多贝勒多多原谅，并告诉多贝勒，朝廷如果怪罪下来，有他万罕顶着。

多贝勒被万罕的仗义所感动，跪地请罪。

万罕搀起多贝勒，说："你我乃兄弟，兄弟之间不言谢。"

酒足饭饱之后，万罕派人把多贝勒送回了古埒城。

可是在这之后没有多久，多贝勒就在哈达部的侠倡宫死了。

对于多贝勒的死因，真可谓是众说纷纭。传得最多的，说多贝勒是被万罕的毒酒毒死的。万罕为什么要毒死多贝勒呢？是李成梁出的主意。李成梁为什么那么恨多贝勒呢？说来这也是由于多贝勒平时口无遮拦造成的。多贝勒天不怕、地不怕的性格，皇上老子他都不放在眼里，对哈达部万罕、大明朝总兵李成梁那更不在话下，他甚至常常大言不惭地说："我多贝勒是个打狼人，只要我酒性大发，爱摘哪个狼尾巴就摘哪个。"意思是说哈达部和大明将领在他眼里就像狼尾巴一样任意宰割。

万罕对其直来直去谁也不怕的性格早已恨之入骨，李成梁也是表面奉承，暗地里早有了篡除之心。后来俩人一拍即合，只不过总是找不着一个稳妥的理由和合适的机会，一是因为多贝勒力大过人，有万夫不当之勇，二来他身边有一个聪明俊朗、能掐会算的小王杲。所以，如果没有十拿九稳的把握，他们不敢轻举妄动，以防打不着狐狸空惹一身骚。

这回多贝勒借着醉酒拧了宸妃，这真是犯了欺君大罪呢，李成梁和万罕决不会放过这个篡除多贝勒的机会。于是，李成梁上奏疏，状告多贝勒欺君之罪。

嘉靖皇帝龙颜大怒，三下谕旨缉拿多贝勒。万罕和李成梁接到圣旨以后，有了底气，不过他俩顾忌多贝勒武功高强，也没敢轻举妄动，只是他俩为实施计划在等待机会。

这一日，万罕打听到王杲到抚顺御史大人府上去了，便亲自带人到多贝勒家，对多贝勒说自己留有专为明朝皇宫进贡的贡酒三坛，请多贝勒前去品尝。

多贝勒自打上次在万罕的虎啸林惹了祸，也没见朝廷对自己治罪，他知道是万罕帮了自己，心里对万罕非常感激，总想去侠倡宫道谢。再说多贝勒这个人素喜好酒，现在万罕亲自来请，他自然是什么也没想，跟着万罕就来了。

万罕命人打开一坛酒，酒香立刻飘满大殿。多贝勒贪婪地闻着，吧嗒着嘴。万罕微微一笑，说："兄弟，今天这酒你管够喝。"

多贝勒高兴得直点头。

万罕给多贝勒倒上一碗，多贝勒接过来一饮而尽。接着，万罕又给满上，多贝勒仍旧喝下。就这样一碗接一碗，多贝勒没注意，这期间，万罕一口也没喝。就这样，多贝勒在万罕的颂扬声中喝得非常开心，却不知道自己喝的是毒酒。一代枭雄，建州女真人的英雄，就这样被毒死了！

再说此时，狡猾的李成梁也带着兵马悄悄地埋伏在侠倡宫外，只等万罕得手，他率兵冲上，拿下多贝勒。如果万罕被多贝勒识破，他尽早逃之夭夭。没想到，多贝勒果中毒酒计。

多贝勒死得很惨，他死的时候七窍流血，身边的三十余个嘎什哈全死于宫门外。他的两个小妾也没能逃脱厄运，都被虎尔罕霸占，最后双双悬梁自尽。

多贝勒死了以后，万罕怕他的儿子王杲日后复仇，对外宣称多贝勒是暴病而亡，并把多贝勒葬于哈达河边。古埒城内的牛、羊、马、驼和众奴婢皆被万罕和李成梁私分，古埒城变成一片废墟。那匹"黑缎兽"被万罕饲养，后罕王努尔哈赤出世，万罕以重礼将此马送给了觉昌安，祝贺他抱了孙儿。此马后又归王杲，王杲以"功马"在厩中饲养，不许骑，以香供之，并用它配育出九匹"黑缎兽"马。此乃后话。

万罕为了封锁消息，把王杲接到他的宫里居住，每天锦衣玉食地招待他，不让他接触外界。

岂知纸是包不住火的，御史大人身边有一个小妾，原是万罕二女儿家的奴婢，后来万罕赠给了御史大人做妾。王杲在御史府的时候，经常见到这位御史小妾。他们两个原本就认识，他乡遇故知，自然又亲近了许多，再加上王杲英俊聪明，是个情种，与御史大人的小妾年岁相当，两个人趁御史大人出去巡查的时候，行了云雨之事。

一次，御史小妾在御史酒后的话里听出了端倪，在一次回万罕宫里的时候，偷偷地告诉了住在宫里的王杲。真可谓冥冥中自有安排，妙哉！

王杲这才明白万罕把自己留在宫里的原因。王杲一想，自己的阿玛对万罕有救命之恩，万罕都能为了自己的利益奉朝廷的谕旨把阿玛除掉，万一什么时候万罕反性了，再把他也杀了，怎么办哪？这都有可能啊！另外，阿玛就这样被人给毒死了，杀父之仇也不能不报啊！怎么报啊？在侠倡宫里除掉万罕，谈何容易？万罕身边御虾众多，自己单枪匹马地跟人家硬拼，根本不行，弄不好自己的小命都保不住，可就这样留在宫里也报不了仇啊。王杲想来想去，他做出了一个决定：先逃出去再说。

怎么才能逃出去呢？万罕安排了五六个御虾在王杲身边，名义上说是为了照顾王杲，实际是派来看着王杲的。王杲每到一个地方，都有人跟着，他根本没有自由。于是，他想到了万罕的二儿子三马突的媳妇。

说起这个三马突，他死得挺早，据说是被人用暗箭射胸而死的，但射箭之人是谁，谁也不知道。三马突死了以后，留下了他的媳妇和儿子。三马突的媳妇名叫二格格，也许在嫁过来之前是哪个王爷或贝勒家的二闺女，至于是谁家的闺女、具体叫什么就不知道了，只是大家都尊称她二格格。

这个二格格长得也很漂亮，一双水灵灵的大眼睛特别吸引人，但这个二格格性子特别刚烈。自从丈夫死了以后，她没再嫁人，而是一个人领着孩子待在万罕的宫里。万罕家大业大，也不在乎她那点儿吃的、用的。但令她别扭的是万罕这个老淫魔，专干偷鸡、摸狗、扒灰的事。三马突死了以后，万罕有事没事地总往她屋里钻，有意无意地摸一下、蹭一下，而且万罕不仅跟她这样，见着哪个女人都像个苍蝇似的往上叮，这让二格格特别反感。再说自己才二十多岁，而万罕已经近六十了，又是自己爱根的阿玛，虽然女真人不讲究什么辈分，但也不能儿子死了，又嫁给他阿玛呀！就因为这个，二格格心情非常烦闷。

后来王杲经常到万罕宫里走动，就认识了二格格。二格格非常喜欢这个白皙漂亮的小义弟，每次见到王杲，她都把王杲拽到她屋里去，跟王杲说话，给王杲做好吃的。

在这里说点儿故事外面的话，过去的女真人结婚都比较早，十二三岁结婚是常有的事，所以王杲虽然年纪小，但早就懂了男女之事。一来二去的，两个人就到了一起。

王杲阿玛被害的事，二格格也知道。她特别同情王杲，也特别憎恨万罕。当王杲把自己想逃出侠倡宫的想法告诉二格格以后，二格格二话没说，当即表示一定帮他。

二格格有个小儿子，年仅六七岁。这个小男孩非常聪明、淘气，深得万罕玛发的疼爱，常到万罕身边玩耍。

有一次，小男孩儿一个人在万罕的西暖阁里玩儿，看见紧贴墙角有一座张嘴的泥狮子，小孩儿就围着泥狮子玩儿。玩儿着玩儿着，小孩儿见泥狮子的眼睛锃亮的，挺好看，就伸手去摸。结果，泥狮子的嘴张开了，而且足能钻进去一个大人。小孩儿好奇，顺狮子嘴就钻了进去。谁知越往里走越宽绰，最后竟来到了一个很大很大的用石头堆砌起来的地库中。这里摆放着各式各样的珠宝玉器，有很多是当今皇上赏赐给哈达部的，每一件都价值不菲。

二格格知道以后没敢声张，并告诉儿子不准告诉任何人。眼下王杲求二格格帮助自己逃出侠倡宫，二格格就想起了这档子事儿，于是便叫来自己的儿子，由他给王杲带路，趁天黑没人，来到那座张嘴的泥狮子前，顺泥狮子内膛爬到万罕后宫的地下"珠宝库"。

王杲盗出大明敕书二百道（这是万罕夺走叶赫部的）、山寨城堡千户、铜印五十块，还得皇封"都指挥使"铜印一块。可叹在逃跑的过程中，二格格误中地箭，穿身而亡，幼子被护洞的毒蛇咬死，只有王杲得以脱身。

第九章　宸妃义拜觉昌安

且说宸妃被多贝勒掐了一下粉脸蛋儿，羞愤不已，她哪儿受过这个呀？汉人跟女真人不一样，那时候的女真人，男人掐女人脸蛋儿根本不算啥事，就是抱一下、背在身上，也都习以为常。但在汉人中就不行了，汉人讲究男女授受不亲，何况又是皇帝的妃子，被一个山野夷人给摸了，那哪行啊，再说这日后的闲言碎语她也受不了啊。宸妃百般不饶，寻死觅活，哭闹不止。众明宫女婢劝也劝不住。

裕王更是万分恼怒、焦躁，本来一路小心侍奉，又经武场观景，皇妃转愁为乐，自己正暗自高兴，谁想凭空闹出这等有失大礼的丑事来，更惧父皇降罪，忐忑不安，不知所措。李成梁也恨多贝勒斗胆，竟敢在大庭广众之下戏谑皇妃，欺君大罪，死不容姑。此事早吓傻了万罕和众部将，他们一个个慌张站立，暗暗祈祷神佛护佑，大事化小，小事化了，千万不要连累到自己的部落。

单说宸妃闹累了以后，情绪开始稳定下来。她不顾万罕和李成梁等人的苦苦挽留，执意要走。见宸妃态度如此坚决，众人也不敢违拗。裕王也怕夜长梦多，便依了宸妃的意思，准备择吉日速速南归。

裕王和宸妃要回京师，得有人护送啊。派谁去呢？李成梁不愧是念过书的人，心眼儿多，他怕路上再出什么乱子，就把这份差事推给了万罕。

此时万罕正忙着办丧事，怎么回事？给多贝勒办丧事吗？不是，是给老寿星董尔吉妈妈。

事情是这么回事，那一日多贝勒掐完宸妃脸蛋子跑了，董尔吉妈妈当时就吓昏过去了，到了晚上，虽清醒了过来，但却四肢僵硬，口吐白沫，说话含糊不清。万罕请来萨满跳神，也不见好转，最后竟于寅时归天了。

万罕一面忙着办丧事，一面张罗裕王和宸妃起驾的事，根本顾不过来。他想来想去，觉得让觉昌安贝勒父子护驾南归比较好。万一大明皇帝翻脸，也只能拿觉昌安父子撒气。万罕的用意很明了，他就是想借刀杀人，铲除辽东的又一大劲敌。

觉昌安父子也知道此去凶多吉少，但是没办法，不去不行。他们父子跟家人简单告个别，便带着队伍出发了。

简言直说，宸妃、太子车驾来到一处山崖下。宸妃要出去小溲，队伍只好停车轿，众女官陪同宸妃娘娘上山，来到一个僻静风少之处。众女婢用黄绫遮围，另有女婢捧来金盆漱皿侍候，还有女婢点起檀香，香味飘散满山。

裕王一行人就在山下等啊等啊。

忽然，几个女婢、太监慌张跑来，跪禀："娘娘跳崖了。"

裕王大惊，跌跌撞撞地爬上山，顾不得礼数，推开众女婢，来到近前查看究竟。

话说宸妃被多贝勒摸了脸蛋儿以后，一直羞臊恼怒、难过不已，想来自己小小年纪，就离开父母双亲，来到皇帝身边，过着笼中雀的日子，这回好不容易有机会出来散散心，看见从不曾见过的北疆风光，而且遇到一个真正关心自己、呵护自己的裕王，宸妃的心情好了许多。却不料命运多舛，在比武场上，遭到粗鲁野蛮的鞑夷的污辱，令自己颜面无存。为了保全皇家的颜面，她选择了离开这个世界，想到这些，她不免难过起来。

宸妃这一路上始终泪流如注，后来假借要小溲，命车轿落下，自己边走边查看，最后来到了一处有几十丈高的悬崖边上，在这里选择了一块空地。宫女们脸冲外，手里扯着黄绫围成一个圈，宸妃则在里面小溲。因为宫女们脸都冲着外面，看不见里面的情况，宸妃趁其不备，突然推开人群，跳下悬崖。庆幸的是，宸妃落下去的时候，被半山腰伸出的一根树杈接住，这才没掉到崖底。

众卫士七手八脚地把宸妃救了上来。宸妃上来以后更是失声痛哭，如疯人一般，任凭管事妈妈千般劝慰，也是枉然。护送的卫兵车马前后长达十里，只好原地等待。

这可急坏了觉昌安父子，这荒野林莽，方圆十几里地都没人，在这里待久了，若有强人来犯将如何应对？若是裕王和宸妃有一点点差错，他整个建州女真人的性命都将不保。

还是觉昌安的大儿子礼敦有主见，他在觉昌安的耳边如此这般这般地讲了一番，觉昌安听了挺高兴，便率部将来到车轿前，跪地说："娘娘，听附近的猎户讲，这里常有野兽出没。娘娘是千金之躯，断不能有什么闪失。娘娘，千不看，万不看，看在我们这些塞外野民的份儿上，请起轿前行。"

宸妃望着跪在眼前的这一地人，百感交集。其实宸妃也是一明白人，她虽怨恨多贝勒，但却爱这里的土民。塞北一行，改变了她对女真人的看法。平日只听说鞑子凶残食人，貌如恶鬼，此番见面，感受民风淳朴，心诚知礼，豪爽仗义，习俗独特，所以一见众女真人跪在轿幄外，心就软了下来。况且刚才跳崖未死，说明自己命不该绝，又见跪在前面的长者红颜慈目，忙问左右，方知是赫赫有名的觉昌安贝勒，很是敬重。宸妃叫众人起来，并传觉昌安上前回话。

觉昌安上前几步，等待宸妃问话。不想宸妃见了觉昌安，竟提丝裙彩带，漫步轻移，来到觉昌安面前，伏地下拜。觉昌安不知宸妃是何用意，吓得慌忙跪地叩头，连头都不敢抬起来了。

宸妃这才将自己的意思告诉觉昌安。原来，宸妃要拜觉昌安为义父，改异装做女真人，终生不再南归。

觉昌安哪敢答应啊，裕王也不答应啊。裕王慌忙阻劝，可宸妃心意已决，并扬言若肯依她便可启程，若不依她，宁可死在此地也不动半步。

裕王心肠好，又怜爱宸妃，不敢太逼她，也怕宸妃想不开，再出点儿什么意外。只要宸妃高兴，留在这里就留在这里吧。裕王只好准允，觉昌安也奉命收下这个干女儿。

觉昌安将裕王护送到抚顺，小歇一日，然后裕王启程回京师。

到了京师以后，裕王奏禀嘉靖帝，说："坠崖身亡，尸首不见踪迹。"

嘉靖帝流了两滴老泪，又一头扎到道教长生不老的修行中，可怜宸妃小小年纪，就再一次远走他乡。

只说宸妃着女真衣随觉昌安来到赫图阿拉，觉昌安命族中所有妈妈①、福晋、格格和众女佣仆人来见，依序磕头，然后在堂子里正式摆设香案，杀了猪和羊。宸妃又以父子礼叩拜觉昌安及族中众长辈、兄弟，并受众侄子、侄女、女婢的叩拜。宸妃虽是汉家女，但梳上女真头发，穿上女真袍服、靴子等，还真跟女真人一样，一点儿也分辨不出来。

宸妃本就心慈明敏，举止温雅知礼，平易近人，还天天跟着觉昌安

---

① 妈妈：满语，奶奶，后成为一种对女性的尊称。

的三福晋学习女真礼俗，很快便讨得众族人的喜欢和赞叹，人称她为德里给①格格，后尊称她为德里给妈妈。

觉昌安对德里给格格如亲生女儿，按照女真人习俗，姑娘到了及笄②的年龄，就要自寻配偶，行歌于途，还得和男的对歌相舞，诉家世，吐情肠，表心愿，盟誓言，展未来。觉昌安怕德里给格格一个人孤单寂寞，想给她说一门亲事，就把部落里的山音阿哥③召集到一起，让德里给格格从中挑选。没想到，宸妃虽然从装扮上把自己打扮成女真人，并且也起了一个女真人的名字，但汉家女子"好女不嫁二夫"的思想已经在她的脑子里深深扎下了根，况且自己曾经身为皇妃，所以更不可能再一次成为人妻。

德里给格格拒绝了觉昌安的好意，每日里教女真格格们刺绣描红，自造织机，采柞蚕茧织丝。觉昌安见德里给格格织锦技艺高超，便在城北扩出几幢房舍，供德里给格格居住，并拨给她三十个女奴，三十个男奴，辽东有了第一幢织锦包④。

努尔哈赤出生那年，觉昌安已经五十了。因为是五十得孙，觉昌安甚喜甚爱，视为掌上明珠。为了照顾好儿媳、孙子，觉昌安决定派一个精心、细腻的人前去照顾。觉昌安想来想去，唯一合适的人选就是宸妃，也就是现在的德里给格格。于是，觉昌安来到德里给格格的住所，跟她商量此事。

话说德里给格格自打来到觉昌安家，有众奴婢侍候，整天跟这些女真姑娘学骑马、打秋千、玩儿花棍、玩儿嘎拉哈，心情甚佳。她有时也教这些女真姑娘做南菜、做汉服、学习汉文化，姐妹们都对她非常好，她们像一家人一样不分彼此。德里给格格偶尔也会因思念亲人暗自落泪，但在觉昌安家人的关心和安慰下，日子过得还算舒心快乐。

这一日，德里给格格闻听阿沙⑤的宝贝儿子终于生出来了，她非常高兴，赶紧准备了几样礼物，想去看看刚出生的小哈哈济。正巧这时义父觉昌安来找自己，说起照看阿沙的事。德里给格格正愁自己在家无事可干，觉昌安阿玛话一出口，她立刻明白了什么意思。德里给格格自告

---

① 德里给：满语，南边。

② 及笄：女孩子到了成人的年纪。

③ 山音阿哥：满语，好小伙儿。

④ 包：满语，家、房子。

⑤ 阿沙：满语，嫂子。

奋勇，爷儿俩的想法一拍即合。

女真人侍候刚出生男婴的方法跟汉人不一样，因为他们成长的环境十分恶劣，所以女真男婴生下来就用细丝布、白皮板、彩皮条裹紧，不得撒手撒脚。包裹时两臂要端平摆正，腕骨放直，为了长大拉弓射箭能瞄准靶心，双臂有力；两小腿要绑紧，两腿并严，骑马才有坐力；"小鸡"要摁平，不能抬起，长大后骑马穿皮裤子才不会被磨伤；等等。这些常识，德里给格格跟着女真妈妈们很快就学会了。

有一次，王杲身边的爱将勒吉红来到王杲府内，见后室花院中德里给格格正在跟几个小女奴踢"行头"（"行头"是女真人的一种玩具，也称"熊头"，即用牛马毛揉成的各种球，几个人互相踢，各方有城，踢进对方之城者为赢，主要练脚力和机智勇敢）。勒吉红见德里给格格踢"行头"时更加好看，忍不住笑嘻嘻地贴上去跟德里给格格搭话。德里给格格见状，慌忙跑进内室。

打那以后，勒吉红经常借故来王杲家内室。德里给格格虽然从心里着实厌烦勒吉红的做派，可又不好意思明说，这样会驳了他的情面，可总被勒吉红这么纠缠也不是个事儿。聪明的德里给格格想出了一个主意，她要给勒吉红一点儿教训，让他知难而退。

于是德里给格格请人在院子中勒吉红每次来的必经之处挖了一口井，井里放一个用牛皮做的大口袋，女真人叫它女儿袋。据说，女儿袋是女真人的一种专门用来盛放女儿家用过的东西的，这里面包括月信布等。这口井里放的女儿袋比别的女儿袋里的东西多，因为正赶上额穆齐在月子里，这女儿袋中装的除了额穆齐生产时的血布，还有孩子的屎尿布等。

勒吉红不知道啊，他又来了，结果一下就掉进牛皮口袋中。勒吉红还没明白怎么回事，伺候德里给格格的奴才们一拥而上，扎住了袋口。

正巧此时王杲出征，点兵派将，点到大将勒吉红的时候，连点了三次，无人应话。

就在这时，德里给格格派人传话，说勒吉红将军睡在了女儿袋里。

众人立刻明白了是怎么回事，不由得大笑起来。王杲也是哭笑不得，碍于德里给格格的身份，他只好请亚嘎哈前去求情，请德里给格格放出勒吉红。

其实德里给格格也只是想给勒吉红一点儿教训，见亚嘎哈求情，便让人放出了满身尿骚臭味儿的勒吉红。

可经过教训的勒吉红仍不死心，他找到王杲，请王杲去求觉昌安，打算重金聘娶德里给格格。觉昌安没办法，就把勒吉红的意思转告给德里给格格。德里给格格仍然不从，并捎来一把剑，勒吉红若再提及此事，她就以剑殉命，勒吉红这才死了心。

大明隆庆帝登基后，德里给格格随建州部女真人进贡团曾被宣召入北京皇宫，谁也不知道这个俊秀的女真格格是宸妃。她游玩数日后，仍返回塞外，抚育罕王努尔哈赤。因对罕王悉心照料，恩重如山，备受罕王敬重，被称为"卓礼妈妈"①。

万历中年，德里给妈妈病死在罕王身边。罕王发迹后，于天命年宣布国中育蚕一事，这是因拜了德里给妈妈（卓礼妈妈）灵位后，罕王有所感，谕令国中女真人都来育蚕制丝，以慰妈妈之灵。

值得提及的是，自李成梁从哈达万罕处巧妙脱身，未承担护送裕王和宸妃的重差，就连捕捉多贝勒的差事也一揽子推给了万罕，回到辽阳府第，说与牡丹夫人。牡丹夫人听后甚是高兴，赞将军诸事办错，唯此事办得妥帖，令人称道。

说起李成梁的小妾牡丹夫人，那可真是不简单，李成梁能出人头地，很大程度上靠的是他的这个小妾。

明妃返塞，牡丹夫人早算出此行将生闪差，请李成梁静观好戏。

果不出所料，朝廷接到奏报："宸妃坠崖身亡，尸首不见踪迹。"

帝恻侧于大内，下谕令着李成梁等速剿狂夷，以抚朕怀。

李成梁等辽东臣将接到谕旨，甚为惊恐。李成梁回至府内，郁郁寡欢，不听众女弹筝，独自徘徊长吁。牡丹夫人见李成梁此态，知有缘故，便打发走众奴婢，问个仔细。李成梁便将宸妃归阴，圣上罪责命其剿夷等事学说了一番。

牡丹夫人想了想，说："将军勿愁，此事颇有蹊跷，妾身感觉宸妃尚在。"

李成梁惊问："何以见得？"

牡丹夫人曰："将军你想，宸妃觅死，情有可原，然虎贲之兵前拥后卫，女真将佐黠勇多谋，况李公公与裕王依侍于侧，婢仆女官委奉于前，宸妃觅死何等容易？更何况死后连尸首都无处寻觅，所以妾身以为宸妃未死。"

李成梁左思右想，觉得夫人所说在理，甚为惊喜，忙返身入内，唤

---

① 卓礼妈妈：满语，育蚕制丝女神。

书童研墨，他要起草奏文。

牡丹夫人忙制止说："将军且不可声扬，此事还应仔细斟酌。"

李成梁瞅着牡丹夫人，面带疑惑。

牡丹夫人接着说："将军若此时奏明圣上，无凭无据，将军岂不犯了欺君侮夷之罪？而且此事也牵扯到裕王，若他日裕王临朝掌玺，你我难逃磔戮。"

李成梁紧锁浓眉，捋着三缕黑髯，摇着头说："夫人，这左也不行，右也不行，你让本将军该如何是好？"

牡丹夫人绽开笑脸，露出两腮酒窝，胸有成竹地说："明日我携众亲随去苏水河畔找寻宸妃香踪，请将军在府上静候佳音。"

第二天，牡丹夫人带着亲随、女奴以打雁为名来到了佛阿拉，在后山见到一陌生女子，从其装束打扮上看酷似女真人，但行走待物甚为做作。因牡丹夫人常在塞外行走，会几句女真人的家常语，她突然冲这女子说了几句。果不出所料，这女子一时间竟张口结舌，不知所云。

牡丹夫人笑着自言自语地说："可叹，可叹，塞外女子不懂塞外语，汉家闺秀不认汉家妇。塞马思归，紫燕南翔，背乡忘宗不知其何也。"

这女子见牡丹夫人服饰、马饰、随从婢女均骑马上，知是汉家贵妇，而且听其话里话外语露讥讽，但又不敢详问，也不便多加解释，忙收起响铃角弓，带着女婢打马回佛阿拉了。

谁知这牡丹夫人紧追不放，一直追踪进寨。正巧觉昌安在府，忙迎入内，打千施礼。牡丹夫人进府后，推说自己累了，想借贵府小歇几日。

觉昌安哪敢怠慢，连忙点头答应，因自己夫人室内凌乱，不便迎迓，只好跟宸妃商量，请牡丹夫人在她屋里暂住几日。宸妃本是明事理之人，怎能不答应？于是，觉昌安就把牡丹夫人领到宸妃屋内。

牡丹夫人这才知道，原来她在后山看到的陌生女子是觉昌安的干女儿德里给格格，虽然牡丹夫人对这一身份有些怀疑，但表面上却不动声色。

牡丹夫人就这样在宸妃的屋里住了下来。她每天什么也不问，只是帮宸妃熟皮裁衣，拉拉家常，两人相处得很融洽。虽然牡丹夫人没说什么，但宸妃心里很清楚牡丹夫人是为自己而来。她每日里心神不宁，生怕露出什么破绽。

第三天晚上，宸妃实在挺不住了，她打发走身边伺候的奴才，邀牡丹夫人到院外赏山间明月。牡丹夫人也正想找机会跟宸妃好好聊聊，便爽快答应了。

两人来到一处无人地，宸妃突然给牡丹夫人跪下。牡丹夫人慌忙俯身搀扶宸妃，并询问缘由。宸妃请牡丹夫人一定为自己保守秘密，如若不然，她绝不肯说出实情。

牡丹夫人点头答应，宸妃这才把自己的真实身份告诉了她。

牡丹夫人一听事情真如自己所料，眼前之人真是当今皇妃，慌忙跪地给宸妃叩头，请宸妃宽恕自己不知皇妃在此未曾见礼之大不敬之罪。

宸妃摇了摇头，说："宸妃早已死在那山崖之下，现如今我是觉昌安阿玛的女儿，我将跟这里的女真人生活在一起，终老一生。只是不知道我的家人是否安好，我对不起他们！"说罢，宸妃痛哭不止。

牡丹夫人劝慰她说："事已至此，回宫已无可能。只是你若想留在这里，一定要多加小心。明探甚多，女真内部也多奸人，偶有不慎，祸及千家，就连我家将军也不能幸免。若皇妃不弃，臣妾愿与你结拜成姊妹，咱们相互关照。日后若有机会，我一定帮你找寻你的家人。"

宸妃一听，感恩不尽，俩人当即对月入拜。牡丹夫人年长，是姐姐，宸妃为小妹，两人当夜同衾而眠。

第二天，牡丹夫人把与宸妃结拜之事讲与觉昌安，吓得觉昌安一个劲儿地跪地磕头。

在牡丹夫人指点下，除了让宸妃穿夷装，更由觉昌安的沙里甘教习女真语，懂女真礼俗。没多久，聪慧的宸妃成了一个地地道道的女真格格。

牡丹夫人乘马返回辽阳后，将此事讲与李成梁。李成梁如获至宝，每每进宫见到裕王，都传报德里给格格的起居情况。裕王非常感谢李成梁，夸李成梁是神将，诸事都在他的掌握之中。裕王也常在父皇面前夸赞李成梁为社稷重臣，李成梁得到重用。隆庆年间，李成梁更是平步青云。

这真应了女真人那句土话：要发家得有好骒马！

第十章　王杲收将得神意

从侠倡宫逃出的王杲回到古埒后，发誓要为阿玛报仇。他重新竖起大旗，吹角盟誓，重振家威，自封"都指挥使"。他想尽一切办法，广招贤才能将，扩大自己的阵营。他还按千户铜印掠得万罕屯寨五十余处。万罕自知理亏，也不敢跟王杲太计较。王杲的地盘越来越大，又有大明敕书，声势日振，不少阿哈又重新聚集而来。只有阿哈们不行，还得有将才、有领兵的人啊，可这偌大的辽东，到哪里寻得良将呢？王杲终日苦思苦想，也想不出一个好招，只得借酒消愁。

一个秋天的晚上，王杲照旧喝完闷酒，和衣而卧。睡梦中，他梦见天空中一个大大的"冯"字奔自己来了，到跟前以后，一下扑自己怀里了，把他吓一跳。这一激灵，梦一下就醒了。

王杲感觉这个梦做得非常奇怪，梦见"冯"字进自己怀里来了，是什么意思呢？王杲会测字算卦啊，他就在那分析上了，"冯"字入怀，能不能是暗示他盼望已久的良将到了呢？而且如果把"冯"字拆开来看，"冯"字左边是两点水，右边是个"马"字，也许到有马、有水的地方就能寻到我梦寐以求的良将。哎呀，如果梦中暗示准的话，我的心愿就要达成了。王杲越想越高兴、越想越兴奋，连觉都睡不着了。

次日一早，王杲早早地起来，洗漱完毕，连饭都没吃，骑上马沿苏子河就往上走。他一路走来一路寻，看哪个像他要寻找的人。寻到两个河泡子边上的时候，看见河泡子边的一棵大树上捆绑着赤身裸体的一个人。那个人连渴带饿，再加上蚊虻叮咬，已经昏死过去了。

在这里我说书人还要多说几句，草原和树林子里的蚊虻相当厉害，人被叮咬上以后，痛痒难忍，非常难受，而且有的虫子有毒，被它咬上以后，很快会失去知觉。如果把人扒光了，放到树林或草棵子里，任凭风吹日晒，蚊虻叮咬，用不上一天的工夫，人就不行了。说来这也是古代相当重的一种刑罚。

王呆亲自下马，帮那人解开绳子，众人七手八脚地扶着他，把他放到地上。王呆又命手下人拿来装水的皮囊，倒了一小瓢水，然后给他一点一点饮下。

过了许久，那人才动了动嘴角。

王呆等人非常高兴，轻声呼唤："兄弟，你醒醒，你醒醒。"

那人微微睁开了眼睛，看见自己正躺在一个白面书生模样的人的怀里，这人手里还拿着一个水瓢。他知道是这个人救了自己。

由于那个人体质好，所以恢复得很快。他挣扎着站起身来，给王呆深施一礼，感谢王呆的救命之恩。

王呆赶紧扶他坐下，他自己接过水瓢又喝了一些水，精神头儿立刻来了。因为不知道他多长时间没吃东西了，所以王呆不敢贸然给他进食，只是让手下人喂了一些奶干儿。

王呆问他："你是哪里人？怎么被绑到树上了？"

见救命恩人问话，这个人也不隐瞒，他一五一十地把自己的底细全都告诉了王呆。

原来，被绑之人叫勒吉红，也是女真人，从前是一名控马奴，也就是盗马贼。后来由于被官府通缉，被迫逃到了汉地，因为他会养马，就给一个贩马的客商做了伙计。这个客商看勒吉红武艺高强，为人实在，非常器重他，不仅升他做了饲马总管，还给他说了一个汉家的媳妇，并且有了孩子。

前几天，勒吉红与东家一起去蒙古买马，在苏子河边遇到一股土匪，这些土匪都是蒙古人打扮，能有一二百人。遭遇的结果是马匹被抢，东家被杀，虽然勒吉红奋力拼杀，但无奈对方人太多，他终因寡不敌众，被抓住绑在了树上。

勒吉红不知道，其实这些人并不是蒙古人，而是李成梁的手下。他们化装成蒙古土匪，到处抢掠，搜刮民财，夺"火牌""首饰"。"火牌"，是用烧红的铁条在木板上烙出一个"吉"字，是朝廷颁发的过往官衙、哨卡用的特殊通行证。

王呆救下昏死过去的勒吉红，把他收为部下。勒吉红为了感谢王呆的救命之恩，把他带到一个深山坳里，那里藏有老东家贩来的骏马五百余匹。

王呆非常会用人，勒吉红不是懂马吗，他就叫勒吉红继续贩马、养马，而且专挑黑马，组建起了一支黑马队，叫"马骑超哈"，也叫"黑风神"。

王杲为了笼络各方人士，利用自己会说汉语、识汉字的优势，经常出入开原、抚顺等地，化装摆摊，占卜测字。

有一明廷的备御叫徐逊，是李成梁身边的一员武将，擅长淬刀枪、冶炼兵刃。李成梁的大儿子李如松看中了徐逊的小妾小金莲，趁徐逊在烘炉司监看锻刀的时候，越墙钻窗潜入幽室。小金莲半推半就，两个人搂在一处。

打那以后，李如松找机会就与小金莲幽会。徐逊感觉出小金莲有点儿不对劲，她对自己不像以前那么好了，而且总是找借口不与自己亲近。

有一次，徐逊为给辽东兵部赶制兵器，在烘炉司监工，他已经一个多月没回家了。这一日徐逊突然觉得身子不舒服，有些疲惫，就想回家休息休息。没想到，他在自己府上附近的街口与李如松打了个照面。李如松看见他以后，脸立刻通红，支支吾吾地说不上话，后来敷衍地说到这边来找一个朋友，然后慌忙走了。

徐逊当时就有些怀疑，他一个堂堂辽东总兵官的儿子，找什么人需要自己亲自出马呀？而且身边一个亲兵都不带，况且这附近也没有什么官宦人家呀。当他回到府上的时候，撞见小金莲衣衫不整地从内室里出来。

小金莲没想到徐逊会突然回来，神情极不自然。徐逊当时就猜个八九不离十，但苦于自己没抓着什么把柄，而且李如松有个当总兵官的父亲，权势比自己大，他是敢怒而不敢言，既生气又窝火。

这一日，徐逊心里烦闷，信步来到街上。走到一个十字街口的时候，迎面碰见一白面书生。此书生身穿白色衣袍，相貌英俊，举止温雅，向他深深施礼作揖，说："徐备御，测字否？"

徐逊猜不出此书生是怎么知道自己身份的，也来不及细想，见对方施礼，自己忙还礼，心想：此刻心情愁闷，测一个字，排遣一下也好。

于是，徐逊来到书生测字摊前坐下，问："如何测？"

书生说："请徐公任写一字，晚生从徐公字法墨迹中，可窥知福祸未来。"

徐逊心里想着小金莲的事，哪有心思问字，只是打了个唉声，信手写了一个"徐"字，然后不再说话。

书生看了一会儿，大叫说："徐公，恕我直言，此字凶多吉少！"

徐逊大惊，忙站起来，问："此话怎讲？"

书生以妙通诗礼之口讲道："徐公所书之徐字，笔迹忐忑若蛇行，可见公心中积有大愤，此乃情伤所致；从字中显见积怨难排，从字中又可见系为'三人事'而生，有一外来之人在欺压你。"

徐逊越听越觉得奇怪，此人讲的还真贴铺衬，是啊，我、金莲、李如松，我们不正是三个人吗？李如松仗着他父亲的势力欺负我，这也对呀。徐逊心里不免暗暗佩服，但怕对方是在蒙自己，追问道："何以见得？"

那书生说："请看，你所写之徐字，左、右半部上边，皆有一个人字，而且此人正骑在徐公您的头上。不是吗？"

徐逊一听也对，自己现在确实是被人骑在头顶上啊。他点了点头，屈辱的泪水止不住流了下来。

书生继续说："晚生还知道你为何愁烦，此事都因'余'字下边的那两个人哪。"

徐逊感到非常尴尬，厉声断喝："放肆，休得胡说。"

书生笑着说："徐公您别急嘛。您听我慢慢跟你说：你看徐字的右半部是个余字，上边是个人字，下边是个千斤的千字，这个千字就代表着女人，左右两边有两点，这说明有两个人都抱着她的脚。"

徐逊更加敬重书生，他低下头，不再言语。

书生接着说："徐公勿伤心勿羞怒，听在下继续给你解，从字面上看，你现在不仅有夺妻之恨，而且还有杀身之祸。"

徐逊一愣，说："这又是从哪儿看出来的呢？"

书生说："徐公请看，这余字倒过来，便是小土埋一人，必有杀身之祸。徐公，此地不可久待，你要速速远去。"

徐逊听罢，忙跪拜求告生路。

书生说："'余'近'水'字，你要找有水的地方躲藏，未来必有光明。"

徐逊问："哪里有水？"

书生说："你到苏库素护河上的古埒城，有个首领叫王杲。他专门结交天下豪杰，何不投之？"

其实徐逊自打知道自己的处境以后，就有意出走，他也知道有个叫王杲的女真人，是个大英雄，只是苦于无人引荐，眼下书生与他想的不谋而合，于是点头说："你说的这个王杲我听说过，可是我不认识啊，而且也没人给我引荐呀？"

书生站起身来，把徐逊拉入内帐。只见书生脱下白袍，露出铠甲，拱手作揖，说："我就是王杲，知将军境遇，特来救你。"

徐逊喜出望外，原来此人就是大名鼎鼎的小英雄王杲。他急忙跪地磕头，拜见自己的新主人，跟王杲一起来到古埒城。

王杲回到古埒，靠各种办法，召集了一些贤士，并很快发展起来。但他觉得跟相邻的几个部落相比，自己的势力还不够大，北关的叶赫部清佳努、杨吉努两兄弟那是雄兵在握，建州部又受到觉昌安的辖控，东边的兀堂夫妇虽然表面上对自己臣服，但暗地里总是跃跃欲试，万罕的身边有儿子虎尔罕助阵，而且又有明兵数万统管数千里地界。要报仇，要驰骋千里，只坐守古埒绿水青山是不行的，是会重蹈阿玛之覆辙的。然而，如何能逢凶化吉，成就霸业？

王杲这个人有个脾气，就是每逢遇到什么事，他都把大家伙儿召集到一块儿，听听大伙儿出的点子，当然这次也不例外。他叫来勒吉红、徐逊等众朋友，几个人一边在河边柳林里饮酒，一边闲聊。

有的说直接发兵攻打万罕，兴师雪仇；有的说先用兵于建州，安内然后北进哈达部；有的说西联图门罕王爷，送女成亲，学汉人结秦晋之好。

大家只管在一起饯饯，喝酒吃肉，王杲却咀嚼无味，心情郁闷。他站起来，信步朝河边走来。望着皎白的明月，他忽然想到师父教的神卦，何不问卜于天？于是，王杲命身边奴才唤来萨满妈妈，在河边摆神案，设香。神鼓咚咚，神铃晃晃，连响了三夜。

萨满妈妈请过祭祀众神，王杲率众将跪于神案前，申明心意。他在地上用木棍画出诸部落的方位图，祈神祇点示。

说来也挺奇怪，当时正是繁星点点，月亮当空，河边突然出现一位老者。这位萨克达①红颜白发，个子很矮，还没有桌案高。老人手捧一坛酒，话也不说，快步走到王杲面前，抱起坛子把酒倒在地上。这酒像白银闪光，倾泻而下。众人正奇怪，老头儿却转过身奔到河边，突然消失不见了，只见一只白毛尖水獭隐于水中。

萨满妈妈忙焚香磕头，用鼓声相送。王杲也觉奇怪，回头再看这地上的白酒，像倒在斜坡上一样，很快流淌开来，酒流先流向北，把王杲在地上画的叶赫城团团围住，然后又南流围住了建州诸部，最后西流围住了蒙古沙漠。白亮亮的酒里，只有哈达城像个小小的蚁垤，凸露在外。

---

① 萨克达：满语，老人。

王杲见了，顿觉开朗，忙率众人叩拜水獭神，命萨满妈妈撤下神案。

就在这时，忽有探马传报："叶赫美女、清佳努和杨吉努兄弟俩的胞妹聘于哈达，万罕父子为争妻欲大动干戈。"

王杲正愁不知如何走这第一步棋，就传来哈达部内讧的消息，真乃是雪中送炭。

王杲笑道："这正是哈达王陨落之前兆！"

第十一章　哈达部父子争妻

　　说起北关叶赫二努——清佳努和杨吉努兄弟俩，他们的祖先原是蒙古人，姓土墨忒。后来，他们灭了扈伦国的纳喇部，便以地为姓，改姓纳喇氏。明正德年间，叶赫部首领褚孔格率众南迁，来到叶赫河北岸定居，建叶赫国，俗称"叶黑、夜黑"。

　　叶赫部最早的祖先叫星根达尔汉，叶赫部成立不久，星根达尔汉就去世了。他的儿子席尔克明噶图继位，这时候的叶赫部还不强大，经常受到周围部落，特别是海西女真中势力最强的哈达部的侵扰。传到席尔克明噶图的儿子齐尔噶尼的时候，部落才发展起来，也有能力向明朝进贡了。传到齐尔噶尼的儿子褚孔革这一辈时，部落开始强大，但因褚孔革反明，被万罕的叔叔王忠斩于开原马市，敕书也被全部霸去。

　　褚孔革的儿子歹杵懦弱少才，庸庸而亡。歹杵有六个儿子，这六个儿子窝窝囊囊，什么本事也没有，整天只知道暴饮打猎。可是歹杵的弟弟台坦柱的两个儿子很有作为，他们分别叫清佳努和杨吉努，史称"二努"。

　　这清、杨二努跟他们的几个堂兄不同，他们建立了叶赫东城和西城，声威日振。但因哈达万罕有明廷撑腰，所以二努虽有两世的仇恨，但也只能卧薪尝胆，潜忍于胸，在万罕面前唯唯称臣。

　　时间长了，清、杨两兄弟就忍耐不住了，可要这么硬碰硬地跟万罕干肯定是不行，得想个办法。想什么办法呢？想来想去，他们想到了自己一奶同胞的妹妹——温吉格格。

　　说起这温吉格格，年方十六，长得肤如白玉，妩媚动人，用貌若天仙形容一点儿也不过分。她是草原上的一颗明珠，有多少贝勒前来求亲，都遭到了温吉格格的拒绝。

　　温吉格格这也不嫁，那也不嫁，她要嫁什么样的人呀？难道她有意中人了？不对。这温吉格格呀心气儿高，"非王不婚，非王不嫁"。她曾央求辽东总兵官李成梁的小妾牡丹夫人牵线搭桥，请宫里的太监们给说说好话，希望能被选入宫中，陪王伴驾。

牡丹夫人那也是绝顶聪慧之人，知道叶赫部素来愿意违拗朝廷，明皇对他们早有嗔怪和防范，所以只是收下了清、杨二努的名马、土产等厚礼，却搪塞着并未给做这个皇媒。后来，清、杨两兄弟实在被逼急了，牡丹夫人就推托皇上体弱不选夷女。温吉格格没办法，只好死了这条心。

有一次万罕的儿子虎尔罕出外打围途经叶赫，天上正好飞过来一群大雁，虎尔罕一箭射穿了头雁的两只眼睛，引起阵阵喝彩。就在这时候，温吉格格也出外打猎，俩人马头碰马头，打了一个照面。当时温吉格格只是瞥了他一下，一笑而过，并未跟他搭话。可就是这一笑，令虎尔罕魂牵梦绕，系念于怀。

从此，虎尔罕对清、杨二努甚是敬重，不再苛求，而是处处讨好，其用意在于求娶他们家的凤凰。清、杨二努知道虎尔罕的用意，也打算利用这个机会，发展自己部族的势力。兄弟二人与温吉格格一说，温吉格格也挺高兴。可谁知，二努将妹妹浓妆画像送到侠倡宫后，竟被那老色鬼万罕给相中了。他当即命人备彩礼，要聘温吉格格为妃。

虎尔罕一听就火冒三丈，他自恃有兵将千员，牛马百群，阿哈上千，哪把父子之情放在心上，提马横刀要血溅阿玛罕宫，可吓傻了众随臣裨将。更何况礼敦、兀堂均在外地远戍，不在虎尔罕跟前，没人劝阻。

万罕仗着自己也有亲兵嘎什哈和众虾，所以宁死也不愿把叶赫美人撒手。双方磨刀霍霍，大有血溅宫楼之势！

要说这虎尔罕勇猛惯战，蛮悍若黑，有万夫不当之勇，但没有人性，而且非常喜欢杀人，杀个人就像杀只鸡那么简单、容易。女奴自到他身边寿命都不超过五年，男奴更是短命，如同蜉蝣！

虎尔罕有一个奶娘叫福额莫，是侍候他长大的。虎尔罕二十五岁的时候得了风寒，一病不起，就把福额莫叫来侍候。

福额莫说："你这小子尽好女人，伤了身体，最好以人乳乳之。"

虎尔罕说："我从小吃你奶长大的，至今仍想吃你奶。"

福额莫说："我年纪大了，早已不孕，哪儿还有奶？净说傻话。"

虎尔罕坚持不止。

福额莫知道自己活不了了，拿出匕首，让虎尔罕剖腹取奶。

谁承想，这虎尔罕竟拿起匕首，亲手将奶母福额莫剖腹，拿出乳房，看里面是否有奶。福额莫身上的肉被肢解，仍站立不倒，死后两眼泪流不止。

虎尔罕有三个同胞兄弟，一个叫三马突，一个叫往失，还有一个叫那木台。这三人从小就得到万罕的宠爱，常待在万罕身边。虎尔罕非常嫉妒，他怕三个弟弟长大以后跟他争夺罕位，便想法要除掉他们。

有一次，往失去河套牵马，恰巧遇到虎尔罕哥哥。

虎尔罕装作难过地说："我得了一种怪病，明天就要死了，以后咱们兄弟难在一起了。"

往失听了大吃一惊，安慰他说："哥哥，不要伤心，咱们去求萨满，祈祷神灵保佑阿哥长寿。"

虎尔罕说："我已经求过萨满了。萨满妈妈说了，只要吃自己弟弟的半块人肝就会好的。"

往失说："人肝咋能取呀？取了人不就死了吗？"

虎尔罕说："有神保佑，取了人肝人也不会死。好弟弟你就可怜可怜我，借我块人肝，日后我躲过厄运，就把我的人肝割一半还给你。"

往失正不知所措，虎尔罕早命人将他抱住，一刀刺去，杀了往失。

回去以后，虎尔罕哭报说："往失遇熊，搏斗而亡，尸体已火化厚葬。"万罕不知真相，信以为真。

虎尔罕的二弟三马突，被他用暗箭射胸而死。四弟那木台则是被他引入山野荒火中烧死的。

虎尔罕扫清身边的一切障碍，步步青云。万罕让他执掌各路人马，人称大贝勒。虎尔罕早有取代万罕称尊之念，但万罕威严显赫，左右护卫甚凶，他只能瑟缩而不敢动手。此刻，怀思已久的窈窕秀女又要被夺走，虎尔罕岂可放手？而且又久藏杀机，所以要拼个你死我活。

这爷儿俩为了温吉格格大动干戈，拔刀相向，使王杲找到了机会。

王杲决定以厚礼拜会万罕，然后见机行事。

此乃兵法云之：戢兵善谋胜于兵。

话说自打王杲从侠倡宫逃走以后，万罕每日里担惊受怕，惴惴不安，他知道王杲的脾气，也知道王杲的能耐，虽然自己地域广阔，兵强马壮，但若惹急了这小子，也够自己喝一壶的。眼下王杲非但没打上门来，还送来自己最最喜爱的名骥百匹，万罕欣喜若狂，赶紧出门迎客。

虎尔罕听说王杲来了，也出门迎接。

王杲不单武术超群，更有诸葛亮三寸不烂之舌。他首先恭贺万罕喜得爱妃，并说："罕阿玛塞北之王，功高天下，理应收妃，此乃顺应天意。

叶赫献妃于罕阿玛，罕阿玛若拒之门外，岂不伤北关民心？罕阿玛不可迟疑，不可逊让，一定要收小妾以得民心！"说完，献上苏水名骥三百匹。

万罕乐得走下虎榻，亲自扶起小王杲，且激动得老泪纵横，恨自己亲生子反倒不如义子懂得阿玛的心。

这虎尔罕坐在一旁，听王杲小嘴儿巴巴地讲，越讲越不中听，气得他直喘粗气，但就是不敢吱声，因为他怕王杲啊。王杲不仅武术厉害，心计也比他够用，在这方面他不知吃过多少苦头，所以不敢造次，只是恨得咬牙切齿。

王杲忽然转过身来，手拉兄长，拜过万罕，竟往侧室而来。

虎尔罕不知王杲葫芦里卖的什么药，吓得手直哆嗦。他心想，好小子，你讨了老色鬼欢心，卖了乖，我没吱声，难道又想要整治我不成？

王杲手拽着虎尔罕，像有九牛二虎在拉他前行。虎尔罕想走又走不开，想说又不敢张嘴，后来干脆闭上眼睛，蹲在地上不起来了。

王杲笑了笑，把虎尔罕扶起来，说："虎尔罕阿浑，小弟祝贺你！"说着，跪下与虎尔罕行抱见之礼。

虎尔罕见王杲这般样子，真是在云里雾中，晕晕乎乎的。他是又气又恨又伤心，千种滋味一腔积怨，最后竟哇哇地哭起来。

王杲问道："虎尔罕阿浑，你这是为何呀？"

虎尔罕怒问："我与你无怨无恨，你为何戏耍我，拆我良缘？"

王杲笑着说："虎尔罕阿浑，不要伤心，小弟正是为此事而来。"

虎尔罕疑惑地望着王杲。

王杲接着说道："小弟夜得一梦，梦见骑在阿浑你身上的一只狼在吞一只野鸡，小弟解得此梦乃为凶兆。阿浑你想：狼性贪，吞鸡不足，必将危害于你。我坐卧不安，急命奴才们打探情况，方知你将大难临头，故此冒死前来救你。你却斥我不仁不义，真是个'呼嘟力'！"

王杲所说的"呼嘟力"乃是女真人传讲的神话故事里的人物：传说一次天神为了救地下的石头阿玛，将妖魔要把他化作泥浆的消息告诉了他，并让他快躲到草叶下边，免得被妖怪看见。哪承想，石头阿玛听了以后，不但没感激天神，反怨天神无事生非，惹得他不能安生。"呼嘟力"就是石头阿玛的名字。

因为虎尔罕也是女真人，所以关于"呼嘟力"的故事他也知道。虎尔罕想了想，觉得王杲说的在理，便表示说："自己决不做'呼嘟力'那样的糊涂虫。"

王杲接着说:"叶赫二努与你家祖上有两代血仇,他现在用美人之计,意在让你们父子刀剑相争,他叶赫从中渔利。据我所知,温吉格格是有名的淫邪荡妇,她跟过的男人多过天上的乌鸦。她嫁入宫中,必来查看宫内之事。阿浑若伴她于枕边,岂不是为别人在自己身边安插了暗探?阿浑你不知道惜命,做弟弟的我还为你惜命呐。况且罕阿玛喜爱淫女,你不讨罕阿玛欢心,将来如何能接替罕位?马还能缺芳草地吗?蜜蜂还找不到花堆吗?你二十余载风风雨雨走到现在,岂能轻易毁在一个情字上?"王杲说得在情在理。

虎尔罕被打动了,他不再怨恨王杲,反倒觉得王杲是自己的倾心知己,大有相谈甚晚之意。虎尔罕更恨叶赫清、杨二努居心险恶,也恨万罕阿玛荒淫,更加亲近王杲。

至此,王杲在万罕父子身边更加被器重。万罕感激王杲在关键时刻出手相救,使自己抱得美人归。为报此情,他将备御大权由虎尔罕身上转交给王杲。王杲从此不单是古埒城主,而且统管建州各部,从哈达以南西抵明朝抚顺、开原关,广袤沃土均受王杲节制。

虽说王杲给虎尔罕讲清了迎娶温吉格格的利害得失,虎尔罕也打消了这个念头,但虎尔罕为了父罕夺妃一事,始终耿耿于怀。

为了安慰虎尔罕,王杲返回古埒城后,特地把自己的两个干女儿嫁给了虎尔罕,并派车轿护送到了侠倡宫,成为虎尔罕的姊妹福晋。虎尔罕死后,二位福晋双双为虎尔罕殉葬。这是后话。

且说万罕娶了温吉格格,倒是风流快活了一阵子,但万罕毕竟六十几岁的人了,而那温吉格格是个淫荡风流的人,即使万罕每天吃鹿鞭、虎鞭等各种壮阳的补物,也满足不了她的欲望。

于是,温吉格格就把眼睛盯在了自己想嫁的人——年轻力壮、血气方刚的万罕的大儿子虎尔罕的身上。但虎尔罕记住了王杲告诉他的话,根本不理会温吉格格的挑逗和勾引。温吉格格没办法,就把眼睛盯在了万罕尚未娶妻的另一个儿子唐古鲁的身上。

话说这个唐古鲁跟他的几个哥哥不是一个额莫所生,按理说这也没啥,万罕尊为罕王,多娶几个妃子是正常的。可唐古鲁的额莫却跟别人不一样,她死得非常惨。据说万罕年轻的时候,有一次外出狩猎,夜里醉卧在哈达河边的一个花奴家。这花奴是专为万罕养花的。花奴的老伴儿去世得早，只留下了一个女儿，叫依尔哈格格①。依尔哈格格当时年仅十四岁，长得水灵俊俏，万罕一下就喜欢上了她，要召她入宫。依尔哈格格舍不得丢下与自己相依为命的阿玛，执意不肯。万罕非常生气，竟命护卫把花奴绑在柱子上，然后在庭院中铺上豹皮轻褥，再把依尔哈格格扒得精光，四肢绑在几凳上，最后把众卫士轰到院外守护，让花奴眼睁睁地看着爱女被万罕蹂躏。一连三夜，老花奴气得咬碎舌腮，两眼鼓出，暴怒昏厥而死……

老花奴死了以后，依尔哈格格被捆入宫，住进了柔香斋，供万罕夜夜蹂躏。不久后，依尔哈格格有了身孕，万罕便让她住进了内宫。九个月后，依尔哈格格生下一子，名叫唐古鲁。依尔哈格格虽然为万罕生了孩子，但她时刻不忘老花奴临死前那愤怒的眼神。依尔哈格格茶饭不思，悲恸欲绝。在生完孩子不久，依尔哈格格趁女官、卫士不注意，把剪刀插进自己的心脏，自杀了。

依尔哈格格死了以后，唐古鲁因没人照顾，所以他没像其他几个兄弟一样与自己的额莫住在一起，而是一直住在内宫，待在董尔吉妈妈身边。

---

① 依尔哈格格：满语，鲜花公主，汉语名字为花娘。

第十二章　东海女情系王杲

　　话说万罕将备御大权交给了王杲。王杲得封，觉昌安父子、王兀堂夫妇均受王杲管辖。而此时女真人已经达爷成千、扈伦成百，出现群星争斗的局面。势力最强的是哈达部，王兀堂部仅次于王杲部，叶赫稍优于王杲部。

　　觉昌安父子原与王杲阿玛多贝勒关系不错，他们之间常有交往。王杲自领苏水西域做魁首后，觉昌安父子还算听话，可王兀堂夫妇却总想生事，特别是王兀堂，他总想跟王杲比试比试。夫妻两个夜里对坐商议，王兀堂之妻乌龙格格与王兀堂相比，还算是比较聪明的，也比王兀堂有头脑。

　　王兀堂有个最大的短处，就是目光短浅，而且极其爱小。乌龙格格多次劝说："爱根哪爱根，千万别占王杲的便宜，他的便宜可不好占哪。他是一只坐地虎，眼睛净盯大个儿的。你要是占他几垄地，拐走他几匹马，他不跟你计较，要是多了，早晚是个账啊。"

　　乌龙格格说的是真对，王兀堂确确实实就栽了这个爱小的跟头。在一个暴雨雷鸣的深夜，王兀堂正在饮酒庆祝自己才从王杲的地界悄悄划过来一片饮马塘，王杲的黑马神兵就杀过来了，只一个时辰的工夫，就连踏王兀堂七寨，杀奴卒数百人，掠走牛羊数百头。王兀堂做梦都没想到，王杲的黑马兵会这么厉害，吓得连声都不敢出，乖乖称臣。

　　开始的时候叶赫部也不服王杲，后来他们见王杲和解了万罕父子的相争，而且自打温吉格格嫁给万罕后，万罕对叶赫部倍加关照。叶赫部也开始扩大地盘，建兵立寨，生活渐渐富庶起来了。清、杨二努非常高兴，一致称赞王杲能力超群，也都听从王杲的调遣，王杲的管辖范围迅速扩大。

　　王杲有个特点，他打仗的时候，喜欢将被抓来的老弱男子杀死，壮者当奴才，幼童养育于寨内，长大以后做奴才。而被抓的女子则不同，她们被全部收养，这其中汉女、女真女均有。有些姿色的，王杲就留在身边，但因为王杲已经娶了东海窝集部突突布玛发的女儿亚嘎哈做老婆，所以那些留在他身边的女人，他也只能收为妾，有的收作义女。

说起亚嘎哈那也是非常有说的，她是东海窝集部人，悍勇、豪放、粗野无羁，令人胆怯。他俩是怎么认识的？这要从几年前的一次奇遇说起。

当年王杲从侠倡宫逃出，为了重振家声，需要广结天下豪士，有一次在开原马市闲游，正巧遇见明兵将佐六人，在搜查一个女真老叟装有金狐皮和白尖紫貂皮的皮囊，硬说老叟携带弓箭和匕首进入马市，违反了朝廷的禁令，还斥责他不该到开原马市，因为老叟的入市火牌是到抚顺关的，时间在阴历的逢五入市。借这个机会，几个人把老叟吊在钟鼓楼的女儿墙上，剥下皮裤打他的屁股，并把老叟的三桦篓大粒盐都扔撒到了地上，哈哈谑笑。

王杲是个仗义之士，最忌恨有人欺诈他人，每次遇到这样的事，他都不顾死活，拔刀相助。见有女真老叟受人欺负，王杲就要冲上去帮助老叟。他身边的勒吉红阿哥一把拽住他，叫他不要多管闲事，恐生乱子。

王杲把勒吉红往旁边一推，几步蹿上去，大骂明兵是强盗，竟敢在光天化日之下欺压老叟。说着说着，王杲跟明兵就交上了手。

勒吉红等人见王杲动手了，他们也不能在一旁看热闹啊，跟官兵也打到了一起。王杲打趴下十几个人，勒吉红等人也夺回了明兵手里的皮张，背起被打得半死的老叟，放到黑马身上。王杲见差不多了，吹了一声口哨，策马从围观的人群中穿过，离开了集市。跟随他的勒吉红等人打伤了几名追赶他们的官兵，一行人就这样逃走了。

马市当时就乱了，明兵倾巢出动，缉捕王杲。总兵府又贴出告示，说王杲刀砍朝廷命官，有伤大明国威，杀无赦！活捉王杲者，赏银五十两。

再说王杲救出老叟，骑马走了一段，后来到一片杨树林中。王杲放下老叟，见老叟下半身鲜血淋漓。王杲采来一些草药，用嘴嚼碎，给老叟敷上，然后又把自己的内衣脱下来给老叟盖上。几个人重又把老叟放到马上，一直驮回古埒城。

由于老叟受的只是皮外伤，所以恢复得很快。

这期间，王杲经常去看望老叟，询问老叟的伤情，也了解了事情的来龙去脉。

原来，老叟名叫突突布，是东海窝集塔墩部落的贡使，到开原马市给部落换些生活用品。没承想，被明兵发现了装在皮囊里的金狐皮和白尖紫貂皮。这些人哪见过这么好的兽皮，便想据为己有。他们借故突突布皮囊里有弓箭和匕首，而且又说突突布的火牌不对，便来抢夺突突布的兽皮。此事恰巧被寻将到此的王杲撞见，王杲全力相救，突突布幸免于难。

七日后，突突布伤病痊愈，跟王杲告别，并真诚相邀王杲等人去窝集部做客。王杲命勒吉红把突突布护送回窝集部。

其实王杲在结识突突布之前，对窝集部就有耳闻，相传那里由于交通比较闭塞，久栖海边，冬天的天气也不是那么寒冷，所以人们都喜欢裸露着身体。女人以露乳为美，男人以露阳物为美。后来他们跟外界有了接触，也逐渐开始穿衣服了，但即便是穿衣服，也只是遮挡住阴部那一块，其他地方也还都裸露在外。窝集部的男、女都甚剽悍勇猛、粗犷豪放。王杲朝思暮想，想亲眼见到这世间的奇事奇物。

王杲应邀去东海窝集部做客，窝集部热情接待，敬为上宾。

一天酒后，王杲到林中赏窝集林海松涛，听东海山崖竞喧。正听得入神，忽然从树枝上、草丛中、花堆里，呼啦啦飞出一群像喜鹊一般的妙龄怪女。

王杲这回可大开了眼界。这些女子头上全戴着野花做成的花冠，上身无布无皮，双乳坦露丰润，下身一小块虎皮围腰。赤腿赤脚，脖围大银环，手串小铜铃，把个王杲都看傻了。

这些女子第一次见到王杲这样的装束，都觉得怪诞，而且王杲长得又英俊，白袍罩身，就像天宫神童下凡一般。

众女子呼啦啦上前将王杲抱住，不管王杲怎么挣扎，也是无用。

据传王杲走后九个月，窝集部先后产下一批孩子，他们都称王杲为父，因"王杲"之名是汉官给起的，"王"姓也是汉人的姓，这些野女记不住，只记得"杲"字，便给孩子起名叫"杲罕氏""古罕氏""古鲁罕氏""古鲁氏"，均与"杲"谐音。

王杲为了传播女真语，还在东海窝集部留下几名兵卒，后来东海窝集部流传开来的"王杲文""王杲语"，均为这时所留。

王杲走的时候，亚嘎哈一心要跟着王杲。王杲只好把她带回古埒城，娶进家中，尊称"大妃"。

大妃性格彪悍，豪放直爽，王杲发迹她出了不少力。东海的众野女有的跟她一起到了古埒城，她们为王杲建业立下汗马功劳。王杲给这些人起名叫娘娘兵，大妃亚嘎哈是娘娘兵的头儿。

娘娘兵平时身披白纱绢，骑马操练。打仗的时候把白纱绢脱掉挂于马上，马奔跑起来的时候白纱飘曳，似白云片片，白云上面赤条条的裸身女子似神仙下凡。她们一个个装扮艳丽，头上插着鲜花，两耳上各戴四个银环，脖劲上、手腕上各有三道金色小铜铃。每当神女降临，先可听到一片悦耳的铃声，若仙乐飘荡。娘娘兵身上均佩戴香囊荷包，策马驰过的时候，留下一路飘香。

说实话，不用说敌人见到这些娘娘兵迷魂忘战，就连王杲的部下有时也垂涎三尺。无奈王杲军令森严，斜视娘娘兵者，将被赤身绑于墙上，由娘娘兵一刀一刀凌迟处死。

隆庆初年，大妃死于乱军之中，留下一子即阿台贝勒，豪情彪悍极似其母。

罕王努尔哈赤起兵攻打东海窝集部时，这些长大成人的孩子非常悍勇。被罕王捉到以后，详查其族源，才知是额莫家族的后裔。罕王倍加器重，赐以官爵，加以抚慰。这是后话。

嘉靖三十六年夏季，王杲占得苏库素护河下游五寨，夜宿翁耳堡。此地当时属明朝巡边固守之域，明朝最忌讳女真人马犯边，年年都派官兵清寨逐房。当时明朝对女真人也真够狠的，他们清寨的时候常常是血洗，不论男女老幼，抓到之后统统杀掉，一个不留。

开始的时候，明兵把人杀了以后，割下头颅，向上报功，裸肢挑于高竿，名曰"赏皮影"，以此来恐吓女真人和那些不听话的人。后来杀的人太多了，拿着头颅来回走也不方便，这些人就不割头颅改割耳朵了。他们用麻丝把耳朵穿起来，挑在车上。报功的时候，朝廷以耳朵的数量来划分奖赏等级。

夜里，王杲与亚嘎哈对酒聊天。当王杲讲到明兵对女真人所做杀戮之事时，亚嘎哈大怒，拔刀欲往，被王杲抓住。王杲苦苦相劝，亚嘎哈这才答应王杲不去报仇，但怒火却始终萦绕心头。

这一日，夫妻俩乔装改扮，穿上汉服，北上到了边塞，赏看明朝集市，其实王杲的目的主要是去找寻良将。以前明朝为了控制辽东的女真人，除了不允许女真人自由进出汉地以外，就连汉人也不允许自由往来。现在明朝对汉人管得不是那么严了，他们可以出城四十里，打柴、狩猎、野游，而且有明兵保护，所以集市上人比较多，再加上明兵悬挂的这些战利品，招来不少好奇之人，他们像苍蝇似的聚拢过来。

王杲夫妇混在人群中。王杲自小在汉家长大，举止行为与汉家无异，丝毫看不出破绽。但是亚嘎哈就不行了，你想啊，她从小在林子里放纵惯了，走起路来像野马似的，冷丁一下给她穿上彩缎丝裙，贴金丝的香罗飘带拖拉到地，头上的云鬓银簪晃晃摇摇的，直打眼额，大脚丫子穿双小绣鞋，有如野猫啃脚，一点一点地往前蹭着走，贴身的内衣紧裹着身子，热汗出得身上似有百虫蠕动，这个难受啊！

尽管王杲和跟随的女奴不停地在她耳边小声叮嘱"迈小步，迈小步"，但当亚嘎哈见到血中的被屠杀的女真人的器官时，她终于忍不住了。

亚嘎哈"嗷"的一声暴跳起来，撕开衣裙，露出护乳熊皮和鹰羽短裙，一双整脚的绣花鞋踢向空中，光着熊掌脚，赤着臂腿，双手短刀一摇，早吓傻了众汉民，他们哪见过这样的女子。汉民们捂着眼睛的、吓跑的、呼喊的，像遇到恶虎一样四散奔逃。

王杲和暗里护送的卫士们，只好拿出了隐藏在各处的刀枪棍棒，砍倒几个看守女真尸首的明兵。等大队的明兵赶来时，他们早打碎了栅门，抢走了竿上的僵尸和一挂挂器官，骑上黑马，一溜烟儿地不见了踪影。

回到古埒城以后，王杲命众将卒按女真人的礼俗，火化了尸体和器官，把骨灰装入土坛中，埋于河滨，称之为"干肉坟"。

王杲后期的时候，女真人的尸体屡屡在此入葬，人们在夜里常能听到鬼魂哭泣的声音。萨满奶奶受王杲之托，到这里来跳神、上香，安抚这些无名无家的女真冤魂。

在古埒城的西侧，有一个寨子，叫三里堡。这个三里堡隶属于明朝的地界，有明朝设置的哨卡，卡子里的人专门负责监视附近女真人的动向，这使得王杲觉得很不自由。

亚嘎哈一心想为爱根除去这眼中钉、肉中刺，便与王杲商量，由她率领娘娘兵，拿下这讨厌的三里堡，并打赌说："如果拿不下来，我就给爱根生十个孩子。"

尽管王杲知道自己沙里甘的能耐，但他还是有些不放心。临行前，王杲搂着爱妻，说："你写个字，我测一下吉凶，看看这次行动顺不顺利。"

亚嘎哈啃着狍腿大骨，说："我哪认识啥字。你敢戏弄我，小心我掐死你。"

王杲笑着说："不用你写字，你只要身子动一动就行了。"

王杲说完，忙焚香，给西炕上的祖宗神龛叩头。

亚嘎哈见丈夫这般认真，笑了笑，随便用脚把王杲一蹚，说："你还当真了。"

王杲眼珠一转，立刻拍手大笑，给夫人半跪，说："祝夫人旗开得胜！"然后一跃而起，说："我去准备庆功宴。"

亚嘎哈不解，忙问："我还没迈脚呢，怎么能说赢了呢？"

王杲说："你一动脚，汉字系一'足'字，下有一人家，这就是说你将'人'踏于脚下，如入无人之境，能说不是旗开得胜吗？"

亚嘎哈非常崇拜自己的爱根，她开心地大笑起来，两人相握而别。

亚嘎哈初用娘娘兵，就在这三里堡。

这娘娘兵一个个赤身裸体，手持兵刃，身绕彩丝，出现在明兵面前。娘娘兵一出，明兵们都看傻了眼，他们哪见过这个，更没见过这么打仗的，七魂一下就被勾走了五魄，早忘了手中的兵刃。再说遇到这么漂亮的女人，哪还舍得下手？等明兵醒过腔来，娘娘兵早手起刀落，砍下明兵的头颅。其余明兵见状，立刻四处逃散。王杲连得塞外三寨。

开原游击张三夜，是个有名的好色之徒，汉家女、女真女被他糟蹋的数不胜数。只要是被他抓住的女人，他就要连睡三夜，三夜后或杀或卖。张三夜出征专抢美女，他帐下的官卒也跟他一样，欺男霸女。特别是那些被抓来的女真少女，把她们糟蹋完后，就卖到大明城内的富庶人家当丫头，或者卖到窑子里当妓女。这些女子背井离乡，好管教，死了也没人催逼抵命。所以，女真女子的卖价高，黑话叫"卖野鸡（妓）""尝野味"。

张三夜听说东海窝集一带有这等便宜事，就想饱饱眼福。他急切地叩见府丞大人，说自己愿领兵征讨。府丞大人准允，张三夜率领亲兵二百出寨，专门寻觅"神仙娘娘"。

俗语云："上梁不正下梁歪。"

张三夜的兵勇跟他一样，听说将要随主将讨伐王杲之妻窝集女酋，也以为可以捡到大便宜，相互喝彩祝贺，盼望能抓到一个天降神女，过过艳福。可谁知，当他们走到有野老鸹窝的榆树林中的时候，突然从背后刮来了一股凉风。凉风过后，一群骑马的娘娘兵就到了。没等张三夜和他的兵卒们瞧着艳景，就觉得脖子上一凉，到依尔门罕①那儿报到去了。二百多兵卒就这样稀里糊涂地全部被杀，陈尸荒野。

此后风传窝集"女怪"专索汉人性命，吓得抚顺、朝阳两地官员大

———————————

① 依尔门罕：满语，阎王。

惊失色，不敢出城。

王杲大宴众女杰。

嘉靖末年，李成梁起兵讨伐王杲于古埒城。大兵三千，将古埒城团团围住，连攻十日不下，双方僵持着。后来王杲想了计策，将黑马神兵隐藏于林莽中，又找来女子百人，最好是处于经期中的。古代素有遇女经女阴者生霉事之说，王杲便让这些女子全部脱光衣服，站在囚车之上。

这时候明朝已经有火炮了。据传火炮最怕见女子的经血阴物，只要见到，炸药就会在弹膛炸开，所以明将一见脱光的女人站在车前，吓得四处逃散，不敢点引信放炮。这时，王杲的黑马队杀了过来，官兵死伤两千余人。

王杲攻蒙古西番兵的时候，也用了这些娘娘兵。

蒙古西番台吉率领的兵马那真是凶猛异常，无人敢敌，而且西番兵下手也真狠，他们经过的地方常常是马过一片光，人死物光。可是当他们见到这么多赤条条、貌似天仙的娘娘兵的时候，都看呆了。他们一个个光想着去抢女人，哪还有心思打仗？

王杲的黑马神兵趁机大举进攻，打败了西番台吉，直冲科尔沁八百里瀚海，主要靠的就是这些娘娘兵。

第十三章　三鹰五虎护小罕

　　王杲为了扩大自己的势力，常把自己的爱女分赏给他的属下部将，做自己的门婿。婚礼由女方家出资备办，成亲后男方住在女方家安排的府宅中，属女方家中人，干女方家中事，这也是女真习俗中的一种——要姑爷。

　　门婿通常都是在每年的旧历八月十五日设的比武场上选定，凡王杲属下将佐卒役，都可以入场比试。

　　选婿之前，族里先挑出最美的少女五人，然后在比武场里搭好"月亮台"。这月亮台是王杲自任工匠，带着亲选的众位美女女儿和自己可心的匠师，在共同选定的山坡上的两棵钻天古松之间盖起的二层小楼，月亮窗建在小楼上层正面的中间位置。小楼要高过树梢，以便地上的人们透过月亮窗仰视天上的明月由东向西经过的时候，视线不被遮挡。月亮窗平时有两扇长长的黄纱遮掩。

　　选婿的时候，黄纱取下，待选少女坐在月亮窗中，怀中各抱一只养熟的喜鹊，在高台上放飞。参赛者要在场内指定的范围内骑马放箭。箭要那种钝头小箭，专射喜鹊的翅膀骨环。喜鹊中箭落地后，要在马上反身抓起伤鹊，端正骨环，放飞，喜鹊飞回女主怀中。射中者可身披红彩，到月亮台上去挑选自己中意的女子，扶下成婚。此环节戏称为"打喜鹊"。

　　比武不仅要比打喜鹊，还要比马上箭。马上箭分一马一箭、一马三箭、一马五箭、一马七箭、一马九箭。一马一箭我想诸位都能明白，就是参赛者骑在飞驰的马上一箭命中目标，这一点作为一般的参赛者都能做到。但一马三箭和一马五箭乃至一马九箭就不一样了，特别是一马九箭，要求参赛者不仅要手疾眼快，而且要臂力过人，否则马已驰过，而箭发不出去，或者箭发出去射不着箭靶。

　　觉昌安的四儿子塔克世来参加选婿比赛，不仅他来了，他的兄弟礼敦也来了。礼敦贝勒因打虎围受了箭伤，正在家休养，但因为塔克世要参加射箭比赛，所以礼敦虽有伤，因为记挂弟弟的亲事，也来了。在他的指点下，塔克世射中喜塔喇氏额穆齐的白膀花脖喜鹊，独占鳌头。

说来奇怪，塔克世选得的少女，也是王杲的义女，被称为喜塔喇氏额穆齐。额穆齐，意即第一个丫头。这额穆齐温文聪慧，姿色秀美，王杲甚为喜欢。

因额穆齐貌美，所以这次选将才门婿被定为"五仙女头名"。事也凑巧，偏偏觉昌安的儿子塔克世夺魁选中。此乃大明嘉靖三十七年事也。

单说塔克世得了貌美娇妻，到了晚上，夫妻双双夜宿府内，甚是恩爱缠绵。不料想，塔克世与额穆齐虽然相爱，却不能同房。额穆齐非常痛苦，啼哭不止，塔克世也伤心哭号，闷闷不乐。

塔克世郁闷了十几日。他找到王杲，请他帮忙想想办法。

于是，王杲杀了乌牛白马，并请来萨满跳神，连跳了九天九夜。即使这样，塔克世仍进不了额穆齐的身。

王杲无奈，夜到苏库素护河，跪地叩头，卜问神灵。但无论王杲怎么求卜，均不显卦象，王杲不解。

时月朗星稀，河面乌鸦阵阵，人们隐约看到从远处驶来一条小舟，舟上坐一人。到近前大家才看清，舟上之人乃是古埒城内年已七旬的大萨满。

塔克世便将自己连日来心中的疑问和盘讲给萨满师傅，请他指教。

老萨满沉思片刻，说道："将军，神灵告诉我：此女被阿布卡恩都力封身，要想破她的身，你必须到郭勒敏珊延阿林①寻找古洞。这个古洞中有一只巨蟒护着一株千年古参，你要杀蟒夺参，熬汤给额穆齐喝下。"

老萨满说完就无影无踪了。

塔克世明白这是天神在点化自己，于是，他辞别爱妻，携宝刀入山，历尽了千辛万苦，遇虎不退、遇水不怯、遇蛇争斗，终于找到了大山洞，力杀凶蟒，夺得宝参。

塔克世把古参带回家熬汤，刚给爱妻喝下，额穆齐的骨头节就发生了变化。夫妻俩从此如胶似漆，恩爱如蜜。

额穆齐终于有了身孕，但孩子在额穆齐的肚子中待了十三个月也没有动静，眼看要到十四个月了，仍没有生产的迹象。额穆齐疼痛难忍，

---

① 郭勒敏珊延阿林：满语，长白山。

受尽煎熬，几次昏死过去。

觉昌安无奈，决定按女真人大山躲病之俗，把她送到山里去。

赶爬犁的老玛发见额穆齐可怜，不忍心额穆齐母子就这样被活活冻死，便依照额穆齐所求，给她搭了个小窝棚，并留下五张皮子。额穆齐千恩万谢。

老玛发走了，只剩下大腹便便、奄奄一息的额穆齐。此时，天色已黑，天上下起了鹅毛大雪。风雪中，跑来了五只老虎。额穆齐吓坏了，她顾不得疼痛，挣扎着往前爬。可此时的她已经筋疲力尽了，浑身没有一点儿力气。不料想，这五只老虎来到额穆齐身边，并没有伤害她，而是头朝外尾向内趴在了额穆齐的四周，守护着额穆齐。紧接着，又来了一群土貉子，它们盗走了额穆齐铺的熊皮褥子下面的积雪，并围着额穆齐，用身体温暖着昏昏沉沉的额穆齐。

这时，天空中飞来三只雄鹰，它们在额穆齐的头上盘旋着、鸣叫着。额穆齐不疼了，渐渐地，竟伴随着雄鹰的鸣叫声睡着了。

就在额穆齐睡熟不久，从西天又飞来一只大白鹰，扇着翅膀，盘旋在额穆齐的窝棚上。鹰眼锐利的光芒像白色的光柱一样，护照着额穆齐的胸腹。

只见大白鹰的嘴里吐出一道红光，额穆齐的肚子裂开了一道口子，孩子裂腹而生。

接着，大白鹰嘴里又吐出一道白光。额穆齐肚子上的伤口被白光一照，竟合上了。大白鹰飞走了。孩子哭叫着，在群貉中伸手蹬腿，扬着小手，呀呀唱叫。

当时，正是大雪天，额穆齐怕孩子冻死，便脱下身披的野猪皮大衫把孩子包上，抱了回来。这个神奇的孩子，就是后金国主——努尔哈赤。

此时是明嘉靖三十八年，己未年岁初。

在关于罕王的许多传说和萨满祭祀中，都传讲罕王爷是天上的鹰神降世。在这里，我们就不一一细说了。

故事要想接着往下讲，咱们还得先说说嘉靖三十六年的事儿。

嘉靖三十六年十月，王杲命身边最得力的虎将塔克世父子率领一彪人马，他自己率古埒城的全部兵马，趁明兵戒备疏忽，兵力分散，从两路飞马偷袭抚顺城，掠得近百匹马市的骏马，抢得辎重十余车，获得大捷。

当时，抚顺守备王文洙仗着自己兵强马壮，根本没把王杲等人放在眼里，认为那些女真人都是一些山野莽夫，是一群乌合之众，不敢突袭他精兵护卫的抚顺城。此时，他正和自己心爱的五个抚顺娼妓干着风花雪月之事。不料想，就是这些不起眼的乌合之众突然之间从天而降，夺去了他的性命，到死他都不知道谁是他的索命鬼。

抚顺被袭，使明廷大震。王杲这个辽东悍匪，引起了朝野上下的惊惧，王杲名声大震。

进入嘉靖三十八年，王杲更是鹤立鸡群，成为大明朝的众矢之的。从皇上到各部大臣，都谈杲色变，辽东更有天塌地陷的耸人传闻。

明朝和辽东巡抚拨下丰硕的帑银，封赏将士，凡攻伐王杲有功者，不分大小，皆得赏赍。

单说抚顺守备王文浃的好友王国柱副将、把总温栾，自从酒肉兄弟王文浃死后，他们少了一个抢男霸女的头领和谋士，也不能再肆意贿赂朝廷官员，勒索民财，他俩便自告奋勇，讨得辽东巡抚的信任，被委任为浑河支流——上夹河的行营守备，掌控兵马三千，与王杲部形成对峙之势。

当时，抚顺、沈阳、辽阳呈三角之势，这是明朝抵御兵力日渐强盛的王杲的最佳形态，这三阵互相拱卫、互相支援。这王国柱和温栾所在的上夹河正是这三城的前哨，地势险要，是兵家的险要关隘。

王杲探得了王国柱等人的兵力部署情况，喜出望外。他说："朝廷这是聪明人办傻事，如果我们攻取三城，人单势薄，那是老虎吃天，无处下口。但此番他派出小小的一彪人马，窃据耳冲河，这简直是给我们送来一块大肥肉。"

王杲立刻叫来觉昌安等部将安排兵力部署，他要兵发上夹河，捣碎王国柱的三角之势。

于是，觉昌安遵照王杲的安排，在一个暴雪漆黑的深夜，身骑挂甲骏马，将士们个个拿着火把，风驰电掣般冲上王国柱的前卫营。突然，一支毒箭朝觉昌安射来，眼瞅着就要穿进觉昌安的胸口，就在这千钧一发之际，一只神鹰从天而降，一下就啄住了射向觉昌安的毒箭。此时箭头已经划破觉昌安的衣甲，还未伤及皮肉，觉昌安躲过一劫。

这场大战，建州女真歼明兵五百，斩明将五员。

故此，王杲、觉昌安等人都认为这是神明在相助。正巧这时部落传来额穆齐喜生贵子的消息，王杲、觉昌安大喜。

额穆齐领着孩子在王杲府内居住，王杲常来光顾，对母子俩的照顾也非常周到。

塔克世见额穆齐生了孩子以后，姿色如前，且比以前更有风韵，心中思恋之情又如火炽。几年后，额穆齐又生下舒尔哈齐，也是裂腹而生，不走红门。

王杲和亚嘎哈十分疼爱自己的外孙——小罕努尔哈赤。他从小在姥爷家长大，深得王杲喜爱。

额穆齐因在月子中受邪风患魔怔。这魔怔说来也怪，只要稍微劳累或心中不快，就容易犯起癔病，其症状表现为喜漫游，而不知返舍。王杲一再叮嘱家人，务必要看好他们母子俩。

单说这一日，正逢盛夏，众奴才忙于洒扫庭院，无暇照看额穆齐。不知什么时候，额穆齐抱着努尔哈赤疯疯癫癫走出寨门。一时间群雀竞鸣，黄狗长吠，犁牛入河，鱼蛙闹水，惹得院中人一阵警觉，大家赶忙找额穆齐母子，可找遍府中犄角旮旯儿，也不见娘俩踪影。府上顿时大乱，全府上下，男男女女、老老少少、内庭外院的人全跑出来了，大家都知道她疯迷不定，神志不清，而努尔哈赤是外祖父王杲的心尖儿、爷爷觉昌安玛发的眼珠儿，每日里若众星捧月般地伺候，他若有个三长两短，举寨谁可承担？整个寨子里的人都慌了神了，都跑出来寻找额穆齐和小罕。

伺候小罕的女奴们吓得魂飞魄散，泪珠儿一串儿串儿地往下流。慌乱中，人们忽然听到空中百鸟鸣叫，众人循声而去，行至山下柳林河滨，眼前情景令人目瞪口呆，只见额穆齐睡卧在河边的江石上，上身赤裸，隆乳濡水，鼾声如雷。小罕努尔哈赤一个人在水中深处，小手拍拍，小脚蹬蹬，嘻嘻笑望岸上，玩儿水正欢，可吓坏了从远处气喘吁吁跑来的众家丁、众女奴。

说来奇怪，只见小罕在水中轻若游鱼，行动自如，没有半点儿怕水的迹象。几个会水的家丁跳入河中，踩水把小罕抱起。小罕哭闹不允，他张手指河，众人才发现水中有神龟一只。难怪小罕不沉水底，其原因是伏在龟背上。众人再俯视水中，巨龟随即不见。

眼泪纵横的大罕王杲来了，他二话不说，就把外孙子努尔哈赤一把抱到怀中。

后来，王杲福晋亚嘎哈来了。她从王杲怀中把小罕抢抱过来，又是亲又是啃……这是小罕努尔哈赤出生不久发生的事。

第十四章　杲罕智取十七寨

话说王杲自得志，顶了虎尔罕贝勒，将备御大权弄到手，成为女真各部之魁首，令旗令箭一拿，谁敢不听，谁敢不服？

单说铁岭东南有个三岔堡，是兵家必争之地。土寨石墙，由降明女真人约郎哈大将镇守。这约郎哈武艺超群，原系万罕家里的内庭护卫，对万罕尽忠尽职。万罕见其箭法和铁鞭招数不凡，特保荐于明廷，在明铁岭卫所做千总，后晋升为游击，又升备御，镇守铁岭东南门户。

这约郎哈六亲不认，见钱眼开，谁给的礼厚了、钱多了，谁就可以进铁岭互市，要是给的礼薄了，你就是亲额莫也休想过关卡。

王杲想要占领铁岭，打开通往开原的大门，不收服三岔堡石寨根本不行。可是，怎么制服约郎哈呢？王杲想来想去，有了主意，他决定打着万罕的令旗，以防范蒙古图门罕的名义，进入三岔堡。

这天，王杲的大兵浩浩荡荡来到三岔堡，在城下叫门。约郎哈一见有万罕令旗，立刻开城相迎。王杲令勒吉红、徐逊率兵将土寨围住，自己只带几名嘎什哈进城。互相寒暄过后，约郎哈摆酒相迎。王杲多会说呀，把个约郎哈说得是忘乎所以、五迷三道的。王杲还不停地劝酒，约郎哈喝得酩酊大醉。

到了晚上，王杲的部下杀了城内守城的明将，贴出了反语，并将万罕赏给约郎哈的两个爱妾也杀了，就连约郎哈平日喜欢的各种武器、兵刃，也全被翻了出来。王杲连夜修书给万罕，密告约郎哈谋反，杀了明将和你赏的爱妾，并且把反语和蒙古图门罕的两只箭送上，以证明约郎哈与蒙古串通。万罕大惊，急忙传令王杲代为惩治。

王杲接到万罕的密令以后，找到约郎哈，把万罕要除掉他的意思跟他说了，并申明明廷奢侈糜烂、骄纵腐败，万罕狡诈凶残，生性多疑，如果你长久地依靠他们，势必有被灭掉的可能。识时务者为俊杰，你不如随了我，咱们一起共谋大计，重振苏水女真之雄风。

约郎哈见大势已去，知道自己惹怒了明廷和万罕，已经没有退路了，只好跪地叩拜王杲。三岔堡石寨随即成了王杲的寨子。

三岔堡的东面是牛儿滩寨，寨主名叫多木噶，也是万罕属下的一员猛将，有万夫难敌之勇。多木噶手使一把铁飞叉，能刺穿双虎。

据说他小的时候，在长白山打猎，见路旁有一病饿昏厥的老妈妈。心地善良的多木噶忙解下新打来的狍子，割下狍子头，取出狍子热血给老妈妈喝。老妈妈喝完狍子血，精神好多了。老妈妈说："孩子，我老了，走不动了，你把狍子留给我吧。"多木噶二话没说，把狍子给老妈妈留下了。

过了几天，多木噶又进山，打到一只獐子。回来的路上，多木噶又碰到了那位老妈妈，老妈妈又要去了他的獐子。两次打到的猎物都被老妈妈要了去，多木噶还得去打猎呀，这次，多木噶打到了一只黑熊。多木噶扛着黑熊下山，走到半道儿，又遇到那位老妈妈。没想到，老妈妈见到多木噶扛着的黑熊，竟放声大哭，说："你把我儿子打死了，我还怎么活呀？"

多木噶疑惑不解，呆呆地瞅着老妈妈，没明白是怎么回事。

老妈妈哭了一会儿，打个咳声，说："咳，算了，你救过我两次，我也该报答你一次了。这样吧，你回去把这熊胆、熊肝生吃了，算是我感谢你的救命之恩。"

多木噶还是没领会老妈妈的意图。

老妈妈接着说："我是千年的熊神，领着儿子在长白山修行，现在儿子死了，我也该走了。"说完，老妈妈消失不见了。

多木噶这才如梦方醒。

打那以后，多木噶力气大涨，他能将铁飞叉抛过两个山头。王杲早知多木噶大名，加派兵力进兵牛儿滩寨。多木噶自恃力猛无敌，宁死也不肯归降王杲。王杲兵将一连打了数十日，也攻不下牛儿滩寨。

这天傍晚，王杲心情烦闷，他信步走出大帐，走着走着，前面是一片桦树林。王杲刚走进树林，便遇到一位采蘑菇的老妈妈。老妈妈招呼王杲和她一起采蘑菇。王杲正想释放一下心中的压力，便帮老妈妈采起了蘑菇，采呀采，采到半夜了，也没采满一筐。

王杲感到奇怪，问老妈妈："这筐咋这么大？为啥装不满？"

老妈妈说："别看筐大，谁也治不了，你要是把筐吃了，筐就再也不大了！"

　　王杲听了半天，也没听懂，他正琢磨老妈妈话里的意思，老妈妈突然不见了，桦树林也没有了。

　　王杲发现自己正坐在大帐外的熊皮帅椅上。王杲多聪明呀，他立刻就明白了。对呀，多木噶是女真语，汉语的意思就是桦皮筐，这是神人点化我，叫我给多木噶送桦皮筐，只有桦皮筐才能降住多木噶。

　　王杲忙命人采了一些蘑菇，用桦皮筐装着，派使者送入牛儿滩寨。多木噶见到这筐蘑菇，心里一惊。他想起就在他生吃熊胆那夜，也有一位老妈妈送给他一小筐蘑菇，并嘱咐他："日后你若见到同样的一筐蘑菇，那便是阿布卡恩都力前神童的化身，你要听他调遣，不得违拗。"然后老妈妈就不见了。

　　这么多年过去了，多木噶常回忆起小筐之事，但始终未曾相遇。今日得见桦皮小筐，多木噶又惊又奇，打听来使，知是王杲所派。多木噶忙令开寨门，迎请王杲入室，拜见，升王杲大旗。

　　牛儿滩寨西十里有加奇石寨，寨主叫百林布，也是万罕手下一员大将。百林布的女儿聘于万罕为嫔妃，故万罕非常器重百林布，命其镇守西疆，远控铁岭诸地，助明廷安抚边患。百林布立过不少战功，斩杀蒙古图门罕部下六十，得备御之职，妻子被明廷封为三品诰命，甚是荣耀。

　　王杲自得三岔堡、牛儿滩寨后，又假借万罕之令，兵发加奇石寨。这百林布与约郎哈不同，他虽见万罕令旗，但仍不肯开寨门。因万罕事先与他有约定，不见万罕和虎尔罕面，谁来都不要开城门。

　　这万罕也是极端奸诈狡猾之人，他虽将西域大权交给王杲，但心中对王杲尚存戒心。故此，王杲虽有万罕令旗，但百林布就是不开寨门。约郎哈、多木噶两员大将为给王杲一个见面礼，率兵登城。二将熟悉城寨机关，多木噶飞叉更使城上守将胆战。故此，城门很快被攻破。王杲进城以后，杀了百林布全家老小七十余口，只百林布单身骑马逃走。

　　王杲乘胜前进，一连平了苏子北岸数百里十七寨，又南渡苏子河收服数寨。王杲威名大震，飞豹大旗震慑数百里。

　　万罕坐在侠倡宫中，听到探子传报，大惊。探子一天十报，都是王杲夺城平寨的噩耗。万罕正惊急中，丈人百林布不等通报，哭哭啼啼闯进宫，禀告三岔堡、牛儿滩寨、加奇石寨全被王杲所占。

　　万罕惊得从虎榻上滚落在地，被众婢女搀扶起来。虎尔罕在旁埋怨罕阿玛不识真假人，被王杲所骗。万罕身边有不少谋士，有个姓柳的文士，是尼堪人，进士及第，在万罕处当幕僚，管管文书典章事宜。

柳先生献计道："万罕千万不可用兵。王杲此时已非少年，他统辖罕王的西域五百里疆土，有兵卒数百、战将数十。罕已杀其父，王杲定刻记在心，若再动干戈，各部会倒戈相应，南北夹攻，哈达则不保矣！"

万罕听后惊慌不已，忙问如何整治为好？

柳先生说："要想收服王杲，唯有智取，不可用武。"

万罕就问了："先生所说的智取，到底是怎么个智取法呀？"

柳先生说："万罕与王杲同属女真，且与其父又有旧谊，若动武杀杲，必为天下人耻笑。何不假手除之，以平积怨？"

万罕不解，柳先生紧走几步，凑于耳边，小声耳语。

万罕听了心中甚喜，忙命柳先生拿过文房四宝，给辽东巡抚修书，讲王杲跳梁，边患又兴。哈达兵力不支。请明廷速命将佐东征，以绝酿患。

此时，忽然传报，王杲来使呈书函给哈达罕。万罕命人将书信呈上，使者送入驿馆安歇。

万罕展示来书，命通事诵念、释解。

书中王杲历陈数月来代万罕平叛治乱、安抚诸城详状，一一详介，历数各寨城主欺男霸女、明服万罕暗蓄兵戎、私铸印鉴、密藏汉女、与哈达争兵饷、暗资异己等罪状。杲为罕阿玛重托之任，寝不安席，食不甘味，抛妻舍子，宿露荒茅，天人共鉴！吁请万罕屈驾西行，亲睹诸城安居乐业之盛况，亲察贪小不忠之将的鬼魅行径，以正视听。书信写于疆场，王杲叩拜。

万罕见信，火气渐消，而且听王杲所言，觉得百林布等禀报为虚，王杲乃用兵奇才。

柳先生劝解说："王杲诡诈，不可轻信。"

万罕正迟疑难定，忽报：王杲派丁勇护十三车辎重金帛献于万罕，并有呈文一件。

万罕大喜，清点过送来的辎重，又读呈文。文中详禀王杲剿哈达之诸寨，剿得金帛十三车送归万罕。现各城百姓安乐如常，由新任之寨主镇守诸城，西疆众心归哈达也。

万罕最为贪财，得宝物就忘却了一切，心中更喜王杲，不少疑虑顿时全消了。书中又讲："王杲请罕阿玛体察平西之功，代王杲向明朝讨封，正式荫封杲为都督。叩谢！"

万罕火虽消了，但提到封爵一事，心却一动，一时拿不准主意。

身边柳先生说："万罕，王杲诡计多端，千万不要轻信他的鬼话。依我看，这封讨杲的文书还是得上报朝廷。"

万罕老奸巨猾，既不想得罪明廷，又怕王杲势大，故而一面修书给大明，答应朝廷，自己一定对王杲严加防范，一面又修书给王杲，盛赞他平西有功，并许诺为他请封。

只苦了百林布等丧家犬，家破人亡，寄宿于侠倡宫内，苟延残喘。

再说王杲自得了数寨，兵势更强，又趁生小外孙之机，在古埒城大办"百岁酒"，为小罕王戴长生锁。王杲请来各部首领，明廷碍于面子，也派人祝贺。这可乐坏了觉昌安、塔克世父子，对王杲感恩不尽。

古埒、赫图阿拉两地大摆酒宴，古埒城更是热闹非凡。万罕派儿子虎尔罕带着厚礼前来祝贺，古埒城大贺三日，尽情而散。

说到此，众位一定要打听王杲爱妻——东海女酋亚嘎哈这些日子哪去了，她为何不见面？原来呀，东海女酋有孕，于冬月临盆生二子阿亥后，因王杲连续领兵夺寨，无暇照顾女酋，况女酋又喜欢吃东海窝集之肉食，便带着众女婢回东海窝集部将养身子去了。

额穆齐生产后不久，亚嘎哈因牵挂王杲，留下小儿，匆匆赶回，正巧遇上古埒城办"百岁宴"。亚嘎哈率众女将并带一车车飞龙、狍脯、鱼干等特产归来，喜坏了王杲。

话说虎尔罕到了王杲的古埒城，名曰贺子百岁，其实是奉万罕、柳先生之命，暗访王杲城寨，找出王杲反明之证据，以寻机惩戒。

王杲早猜到虎尔罕的来意，故意邀请他与自己同宿一帐。虎尔罕乘机盗得一支令箭，藏于内衣，王杲佯装不知。虎尔罕回哈达后，报于万罕，说自己在王杲处未发现异常，王杲"待阿玛如生父"，说完，从自己内衣里取出王杲令箭一支，交于万罕。

柳先生看后大喜，让万罕箭试王杲。于是，命虎尔罕部下十人穿王杲兵装，选黑马十匹，装成王杲属下部将，手执令箭，到勒吉红据守的古埒城西寨，命勒吉红速速带兵北上，夺哈达属下的那丹山寨。

谁料想，勒吉红见到令箭后，竟将持令箭的小将拦腰砍断，并大喝道："王杲贝勒有令，谁反哈达罕，神人共诛。贝勒令箭只当安抚西疆而用，不当攻城之用。攻城令箭唯万罕令旗为凭，尔等定系明廷细作，挑拨我们与哈达部的关系，巴图鲁们，给我杀！"

勒吉红骑上黑马，像旋风一样，带头杀来，众兵卒也包围上来，将哈达部化装来的十人杀死九人，只留一人回万罕处报信。万罕听后甚喜，伸拇指曰："王杲，是我股肱，真英雄也！"

王杲向万罕提出一定替他在大明皇帝前举荐，封他为都督，最小也得是都指挥使。万罕怕王杲坐大，成为自己的心腹之患，便表面应允，暗地里不但没替王杲求封，反奏告明廷要戒防王杲，称其有褚孔革、董山反明之心。

其实，万罕把大权交给王杲，实属他的欲擒故纵之计。他早派细作多人，密察王杲举动，只要发现王杲有反明举动，立即报于朝廷。虎尔罕本愚顽之人，他哪晓得万罕阿玛的计略，只是一味地暴吼不服，要发兵攻打古埒城、夺王杲的帅旗，被万罕发现，将虎尔罕缚于阶下，杖八十。

时过仲春，封赏之事渺茫，王杲非常生气。就在这时，忽听西域图门罕为迎娶哈达女，车轿如长蛇在渡浑水。王杲闻听大喜，忙派徐逊、咬乌郎、李指挥、李乔等选精兵八百，四百扮作明兵，四百扮作哈达兵，两路剿围车轿。

图门罕猝不及防，伤亡惨重。眼看就要全军覆没了，王杲率一彪人马杀了过来，逐退二路犯军，救下图门罕。王杲把图门罕和仅剩的几名护卫接入古埒城，厚礼盛宴款待。

席间，王杲阔论鼎足之势，言曰："欲守祖业，必联合起来以御哈达、防明兵。云聚则生惊雷，土垤则出山岳，盖力聚结而灭敌也。"

王杲说这话的时候，两位奴才抬上一方盘刚烹熟的整羊走近宴桌。羊肉散发着热气，肉香扑鼻。王杲放下手中的巨觥，用手将全羊从头到脚撕开，分给众位客人品尝，并说道："众英雄刚才见到的一只整羊，现在被我分解了头尾四肢，还有羊吗？这就好比我们古埒城和你们蒙古西域，如果古埒与西域合兵，则能大显其威，无人敢敌；若分割拆散，互不相助，有朝一日终将被哈达、大明分割吞噬。大罕与我王杲还复存在吗？"

图门罕边啃肥羊边点头称道，从长满黑髯的嘴上直滴答油。王杲在宴席上说通了蒙古大罕，愿拨马队、骆驼队五百，听从王杲调遣。

于是，在大雨滂沱、伸手不见五指的黑夜，王杲除选本部黑马神兵五百单骑外，又带蒙古五百驼马兵，攻打浑河屯寨，斩明兵首级五十，将民户八百人掠入蒙古和古埒城。此嘉靖三十九年，庚申年夏事也。

就在王杲联合蒙古西域与万罕抗礼之时，王兀堂夫妇回到五女山（又称兀喇山城），大兴土木兴建墙寨，开拓地盘。又因有万罕帮助，所以兵马数目很快增多，外有兀堂之勇，内有乌龙格格率领众门丁猛将日夜操练，王兀堂势力日渐强大。

万罕怕王兀堂被王杲控制，就用美女拉拢王兀堂，给王兀堂纳粮草、纳银两，还派来三位汉使给王兀堂做师爷（即幕僚），名义上是帮助王兀堂出谋献策，实际上是万罕派出的三个暗探，是来监视王兀堂的。所以王兀堂虽惧怕王杲，但心却向着万罕。

王杲这个人非常傲气，对于王兀堂这样的小部落根本不愿意去结交，更没把他放在眼里。所以，就在王杲联合蒙古时，王兀堂在三位尼堪师爷的筹谋下，又有万罕支持，迅速北进，掠得浑江流域之土寨十二处，建州瑷阳附近之大片土地，均被王兀堂夺去。因此地原归觉昌安所属，觉昌安慌忙报于王杲。王杲此时正忙于与西域联兵，无暇南顾。他知是万罕怂恿，就把一腔怒火都对万罕而来，进一步逼压万罕封荫之事。

叶赫二努此时坐山观虎斗，也在积极地扩充兵力，操练兵勇。因叶赫出美女，于是二努便将杨吉努的女儿嫁给了蒙古扎萨克图罕的二儿子，两家结为秦晋之好。

王杲知道后，非常生气，一再对扎萨克图罕讲二努之妹乃淫妇，蒙古不要收叶赫女，收后必有大灾，并讲自己已卜算出杨吉努女儿乃狐妖，应该即刻用火焚烧。

扎萨克图罕闻言大笑，他不想得罪王杲，可内心却真喜欢美貌温柔的儿媳妇，所以只是点头应允，实际并未按王杲说的去做。

说起来蒙古与叶赫联合已经有一段历史了，褚孔革之所以被杀，就是因为褚孔革献美女于蒙古达拉逊罕王（扎萨克图之父）。达拉逊罕王得美女后，非常感激褚孔革，并与褚孔革联军反明，后被明兵击败。褚孔革被缚，枭首。

因此，扎萨克图罕与二努之间的关系是王杲所不能离间的。王杲虽然有气，但也无可奈何。后来王杲被杀，叶赫二努依靠蒙古之力重兴辽东，挥戈南下，直到罕王出世，才制服了二努，叶赫为罕王所控。这是后话。

第十五章　呆罕东海备贡品

话说王呆屡屡扰关，明辽东副总兵杨照闻信后急忙奏于朝廷。

皇上下旨："命哈达万罕约束各部，严控王呆，若再寻衅滋事，扣罚援哈达新岁饷银。"

万罕没办法，只好派部下到王呆处，好言安抚王呆，并承诺一定替王呆向大明天子讨封。这还不算，万罕怕他再惹是生非，把自己宫中存有的"都指挥使"印拿出一枚，封赏王呆。

王呆来哈达接印时，从忙碌着的奴才们口中，得知万罕正亲点名将随臣五百人，趁八月塞北土产丰收时节，赴京师朝贡。王呆见到万罕，哀求万罕带自己一起去京师。

万罕讲道："你父乃朝廷重犯，况且你前些日子又联西蒙触犯明廷。我要是带你去了，那不是明显的与朝廷相背离嘛，此事万万不可！"

见万罕这里不行，王呆又找到虎尔罕，叙讲旧日联姻之情。王呆的几句好话，就把虎尔罕一腔恨水泄光光的了。王呆又讲自己熟悉东海窝集，能选上乘之品，进贡的贡品就包在他身上。

虎尔罕正愁此事，听王呆这么一说，就答应了王呆所求，但条件是只能王呆一个人跟随贡车进京，多两个人都不行，到了京师以后观光数日，不打不闹，早早回来。

王呆这个高兴啊，他乐颠颠地回到家。一进家门，亚嘎哈就看出王呆与往日不同，但不知是何缘故。王呆跟亚嘎哈说，让她帮助寻找大鳇鱼。

亚嘎哈便问王呆："你要大鳇鱼做什么呀？"

王呆避而不答。

他越不说，亚嘎哈就越问，三问两问，问出破绽来了。

王呆见瞒不住了，只好如实相告，但王呆告诉她："我能跟哈达部进京实属不易，不能带爱妻你去，若惹下事端，不但面君之事告吹，就连虎尔罕也都给装里边了。"

亚嘎哈那能干吗，当然不能了。亚嘎哈一心要与王杲同行。她命娘娘兵轮番看守，把王杲看得死死的，就连如厕也有人跟着。王杲深爱窝集女，更爱她与自己出生入死，患难与共。前些日子亚嘎哈回窝集部坐月子，把个王杲想的是坐立不安，而且他也不愿舍下爱妻，自己一个人去，但又怕这娘娘性暴手黑，看不惯大明与万罕，惹出事端来。可王杲经不住亚嘎哈的再三缠磨，"也罢！荷包还得系在身上放心。"最终还是同意了。

不过，夫妻二人在内暖阁炕上边温存，王杲边给亚嘎哈规定了几条：凡事听我指挥，不可任性胡来；凡遇尼堪好酒好菜，不可手抓狼吞，以失女真颜面，每餐我派人给你送美餐美酒，你只管一人享用。王杲又讲：京师乃皇家圣地，兵备甚严，你随我进京，咱俩都要藏于贡物之中，不可抛头露面。

王杲刚说到此，亚嘎哈火儿"腾"地一下就起来了。她一把抓住赤裸裸的王杲，从炕上举起，吓得王杲大叫："住手，住手！"

亚嘎哈怒道："你百般不叫我去，好歹说通，你又立这些破规矩，前两条我可以忍了，这第三条我万万不应。路途遥远，你让我藏在贡物之中，难道你要憋死我不成？不行，不行，你说什么都不行！"

见爱妻如此动怒，王杲只得好言劝解，细言利害关系，并详讲："你若不听我安排，再闹出开原城外'曝尸'的事来，你我就都进不了京了。"

亚嘎哈自小长于林莽，与百兽为伍，到苏水之滨亦算饱享眼福，见识大增。久闻天朝福地，视若仙宫，梦里都不敢求，今日喜从天降，爱根微服入京，野女也可同去，岂不神赐！见爱根如此恳求自己，亚嘎哈点头答应。

亚嘎哈为夫妇能同去京城高兴得睡不着觉，丑时更衣，起床焚香磕头。

王杲也难入寐，他承诺为虎尔罕备办进京之贡品，可送什么好呢？他起身披蓑衣出室，巡察更哨后，返屋见妻焚香，便拉起她，共商去东海窝集部找岳丈，备办虎尔罕相托贡礼之事宜。

其实进京的贡礼万罕早已备下，只是虎尔罕受父命，再精选几件奇珍异宝，以献当今皇上。王杲为上京师，将差事大包大揽了下来，可奇珍异宝哪那么好弄的？

于是，亚嘎哈率几个贴身女奴，飞马回窝集部。本来从古垎城到窝集部要走十天，可这几个女奴都是武将，昼夜兼程，仅见到三次弯月，便回到千里之外的突突布酋长之皮舍。

亚嘎哈说明来意，突突布老夫妻又喜又急：喜的是他们的心肝宝贝林中野女能上天朝一睹天颜，这是东海亘古未有之事；急的是莽莽林海，何处去寻觅这奇珍异宝？

正巧，部落族人囚得一虎，其大如小丘，女真语称"安班达斯哈"①。虎皮斑斓，虎须就有小草茎粗，虎耳中竟能卧鼠，虎爪印痕猫能蹲坐之中，可谓东海神虎。于是，这镇山之王就成了王杲献给朝廷的贡品。

时隔数日，乌拉部老贝勒塔顿布派长子多琪贝勒到东海窝集求婚。突突布盛情款待。突突布老夫妻将身边小女，即亚嘎哈之妹聘给多琪贝勒。多琪贝勒所携见面礼中有三条松阿里乌拉②之鳇鱼，这鱼长如桦皮舟，鱼身粗比黄牛，被称为"衣寒尼玛哈"③，极为罕见。这牛鱼有个特点，鼻子尖、头大、嘴大、肚子大、尾巴大、劲儿大，在水中长尾击浪滔滔，用十三股的粗牛皮条捆锁，还会挣断，又用十三股椴木皮加牛筋搓绳做了鱼笼头，才算锁住。

亚嘎哈带小妹同赏鱼精衣寒尼玛哈，这鱼精在水中见了美女，哗啦一下伸鼻张口要吞二人。亚嘎哈手疾眼快，将手中玩耍的石球抛入鱼鼻。鳇鱼立刻疼得冲天而起，肠断而死。

说起鳇鱼的鼻子，还有一段故事哩：

相传，在早些时候，鳇鱼长得比较小，没有现在这么大，于是，它经常受到同类的欺负。有一天，鳇鱼流着眼泪到龙王爷那里告状。

龙王爷看它胖乎乎、老实可怜的样子，便把自己的拐杖送给了它，并让它插到自己的鼻子上，还告诉它："谁要是欺负你，你就用拐杖戳它。"

当鳇鱼按照龙王说的，把拐杖插到鼻子上的时候，它的身体立刻变大，而且力气也变大了。从那以后，鳇鱼再也不受欺负了。

但有一点，就是鳇鱼的鼻子尖尖的像根棍，而且不能碰，这是它一个致命的弱点。

突突布老人对女儿亚嘎哈说："这几条鳇鱼给你。你明日就起程回寨，以免爱婿挂念。"

---

① 安班达斯哈：满语，大虎。
② 松阿里乌拉：满语，松花江。
③ 衣寒尼玛哈：满语，牛鱼。

亚嘎哈把嘴一噘，说："这还不够呢。"

突突布老人说道："那怎么办，窝集部再没有什么稀罕玩意儿了。"

亚嘎哈对突突布老人撒娇地说："你只要把海东青借我一用，剩下的宝贝我来准备。"

突突布老人痛快地答应道："好，把海东青借给你。这孩子，还改不了在家时爱放鹰的习惯。"

亚嘎哈与突突布一起来到鹰棚。亚嘎哈一看到鹰架上威风凛凛的海东青就喜不自禁，和突突布说了声："我走了。"然后就架鹰飞马而去。

亚嘎哈催马加鞭，直奔天鹅的栖息地伊曼[①]河方向驰去。到那以后，亚嘎哈找了个隐蔽地躲藏了起来。不一会儿，几个紧随其后的族中少女赶来了。亚嘎哈示意她们前边不远处有一群白天鹅，几个少女悄悄走过去，将白天鹅团团围住。亚嘎哈见一切准备就绪，示意其中一个少女举旗，其他几个少女一齐敲打扁鼓，响声将天鹅惊飞。亚嘎哈撒手放出海东青。神鹰一出现，天鹅纷纷掉落下来。就这样，亚嘎哈不费吹灰之力，得到了十只完整无损的白天鹅。

由于神虎被囚，死于地穴笼中，突突布命众奴才剥下虎皮，里面用干草填满，如活虎一般。因皇家主要要的是虎皮，不是活虎，所以即使送张死虎皮过去，朝廷也不会怪罪。

就这样，亚嘎哈带着一张老虎皮、一条死牛鱼、两条活牛鱼、十只活天鹅，回到了建州部。

王杲见到这些贡物非常高兴，对亚嘎哈说："你我藏身之处天神已经安排好了。"

亚嘎哈不解。

王杲拉着亚嘎哈的手说："你看，这虎皮这么大，虎肚子又是空的，你坐在里面完全可以。这鱼肚子是扁圆的，我躺在里面。鱼嘴和虎嘴又都是张开的，从这儿可以进空气，也可以从这儿给咱俩送水送饭。你说，这难道不是天神为咱俩安排的吗？"

亚嘎哈一听王杲为了能和她一起去京师，也和她一样躲到鱼肚子中，便痛快地答应了。

书中交代，王杲去京师是虎尔罕默许的，万罕不知道。亚嘎哈去京师，只有王杲知道，虎尔罕亦不知晓。一起准备完毕，虎尔罕率队出发。

---

① 伊曼：满语，牤牛。

因虎尔罕性喜奢华，平日出征都有美姜相随，这次进京也不例外。虎尔罕的众姜室均乘坐华丽的车轿。这种彩轿传袭久远，出自中原唐宋，后传入女真人。轿子由两匹马拉着，轿子很美观，也很舒适，在里面可以食宿。每只彩轿只乘美姜一人，供虎尔罕尽享其欲。

在早北方不兴彩轿，而是用白山黑水之树柳及其皮和兽皮等围车架棚。满族、蒙古族、鄂伦春族、鄂温克族、女真人等都喜用大轮车，车辕用松柏围以细柳为骨架，上面用白桦皮和鹿、熊等皮为棚，非常舒适保暖，俗称"游动的房子"。蒙古人及女真人管这种车叫"色珍包"，即"车上的家"。不少游牧民族的人就住在这种车上过日子，他们边猎边牧。后来，女真人把车和轿结合起来，又发明了一种新的车轿。

虎尔罕带着众姜室，一姜一车轿，他自己有专轿，也有乘骑，高兴时就可以到这些美姜的车轿中歇息。

王杲此次进京是虎尔罕私下应允的，所以王杲只需在刚出发的时候，为了不被万罕发现，才藏于鱼腹之内，只要出了哈达地界，王杲就可以出来了。但亚嘎哈随同他们一起进京，虎尔罕是不知道的，所以王杲把亚嘎哈安排在虎皮囊里，但王杲心疼爱妻，若一路之上总将亚嘎哈困入虎皮囊中，别说凭娘娘之刚烈性格，就是一般人，也绝不甘心蔽忍于内。所以，王杲凭着他那聪明的头脑和灵巧的双手，悄悄在虎腹内做了秘密机关。他命人在尽量不破坏虎外形的前提下，用柳条围成架子，架子外面包上羊皮，放进虎腹中，把里面支起来。这样，亚嘎哈在里面不至于太憋闷。

由于贡队的人马众多，车辆逶迤数里，王杲又联络好身边的众随从，只有在虎尔罕巡察贡队或入京师的时候，亚嘎哈才藏匿起来，平时亚嘎哈都是待在外面的，只是装哑不说话。虎尔罕发现不了，他也想不到。其实王杲只是怕虎尔罕在路中发现，才不叫亚嘎哈出来，真要进了京师，也就不怕了。

路过开原的时候，虎尔罕命身边侍女敬树上的小花鼠子。那小花鼠子比松鼠还小，小黄毛、大尾巴，身上头上有几条黑道道，非常机灵顽皮，喜逗路人。它还能远纵远跳，女真人叫它"兴格里居居"，即耗子的小儿子。女真人认为小花鼠是天神阿布卡恩都力的地使、地兵，能通神。它能在树上飞来飞去，跳来跳去，比耗子还厉害，故称耗子们的小儿子，意思是更受阿布卡恩都力的宠爱，是小宝贝。女真人包括北方各族，途中若见到花鼠子，要下马停车，烧香磕头，意思是天神的使者来了，要祈求天神，保佑旅途安宁。

小花鼠这种小动物甚是有趣，它最喜欢看衣着华丽的人，最喜欢看和听热闹，很好奇。故此，它若见到毛色美丽的鸟和兽，就从树洞里钻出来，在树上跳来跳去，抖抖身上的小黄毛，蹲拜，点头，小尾巴翘得很高。若见到树下有衣着艳美的人路过，它也蹦出来，好像不服气，与人比美，睥睨着小圆眼，逗你不停。

虎尔罕路过见此情景，一定要焚香叩拜山神。鼓声号角一响，侍女们一起叩拜树上的小花鼠子……

一路上，大伙儿都风尘仆仆地赶路，暂且不表。

话说贡队进京以后，人们就张罗着往下卸贡品，亚嘎哈被当作老虎抬到了专门存放各地进贡贡品的珠宝库里，不管了。

亚嘎哈藏在虎肚子里，被奴才们抬来抬去，折腾得难受，再说在那里也憋得慌啊。到后来没动静了，亚嘎哈就把虎嘴给掰开了。她看见那些宫女、太监、侍官们正在偷吃贡品饽饽，偷藏土产贡品礼。

亚嘎哈来气了，她用力一扭身，甩起来的虎尾巴正巧打在了一个小太监的身上。

这下可不得了了，宫里的人吓得四下逃散，还边跑边喊："虎神爷爷显灵了！虎神爷爷显灵了！"

亚嘎哈见状，索性来个一不做二不休，她张牙舞爪，满宝库撵着那些宫女、太监跑，后来把个管事太监摁住了，用牙啃咬那太监的头。

王杲闻听人们的喊叫，就知道一定是爱妻那里出事了。他赶紧跑来，喊道："塔塔琴必！塔塔琴必！"此为女真语，意思是"别胡闹、别胡闹"。

听见王杲的喊声，老虎安静了下来。

亚嘎哈一见自己的爱根来了，"噌"的一下扯下身上的虎皮，上前一把抓住王杲的脖领子，嗷嗷大叫。

王杲也怕把事情闹大，不好收场，一再安抚亚嘎哈，并好言相劝。可亚嘎哈根本听不进王杲的话，大吵大闹，而且要冲进内宫，找皇上评理。众侍卫急忙拦阻。

王杲气急了，上前打了亚嘎哈一巴掌。那亚嘎哈也是说一不二的主儿，能受这屈儿嘛，她连吵带喊，跟王杲打到了一起。

话说早在亚嘎哈大闹珠宝库的时候，裕王安插在皇宫里的心腹太监就悄悄将消息告诉了裕王。裕王也怕自己做事不力被父皇责怪，便命侍卫先带虎尔罕等人去驿馆休息，然后匆匆赶去珠宝库查看究竟。

裕王上次在哈达部跟王杲打过几次照面，所以他认识王杲，但那个女人他不认识，不过对于王杲之妻——悍妇亚嘎哈，他也是略有耳闻的，所以当裕王看见吵嚷声是由王杲和一个女人发出的时候，他大吃一惊。因为按照朝廷律例，没有皇家谕令，女真蛮夷是不准进京，更不准踏入皇宫的。虎尔罕进宫是朝廷允准的，可朝廷并没有准许其他女真部落的人进京啊。眼下突然出现的这对野人，一定是采取了什么手段，哄骗虎尔罕带他们来的。这还了得，擅闯皇宫禁地是犯杀头之罪的。

裕王刚想喝令侍卫将这对不知死活的男女拿下，但转念又一想，如果眼下将王杲治罪，不单会牵连到哈达部，使哈达部蒙上乱宫之罪，而且自己早些年瞒报父皇说张宸妃葬身崖底之事，万一被这对愚人说出，这欺君之罪自己可是担当不起的，此刻只能好生安抚，不能再让他们惹出祸端。

裕王那是极为聪明敏锐之人，且睿智远超过只会炼丹修道的嘉靖爷。他立刻转换笑脸，大步走向他不认识的、张牙舞爪的亚嘎哈和后边紧追上来的、喘着粗气的王杲，大声说："欢迎远道而来的贵客。何必走得这么匆忙，小心玉石地太滑，伤着你们。"

这时，跟随裕王的几个太监怕这两个野人伤及裕王贵体，纷纷站到了裕王的周围，将裕王保护起来。

真奇怪，裕王的笑脸和太监们的卑躬屈膝的奴才相儿，竟把张牙舞爪、怒气满胸的亚嘎哈一下子给造愣了，只见她全身的莽劲儿顿时消失，只瞪着两只圆圆的大眼睛，张着红红的大嘴，呆呆地望着裕王。亚嘎哈想起了他在东海的额莫和阿玛，每当她撒娇时，面对她的就是这副慈祥的笑脸。

想到这儿，亚嘎哈坐在地上，哇的一声，大哭起来，也不管裕王是不是皇子，把满腹的委屈向裕王述说起来。

裕王耐心地听完亚嘎哈这一顿诉苦，笑着说："放心，本王给你做主，以后没人敢欺负人。"

亚嘎哈本是一个单纯善良之人，没有那么多花花肠子，见当今皇子给自己撑腰，立刻咧开大嘴笑了。

王杲这才有机会上前跪地磕头，给裕王施礼问安，并代妻请罪。

裕王免去他们夫妻擅自进京和大闹皇宫之罪。

王杲和亚嘎哈磕头谢恩。

当晚，裕王命自己的心腹李芳将王杲夫妇悄悄领到自己书房后面的一处僻静的馆舍安顿下来。他怕王杲夫妇白天大闹的恶行被哪个太监为讨好父皇而告密，父皇追究下来，故而先将他们藏匿，等过几天风平浪静了，再让他们夫妇俩出去游一游、逛一逛，也不枉来一趟京师。

据说亚嘎哈这次大闹珠宝库，吓病了三位御前哈番，吓疯了一个太师玛发（即大臣）。

后来这事被虎尔罕知道了，他也没办法，也不敢话语太重，怕激怒王杲夫妇，再惹出什么事来，只是心里暗暗叫苦，后悔自己当初不听阿玛的话，眼下只能好言劝慰、安抚王杲夫妇，少捅乱子，否则回家不好向阿玛交代。

两天以后，裕王见父皇那里没什么动静，便派李芳密告王杲领着亚嘎哈到外面去逛一逛，但一定要悄无声息，不要惹任何麻烦。

王杲带着亚嘎哈逛起了北京城。哪知道，亚嘎哈对北京城里巍峨壮丽的亭台楼阁一点儿都不感兴趣，而且很快就叫饿了，王杲只得带她进了一个门脸儿比较大的饭馆。

店小二走过来沏好了茶，然后询问二人："客官，想吃点什么？"

王杲看了看亚嘎哈，意思是让亚嘎哈点菜。

亚嘎哈头一次进京师，她哪知道汉人都吃什么菜呀，见店小二相问，便想都不想地大声嚷道："你只管挑好的给我上。"

不一会儿的工夫，店小二们端上来好多菜，把他俩眼睛都看花了，特别是亚嘎哈，她哪见过这么多的五颜六色、摆着各种花样的菜呀，她就在那一样一样地数，一共十二盘。

王杲就问店小二："能不能给我们报一报菜名啊？"

店小二爽快地回答："好嘞，这是十二个冷盘。"

然后依次介绍道："酱鸭、酱方、扎肉、冻鸡、羊羔冻、盐水鸭、素火腿、素烧鸭、鱼松、肉松、蛋松、色拉。"

亚嘎哈听完，心里不禁对汉人竖大拇指，就连王杲这个经常出入抚顺御史大人府邸的人，也没想到汉人在吃上能琢磨出这么多花样来。

王杲给亚嘎哈斟了满满一碗酒，然后又给自己倒上一碗。接着，王杲举起酒碗，一仰脖儿喝了下去。亚嘎哈当然也不认输，同样将一碗酒一口气喝了下去。他俩将每样凉菜都品尝了一口，嗯，味道真是不错。

凉菜上完了，又开始上热菜。这回店小二聪明了，不等王杲发问，就主动介绍说："这是炒里脊丝、炒鱼丝、炒鱼片、炒肉丁、炒猪肝、炒腰花、炒菊红、炒虾蟹、炒大肠、炒肚丝、炒三鲜、炒合菜……"

王呆夫妇又将每道菜一一尝了个遍，啊，真的是人间美味！

眼看端上来的菜已经摆不下了，店小二还在不住地往上端菜。这回端上来的有：宫保肉丁、虾子蹄筋、五查全鸭、京东全鸡、贵妃鸡、凤凰腿……

第十六章　王杲面谏嘉靖帝

王杲夫妇在京师大吃一顿后，被裕王安排在书房后面的馆舍歇息，一连好几天都足不出户，吃饭、喝水都有专人伺候，吃的是山珍海味，穿的是绫罗绸缎，过上了皇家的日子。虽然这样，王杲却高兴不起来，因为他此行的目的并不是吃穿，而是要见皇上，现在看来他的这个目的还远未达到。

这日，王杲闲得无聊，不顾裕王府家奴的阻劝，信步走出馆舍，来到了满是朱墙碧瓦的皇宫内院。他穿过两道月亮门，看见很多人都兴致勃勃地往一个方向走去。王杲虽然是头一次进皇宫，但宫里的规矩他懂，像这样兴师动众地聚集这么多人，一准是发生了什么重大的事。

王杲拦住了一位同样急匆匆走着的管事太监，问他："发生了什么事？这些人往哪里去啊？"

管事太监瞅了瞅他，奇怪地问："你是哪个宫的？怎么连这个都不知道？"

王杲撒谎道："俺是裕王府的，为裕王爷去果子楼甄选给皇上进献的鲜芒果，这不刚回来嘛。"

管事太监点了点头，说："啊，难怪你不知道。前些天，辽东哈达部给皇上进献了三条牛鱼，一只用头排虎皮做的活灵活现的虎模型。哎呀，咱家活了几十年了，还头一次见着这么大的鱼和虎。这不，皇上下旨，赏各宫的嫔妃、宗族至亲、朝中宦官以及大臣们进宫瞧瞧，眼下大家伙儿都往那儿奔哪。嗨，不跟你说了，我得到那边帮着张罗张罗去。"

王杲一听来气了！啊，我进献给皇上的牛鱼和神虎变成他哈达部献的贡品了。转念又一想：可也是，他虎尔罕能放过在朝廷面前邀功请赏的机会嘛。算了，他把我偷偷带到宫里，也算得上是功劳一件，我就不跟他计较了。对了，百官都去观赏神虎和牛鱼，皇上能不能去呢？想到这儿，王杲加快脚步，紧跟管事太监，往人们聚集的方向走去。

　　王杲跟管事太监走了好一阵子，最后竟来到皇宫大内的宝地——御花园。这里的景致让王杲耳目一新，园中央高高的假山上摆放着硕大的鱼缸，南方诸省进献的各色彩头金鱼在水中缓缓戏游，引得众王公、嫔妃一个个驻足俯视，连连惊呼赞美。

　　王杲注意到，在喧哗的人群中，裕王正在御花园西角落谈笑风生地向朝臣们侃侃讲述着什么。在他旁边的角落里，数名侍卫和太监在看守着一个木栅虎笼和一个装载牛鱼的庞大木槽。

　　这时，只见有两个太监肩挑一大坛子窖封御酒走了过来，放下酒坛，口中高喊："吾皇万岁，赏赐御酒一坛。"

　　御花园中的众臣纷纷拜谢，个个三呼万岁，感激涕零。

　　众臣边观赏牛鱼和神虎，边畅饮御酒，讴歌九州，生此奇物，乃本朝祥瑞之兆也。真可谓盛况空前，热闹异常。

　　王杲不喜欢这类场合，又不想搅乱裕王的情趣，便悄然隐在一处欣赏诗文。一些汉学名士，赋诗弄毫，赞颂明皇之德，有文臣用庄子《在宥》篇"出入六合，游乎九州，独往独来，是谓独有。独有之人，是谓至贵"的言辞，书成条幅，在晴空中尤显气魄。

　　王杲深知庄子《在宥》篇寓意，乃谋辨管理国家之策，与观赏牛鱼和神虎风马牛不相及，驴唇不对马嘴，令人哭笑不得。

　　王杲蔑视这群不事朝政、只会阿谀的苟且之徒，便来到为观赏牛鱼和神虎之人临时歇脚所搭设的柳林帐篷。帐篷内有数张桌椅，并有宫女侍奉茶点与酒酌。见王杲进来，侍人甚有礼节，忙上前询问品茶还是饮酒。

　　王杲回应："来一杯酒。"

　　王杲本来心情不爽，便大口大口地一连喝了几杯，微微有些醉意。桌上正巧摆放有文房四宝，王杲提笔，挥毫在丝幛上写下了"驾龙辀兮乘风雷，载云旗之委蛇"。王杲这两句本出于屈原，喻指当今权贵们一味借皇威喷云吐雾，声若阵雷，打着明廷大旗荼毒黎民，看似耀武扬威、声名赫赫，其实皆属酒囊饭袋之徒！

　　王杲写完，弃笔走出帐篷，拂袖而去。可谁知，王杲此番举止却惹下了祸端。因王杲挥毫抒情话语中，有"驾龙"二字，犯有欺君之罪。明眼人看到，忙告于朝中御前太师。御前太师大惊，急命寻找此人。

　　此时，王杲酒醉，早往宫中深巷走去，走着走着，前面出现一幢小院，高高的围墙，门是用黄琉璃做成的，上面雕着一些龙腾图案，特别的富丽堂皇。王杲不知，此即明宫大内潜龙之地——黄门楼。

黄门楼是皇家的一处深宫内院，在乾清宫的后侧，修缮得极为考究，院中小路铺上白理石，如玉带环绕，路两旁种植翠柏斑竹，为行人遮风挡荫，满院的牡丹、百合，竞相开放，池中卧莲、游鱼，相互映衬，如神仙洞府一般。它是明朝自永乐之后，历代皇帝的养心宫所，是皇帝每日上朝完毕小憩的地方，也是嘉靖皇帝修丹练道的宝地，唯有皇上、东宫太后和每日侍寝的嫔妃进入，其他人等不得入内。这既为了使众臣不搅扰皇上的休息，也为了防备出现不轨之徒，闹出弑王之祸。

王杲刚迈进一只脚，呼啦一下拥出几个侍卫，搭腕抱腰，来抓这位擅闯内宫的歹徒。王杲起先并不介意，任由他们推拉扯拽，他一动不动。几个人见怎么也弄不动王杲，竟然伸手要打。王杲不干了，只见他胳膊一伸，脚一蹬，挡住了就要落到身上的几只拳脚，然后大声质问围过来的几名侍卫："为什么动手打人？"

吵嚷声惊动了观赏奇珍的大臣们，他们也一齐围了过来。

王杲见事已至此，便不再反抗。侍卫们先把他拉到宫中武备府，后拉到刑部，最后又拉到太师玛发的大堂。

王杲申明来京之意，讲明自己要亲睹天颜，倾吐心中的肺腑之言。

有的朝臣听王杲说要见皇上，鄙视地说："当今万岁乃真龙天子，非五品以上朝臣不得相见。你乃区区一鞑夷，皇上岂能随便召见于你。"

王杲大怒，说："天者天下人之天也，月月年年，周而复始，何日不可见天？天离地，天离众黎，若屋棚之失柱，天将塌也。"

王杲还说："人仰观可睹之六合之气曰天，人立之八荒之土曰地。若天地相离，四极相分，安有天地人？世乱矣。边垠夷人千里求仰天颜，不见天容，久而久之，其民必寻新天矣！"

王杲认为：天子、皇上就像头顶上的"天"，这是本应该天天都可见到、人人都能见到的事。若皇上离开了百姓，就像房子没有支柱，是会塌的，而且天和地是不能分开的，如果边寨夷民许久见不到天容，是会寻找新天的。

王杲在刑部大堂侃侃而谈，不料想正在禅堂打坐的皇上听心腹太监说有人闹事，深感惊诧，未曾换下道服，便由侍卫们护着来到此地。

刑部尚书正要呵斥王杲，给王杲治一个大不敬之罪，想不到平时难得一见的皇上来了，赶紧起身行三拜九叩大礼。

王杲一见日夜期盼的皇上来了，知道自己这次来京城的目的可以达到了，不觉笑出声来。

嘉靖帝对刑部尚书等人的大礼有点儿不耐烦，摆摆手说："让他继续说下去。"

王杲一听皇上都让他说了，这下来劲儿了。他清清嗓子，对皇上申明朝廷在辽东民穷兵疲之害，又说了当下的辽东将领不思亲族事朝、膏食丰衣的后果……

王杲越说越来劲儿，说："古之圣明帝王均知'水可覆舟'之喻，吾自幼读汉史，桀作璇室象廊，纣为倾宫鹿台，惟宫室是饰，必有危亡之祸，言不切至，伏维明鉴。"

王杲流利的汉话和对古史的熟悉，令嘉靖帝大为赞赏。

王杲被嘉靖帝一鼓励，神情也放松下来，继续说道："朝廷要有为四疆诸夷送火之襟怀，像我们女真人的拖亚拉哈恩都力那样，必会赢来世代颂歌。"

嘉靖帝知道，"恩都力"是女真语"神"的意思，那"拖亚拉哈"一定是名称，所以他追问道："拖亚拉哈？什么意思？"

王杲告诉他："'拖亚'，是我们女真语'火'的意思。拉哈，也是女真语，是'墙'的意思。拖亚拉哈可解释成'送火者'。"

嘉靖帝继续问："你们女真人一定很崇尚这位神吧？"

王杲答道："是的，我们女真人不仅在火祭中祭拜这位女神，而且还专有传讲拖亚拉哈大神的神话故事哩。"

嘉靖帝颇感兴趣地说："那你给朕讲讲。"

"好！"王杲答应道。

刑部大堂鸦雀无声。

王杲讲起了女真人世代传讲的一段神话故事：

"在没有人的宇宙洪荒时代，北边处处是冰雪。冰像天那么高，像地那么大，万物不能生存。拖亚拉哈本是天神恩都力头上长出的'其其旦'（即小肉瘤），后被雷神西斯林盗走，结成夫妻。后来，因风神爱她，把她抢走了。她来到地上，变成个美女即拖亚格格。由于她美丽冷艳，脚踩红火云，身披彩霞似的红星火衫，远望像一面红墙，所以又叫她拖亚拉哈女神。

拖亚格格有孕，因大地冰雪酷寒，若育人生子，必先孕生春天。于是，拖亚格格偷来天神阿布卡恩都力心中之火。只有有了火，大地才有光明，才有朝霞，才有春夏秋冬。拖亚格格宁愿自己受灼热的热火熏烤，也不退缩，将偷得的神火藏于心中。怕火种熄灭，她拼命地奔跑。为迅疾赶往大地，她将双手变成了双爪、双脚，快步如飞。冰山路滑，她化作兽身，穿云御风。最后她变成一只虎目、虎尾、豹头、豹须、獾身、猞猁狲耳、鹰爪的奇兽身形。她四爪踏火云，口喷星光，驰如电闪，光照大地。

她不停地吐火，为大地逐雨、逐雪、逐寒、逐霜、逐冰，大地开了化，北方有了春天，有了生物，有了绿色。这就是深受北方诸部民众尊崇的拖亚拉哈女神。火种，就是她留给人间的……女真各部年年祝祭她、崇拜她、感戴她，说她是女真人生命热源之女神。"

王杲沉重地说："北方女真诸部多么盼望朝廷能像送火女神那样，抚爱女真诸民。女真诸民岂能不感恩戴德，以奉天朝？怎能还有其豆相煎，刀兵之泪耶？"

嘉靖帝连连点头。

王杲还面谏嘉靖帝说："勿学车其克①恩都力，只知在九层天上的金楼子里安卧育子，不知九层天下金楼子的柱角已摧，应尽早改弦更张，亡羊补牢，也不晚矣。"

王杲接着说起天神阿布卡恩都力身边的小侍女车其克恩都力的故事：

古时候，天神阿布卡恩都力怕恶神耶鲁里带着丑妻乌辛阿林②偷盗天水，便派车其克恩都力到很远很远的天河边去守护万顷天河。谁料想，车其克恩都力嫌看守天河孤单寂寞，竟爱上了云神，而且还背着阿布卡恩都力在九层天的金楼子里絮巢育子。一窝小神雀整天叽叽喳喳，唱个不停，把车其克恩都力都喜得忘了护河，整天蹲在雀巢边上看，怎么看也看不够，云神则守护其左右。谁知恶神耶鲁里与丑妻偷渡天河，砍断金楼子的四柱，天河水涌了出来。车其克恩都力惊飞了，爱子被水淹死了。从此，年年有了涨水泛滥之事。据说车其克从此总是喳喳喳、喳喳喳地叫个不停，就是为此事而懊悔不已。

王杲用此喻明廷不要坐在深宫自满，多体察下情，以防美巢溃决之险。

嘉靖帝若有所思……

---

① 车其克：满语，雀。
② 乌辛阿林：满语，北方的一座大山名。

王杲还讲了一个"毕达户"^①变小的故事：

毕达户是一种产在萨哈连乌拉、松阿里乌拉中的一种小扁鱼，长度像小牛眼睛大小。

相传"天宫大战"时，它是阿布卡恩都力身边一个叱咤风云的巴图鲁，叫巴丹额真。它长着鱼形，身上有鱼鳞、有鳃，是水中之王。大地刚有生命的时候它最大、最有能耐，谁也斗不过它。为什么？因为它天天都喝水奶，所以有劲。后来，恶神耶鲁里来到他身边说："你敢不敢不喝水奶与我厮斗？"

巴丹额真摇晃一下大身子，得意地说："那有什么？就是不喝水奶，我也能打败你的！"

耶鲁里与巴丹额真打赌，一连四十个日落日出，不喝水奶，可耶鲁里却偷着喝巴丹额真离不开的水奶。最终，耶鲁里打败了巴丹额真，霸占了两江。从此，两江水常常泛滥，而且水里有妖怪，人畜经常被害，就是因为耶鲁里藏在里边了。而可怜的巴丹额真不喝水奶，身子越缩越小，变成世界上最小最小的扁鱼，沦落河岸，受江潮拍击。

王杲通过这女真人世代传讲的神话故事，来比喻明廷不要高傲自大，要善于分辨恶人，否则体大可以变小，叱咤江河的巴图鲁也会变成弱小的受害者。

嘉靖帝被这些故事深深吸引了……

王杲讲完这些故事说道："大明要求洪武之治，必须废苛政，废歧夷制夷之策，求资夷安夷，则边疆永宁矣！"

嘉靖帝深感王杲说得有理，便破例赏他敕书二十道，春秋与哈达部同享入京礼制。

王杲这才实现了进京的主要目的。裕王也更加赏识王杲，将夫妻俩安抚于裕王宫中。裕王妃是个贤良有德之女，即后来的万历皇帝之母。女真人很敬重她，她当了皇太后以后，女真人（包括罕王努尔哈赤）均称之为"万历妈妈"，这是后话。

亚嘎哈与裕王妃很是投缘，俩人一连三宿同卧一帐。娘娘听亚嘎哈讲东海之奇珍逸事，竟忘记了宫中更漏报时，月下青楼，红霞染衾。亚嘎哈也在裕王妃的劝导陪伴下，收了不少野性。

亚嘎哈在裕王妃的陪伴下，来到八达岭长城。亚嘎哈讨厌前呼后拥

---

① 毕达户：满语，小扁鱼。

地跟着一堆人，她觉得不痛快，便提出只有她们两个结伴微服出游。裕王妃怕路上遇到强盗，不敢去。

亚嘎哈拍着胸脯说："不要怕，娘娘，有我亚嘎哈在，我看哪个兔羔子敢对你无礼！"

裕王妃诧异地瞅着她，问："你？行吗？"

亚嘎哈咧着大嘴，哈哈地笑着，说："娘娘，你就放心吧！"

裕王妃到底是年轻，被亚嘎哈说动了，两人微服到了八达岭。

亚嘎哈与裕王妃行至下口，举目观看，见两旁山脊上，依山而建的城墙蜿蜒起伏，烽火台相随而立，矗立在几十里的山谷中间，甚是威严。

两人走下长城，见在这深山幽谷之中，清溪萦绕，草木葱茏，珍禽飞鸣，果树成行。蜜蜂在花丛中穿梭，百鸟鸣哨歌唱，这一大自然的美景简直把她们看呆了。

走过这片树林，前面是一道沟壑，宽丈余，深数丈。望着这深深的沟壑，裕王妃心跳加速，心都快跳到嗓子眼儿了。也真是怕啥来啥，就在这时，呼啦啦从树林里一下窜出五名壮汉，将她俩团团围住。几个贼人见她俩一个个眉清目秀，齿白唇红，眼睛都看直了，愣呵呵地瞧着她俩发呆，有的人过来就要动手。

裕王妃从来没有见过这架势，只吓得瑟瑟发抖。

亚嘎哈大声质问："你们要干什么？"

贼人头子嬉皮笑脸地说道："干什么？这你还不明白吗？跟我回去，给我当老婆呀，哈哈哈……"

亚嘎哈气得血往上涌，厉声断喝："要是不给你们点儿颜色，你们也不知道姑奶奶的厉害。"

说着话，亚嘎哈将脚上的鞋一脱，身上的汉服长裙扯下，一探身，抓过贼人头子，没等他明白过来，就已经将其举过头顶，接着又转了几圈，最后用力扔了出去。只听这家伙"嗷"的一声，便没了动静。

亚嘎哈这一连串的举动把那几个人都看傻了，他们做梦也没想到，一个年轻女子居然有这么大的力气，轻而易举地举起一个二百多斤重的人，而且还能转几圈，自己这身子骨要是落到她手里，还不被她捏零碎了呀。

想到这儿，几个人你看看我，我看看你，不约而同地撒腿就跑。

望着贼人们的背影，亚嘎哈开心地大笑。

裕王妃还亲自陪亚嘎哈逛西山、品玉泉，皇家侍卫护卫其左右，甚是威风。这样做是裕王夫妇为安抚王杲夫妇使的手段，一来是讨王杲夫妇欢心，使之俯首帖耳，心甘情愿称臣；二来也是给朝中众臣看看，他裕王确实能抚夷，是一个有道之王。

单说亚嘎哈到西山卧佛寺进香。当时寺院佛身因被雷击，有一臂震裂，朝廷正派人监修。这野女人哪见过佛呀？更未见过这么大，而且还卧在神榻上的佛。她觉得非常奇特，竟不顾众太监、监军、寺内众僧住持在焚香、磕头，竟然跳上神案，要像骑马一样跨步骑上。

这还了得？此寺乃当今嘉靖娘娘的御佛堂，连裕王到寺都要远远下马。亚嘎哈不管三七二十一往神案上这么一跳，大殿上就已经乱了，她再迈腿要往上骑，就更不行了。大殿上立刻钟也响，磬也敲，和尚口诵金刚经，冲上来几个住寺的监军，硬把亚嘎哈扯下案头。

这亚嘎哈能答应吗？她握拳蹬脚就要动手。就在这时，机智的寺院住持不知从哪儿弄来一群白脸猕猴，跳到人群当中。紧接着，又有几只寺中养熟的八哥站在寺内画梁上，说着："佛门重地，笑，笑，笑，一笑百气消！""女真英雄长寿无疆！"

这亚嘎哈与王杲生活在一起，王杲喜用汉人奴婢，而且王杲平常也经常教她一些汉话，所以对于汉话她并不陌生。眼下突然见人群中出现了一群从没见过的白猴，又见到会说尼堪话的神鸟，这更是她从来都未见过的。亚嘎哈大为惊奇，她忘记了卧佛的事，立刻丢了怒脸，走向这些新奇玩意儿。她身边随来的这些宫女都是裕王妃贴身使唤的，一个个聪明机灵，不住地在旁劝解、逗趣，把个亚嘎哈哄得眉开眼笑，乌云尽消。

相传，如今在卧佛寺后山上有两块巨石，说是当年亚嘎哈来寺时，见众小僧开山建庙，甚是辛苦，她便力推双石，开出一片空地，匠人们很快在此建起三幢佛堂。被推动的石头被称为"东海石"，其实不是来自东海之石，而是因为东海窝集女搬动过此石。

据说亚嘎哈在京的时候，裕王妃赐绢衣缎裙。她穿汉服逛京师，其姿态甚俊美。裕王妃见了笑着说："哟，哟，哟，九天神女进京来了，这要是俺那王爷见了，也会稀罕得不得了哦！"

亚嘎哈看尼堪女人小脚走路觉得有趣，所以裕王妃在前面走，她便在后边跟着学。裕王妃回过头来要扭打她，亚嘎哈一把把裕王妃搂住，然后像举小孩儿似的把裕王妃举起来，放到自己的肩膀上坐着，把个王妃羞得满脸通红。众奴婢都吓得跪在地上不敢抬头，亚嘎哈笑得前仰后合。

亚嘎哈在京数日，和裕王妃同吃同住，她们亲若姐妹。裕王妃收亚嘎哈为义妹。

当王杲从裕王口中知晓德里给格格真实身份后，又惊又喜，惊的是阿玛所戏之人就在觉昌安府内，喜的是宸妃娘娘人刚烈无比，委身夷地，视女真人为手足，世上罕见，真乃可钦可敬可赞，故王杲甚是敬重。

裕王密告王杲，想办法助宸妃来京师，与其见上一面，并实现自己答应宸妃帮助其母女相见之诺言。王杲慨然答应，一定促成两人相见，以慰裕王相思之苦。

第十七章　德里给地宫见母

　　话说王杲自打从京师回来，就张罗送德里给格格进京见母的事儿。因为上次进京他是跟虎尔罕的贡队一起去的，而且是藏在鱼腹里，所以只能轻装上阵，可这回就不一样了，这回他是得了裕王给的火牌，一路上的关卡都必须放行的，所以他命人给德里给格格准备了进京见母的礼物。同时他又以照顾大女的名义，让亚嘎哈把德里给格格接来，当面向她解释自己的阿玛当初并不是戏辱她，而是对明廷有怨恨，憎恶当今之荒淫，才行此无礼之事，还请德里给格格海涵。而且为了表示诚意，自己将亲自护送她去京师。

　　为了打消德里给格格的顾虑，王杲将裕王捎来的手谕拿给她观瞧。手谕中，裕王用《哀郢》中"鸟飞返故乡兮，狐死必首丘"的词句，表示希望她南归，留在自己身旁的思念心情。裕王还让王杲捎来了宸妃当年坠崖时遗落在地上的罗裳，并告知她裕王准备把宸妃母亲接到京师恩养。宸妃睹物思亲，百感交集，泪如泉涌。尽管如此，德里给格格还是拒绝了王杲的好意，并请他转告裕王，自己心意已决，断不能跟王杲回去。王杲凭着自己的三寸不烂之舌，苦苦相劝。宸妃也深感裕王对自己的真挚情感，同意南行。

　　王杲设宴款待德里给格格，到哈达部借来汉妓舞女，和古垺城有姿色的众女儿一起作舞，并请出裕王派来的琵琶琴师父女二人，席间十女十男作莽式舞。酒兴至，王杲与众将也下席作舞。德里给格格由觉昌安福晋沙克达妈妈以及众姑娘指教，也跟着跳起女真舞来，这使得德里给格格与王杲、觉昌安等女真人的心贴得更近了。

　　那时候的女真莽式舞不像后期清代宫廷的莽式舞，宫廷莽式舞追求的是婀娜多姿、悠缓绵绵、情意婉婉，而王杲他们跳的女真莽式舞更具有原始、朴实、粗犷、豪迈的尚武之气。

　　女真莽式舞分男、女莽式。女莽式舞有雁阵舞、摇车育婴舞、喜鹊舞、水中仙人舞、鱼舞、云舞、风舞、月舞、花舞、荷包舞（爱情舞）、手帕舞（爱情舞），男莽式舞则有猎舞、战舞、牧马舞、牧羊舞。

除此，尚有男、女合舞，其中包括喜庆舞、祈祷舞、祝神舞、百兽舞等。

席间琵琶师弹奏悦耳的《燕归》曲，三五个穿彩绸的少女，一边翩翩伴舞一边咏唱"有鸟自南兮，来集汉北"以助兴。

一切准备完毕，德里给格格在王杲等人的护送下上路了。

要说王杲也真会来事儿，他深知德里给格格乃是裕王的心上人，为讨裕王欢心，他专门派了一百名娘娘兵护送，还定制了七顶颜色相同的流苏彩轿。这种流苏彩轿做工非常精细，外罩黄缎轿帷，轿顶雕有三只能旋转的小金鸡，金鸡嘴里衔着朱色小宫灯。轿帷四角各镶有一个小铜铃，走起路来若百莺竞鸣。当然做这些轿子的款项皆由裕王提供。

要说裕王用情也够深的了，他为了能见到宸妃，终日里冥思苦想，最后终于想出一计：接宸妃母亲进京恩养，然后再接宸妃来京探视，到时再以心相鉴，或可成就百年之好。

于是，裕王从春日起就筹办迎迓凰归之事，但碍于宸妃是父皇的女人，所以此事必须要做到万无一失。打定主意以后，裕王一面加紧改造地宫，一面密派心腹找到吴江巡抚。此巡抚乃裕王在朝中的亲信，官至礼部员外郎，后被外放到吴江做了巡抚。此巡抚接到谕令后，忙到宸妃故里寻找宸妃母亲的踪迹。

书中交代，明代选妃，凡入宫承恩者，其家族均按明礼赐赏；若入宫逆死、叛失、淫乱者，其家族亦按明法惩戒。这宸妃家本为桑民，被封妃后，得赏赐甚厚，就连州府大人都要下马过礼。谁知天有不测风云，宸妃殒命塞外，全家罹难，唯宸妃母亲带着小女逃出。幸亏这吴江巡抚一心效忠裕王，把全家老小都派出去寻找宸妃的家人。老天不负苦心人，巡抚家人终于在长江边上的草莽里寻到宸妃的母亲和小妹。此时这母女俩已经几天没进饭食，病入膏肓，奄奄待毙。

吴江巡抚将母女俩接到自己府内，并请来吴江的名医进行诊治，巡抚夫人又亲奉汤药。母女俩调养了一个多月，身体才见好转。为了不出意外，巡抚大人亲自护送，并派数十名家丁跟随，千里迢迢地把母女俩送到了裕王府邸。

裕王见到宸妃母亲像见到自己的母亲一样行大礼，并将其迎入内室。按理说这对母女乃朝廷要犯，若是被官府抓到是要被下大牢的，所以当宸妃母亲得知自己是被接到裕王府后，吓得只是跪在地上叩拜，根本不敢抬头。在裕王百般安慰下，她们才算心安。就这样，母女俩在裕王府住下了。

当时裕王的势力很大，府中都是裕王的心腹，所以关于宸妃母亲的事外界根本不可能知道。裕王也没告诉母女二人实情，只是说当今皇上感谢你献女于宫中，特接你来享天伦之乐。

宸妃的妹妹叫招弟，年仅十三，虽然年纪小，但其娇美程度丝毫不逊于其姐宸妃，姐俩简直宛如一人，以至于裕王初见招弟时大惊，竟忘了身份，从虎椅上走下来，边说"宸妃在此，宸妃在此"，边要拉招弟的手，把这母女俩吓得连连后退。后细一打听，方知此女乃宸妃之妹。裕王虽然也挺喜欢招弟，但也代替不了他喜爱宸妃之心。

为了自己不背上欺君的罪名，裕王始终严守秘密，任何人都没告诉，就连他的妃妾也不知道。而且在佛阿拉城，也只有觉昌安玛发和沙克达妈妈知道德里给格格的真实身份，其他人一概不知。此次宸妃进京，也是以德里给格格的身份住在馆舍里的，同行的众家丁也早就命人给准备好了住处，除赐锦衣玉食外，还允许他们在京师闲游七天，并可到马市自由买卖，不必有敕书与火牌，就连进妓馆、茶馆、戏园等地，任何人都不得阻拦。

王杲进京当日，裕王就召见了他，谢王杲成人之美，并赏珠宝玉器，然后命李芳领王杲到驿馆安歇。

一切安排妥当，裕王召德里给格格入宫。

见到自己朝思暮想的心上人，裕王心情无比激动，但他还是努力克制住自己，不被旁人察觉。德里给格格以女真礼（抚鬓蹲拜）叩见裕王，并含泪感谢，表示自己死后化作青烟，也不忘裕王的大恩大德！

裕王把自己宫中的众妃请出，见过女真格格。裕王还把德里给格格带到母后宫中见过母后，母后夸赞女真人中竟有如此通晓明礼、美貌如仙的女子（此母后便是嘉靖之正妻）。裕王苦缠母后，此事万万不可告诉父皇，母后答应下来。

次日，吉时吉刻，德里给格格在裕王宫中重着汉装，此装即离开吴江别母时所穿之白纱罗裙。回想当年，德里给格格不由得一阵阵泪洒粉腮。

此刻宸妃母亲及小妹已经在裕王府中的地宫等候。

明代的时候，不论是朝臣权贵还是阉党门第，几乎家家都有地室、窖室、幽室，而皇家则称为地宫，大都用来避暑，不仅如此，地宫还可存珠宝、设园艺、藏娇恣乐。所以裕王府有地宫，亦不为奇。

裕王府地宫设在后花园与寝宫相连的地方，是由藏珠库改建而成的，非常阔绰和讲究。地铺红毡，墙悬珠灯（灯形若珠，点油），棚顶粘贴琉璃瓦，瓦上绘有奇花珍木、鸣禽吼兽，梁木为云贵之擎天楠木，昆明湖畔之大理石，泰山顶上的翠松，雕龙凤、八宝图、百美抚琴图、仙翁盘道图、洞宾戏牡丹图。再入幽室画雕全为春宫秘画，分男裸图案、女裸图案。这在明朝也甚寻常。

墙悬珠灯，灯形若珠，内燃獾油，彻夜幽明。洞两侧有鼓轩，歌师舞妓所在，古曲沉沉，若有美人从洞穴而入，望之恰如仙姬降凡。筑此地宫，约时六个多月乃成。

宸妃母亲与小妹是从后花园那面的洞口进来的，宸妃则是由裕王寝宫中所留的洞口进来的，两拨人都往洞中白玉宝殿方向去。此刻白玉殿香烟缭绕，灯光幽暗，宸妃走过时烟云飘飘，若隐若现，视之若仙。

宸妃母亲惊呆了，忙喊宸妃小名："媛儿，媛儿。"

宸妃母亲以君臣之礼给宸妃见礼。三拜九叩之后，宸妃起身走下台阶，宸妃母亲坐于侧座，宸妃再以母女之礼拜见，叩拜久别多年之慈母，母女俩抱头痛哭，宸妃小妹也跪地叩拜姐姐。母女三人抱成一团，痛哭不止。

宸妃昏厥泣血……

叹苍天悠悠，骨肉离散，朗朗晴空竟只能在幽府相会！

母唤子，子唤母，洞中无人不催泪。尤其是众侍女，均系明廷选召之人，触景伤情，个个忧肠满腹，哭成泪人一般。

裕王曾有言，因宸妃思母之心感动天神，特命仙府中之宸妃下界与母相见，时辰一到，便返回天庭。裕王之所以如此安排，是因为宸妃怕母亲与己相见后，难解思子之心，所以便假指神仙帮助，使其母认为其女已逝。宸妃不带其母北去，皆因北方寒苦，南人不服水土，不忍相携尔。

宸妃乃有刚骨之人，性甚刚强，怕连累母亲，与母相见后，出地宫，仍到裕王宫中，将觉昌安阿玛和沙克达妈妈给自己带的礼物——牛羊皮张各五十（共百张）、参茸十柳篮、黄蜂蜜五坛、哈什蚂干肉五盘、鹿脯五盒、飞龙和鱼干五筒，全转给母亲，王杲送给德里给格格的大马哈鱼干十挂、鲟鳇鱼籽五桦皮篓也全都转给母亲。当然，这些东西全都是以裕王名义赏赐的。

宸妃决意早返塞北，但又挂念母亲和妹妹，肯求裕王帮自己把小妹带到塞北，与己同住。老母在裕王宫中有女婢侍奉，倒也随心安适。

裕王执意苦留，并请自己的爱妃劝解，怎奈宸妃去意已决。裕王泣作"南燕行"曲，抚琴歌之，宸妃以在吴江采桑时所唱民歌答之："吴江水东兮，揭波千里；碧海浩渺兮，不知忘返。"

裕王宴请宸妃，均以双数为席，双鱼、双鸡、双蟹、双莲、双虾。席中舞谱均咏关雎之调。宴罢，裕王陪宸妃赏花榭、游鱼、燕廊、地宫……

裕王的一片赤情，宸妃早就知道，无奈身份有别。在裕王府中，宸妃趁裕王妃入内时涕泣叩拜，感激裕王恩宠，裕王亦泣拜不起。

宸妃表示："妾有生之年，不忘裕王大恩。天地有极，妾感裕王恩无涯也！"

宸妃再哭拜，求请裕王送己归。

裕王见其意已决，不忍违拗，洒泪命人请王杲，备乘，即日起程返北。

临行时，裕王牵马挽辔不忍离去，随轿出关，泪送四十里。

行在溪水溢泉处，宸妃命轿落，下轿，苦请裕王返宫。

裕王跪拜，泪流不止。

裕王曰："小王愿与妃结为兄妹，手足相亲，相隔天涯若咫尺也。祈王妹自爱，相逢有期。"再拜而别。

后裕王登基太极殿，建隆庆，宣召德里给晋见，赏赐不少朝廷封禁的货物，如盐、铁、胶、铜及纺纱器械。德里给把这些赏品带回赫图阿拉，助罕王创基立国，功显尤著，甚得罕王敬之，尊为德里给妈妈。此乃后话。

宸妃重返塞北，其母未送，其妹也未送，是勒吉红请命护送的。勒吉红知其是汉家女，晓大义留到塞北，十分敬重，向宸妃致歉，并说要学关云长，送嫂到觉昌安处。

裕王在送走宸妃后，在春节前后派人把宸妃小妹送过去了。名义上说其姐死在塞北路中，妹去为姐填坟，女真人感其姐恩，会很好款待的。小妹招弟思姐心切，表示愿去塞北凭吊。

招弟到了佛阿拉，在女真人群里认出了姐姐，大梦方醒，急忙跪地叩拜，感谢上苍，原来胞姐健在！

宸妃小妹走了以后，裕王因甚爱宸妃，爱屋及乌，一腔柔情化作了敬老孝心，待其母如生母，其母在裕王宫中颐养天年。

嘉靖四十四年秋，宸妃母亲病危，将招弟唤回。弥留之际将招弟献于裕王，令其委身裕王，做奴做婢亦不可惜，以报答裕王的知遇之恩。招弟哭着受命。

宸妃母亲死后，裕王命人将其厚葬于芦沟河畔，封招弟为常在。

裕王于嘉靖四十五年冬登大宝，封招弟为贵人，可惜招弟一直膝下无子。三年后遭谗言，被裕王妃用毒酒夺去了性命。当时裕王正在灵檀出游，回来的时候招弟已经离世，裕王悲痛万分，大哭一场，后令人将其厚葬。

第十八章　呆罕智取媳妇山

我们在前段书中说过，王呆凭奇谋赢赚万罕，拔寨换旗，讨封索印，窝集女归故里求神贡。王呆得裕王赏识，声名威振塞外，拥兵苏水，西连土蛮，漠北众酋相继臣服，皆以隶呆麾下为耀焉。

女真人当时有句土谚，说："呆罕家如喜鹊窝，万罕宫似秃鹫巢。"以此喻王呆处门庭若市，喜事频传，人畜兴旺，而万罕的侠倡宫则是秃鹫栖枯枝，孤影寂寂然。万罕知道王呆现在的态势自己已无法阻挡，亦谦让三分。

嘉靖三十六年，王呆率领建州女真部众，到抚右关贡市，明朝抚顺守备王文洙因王呆所带来的马匹中有十六匹又老又瘦，拒绝交易。在饮酒中，王呆佯装酒醉，出言不逊。抚顺关抚夷厅官兵听不下去了，起身与其打到了一起。王呆率部众乘机大闹抚右关市，杀死守备王文洙，同时掠夺东州、会安诸堡。

王呆杀死朝廷命官，掠夺边堡，在朝廷引起极大的震惊。众阉臣就与兵部大臣商议，他们共同呈上了一份奏折，上面写道："建州逆呆嚣张跋扈，岂可不靖之？"

更有阉臣袁公公久读古书，有谋臣之略，素得嘉靖爷赏识，曾览兵部荐奖大将黑春征西疏文，甚悦，向嘉靖帝慨然荐曰："今有勇将黑春，幼生北荒，谙晓夷风俚语，武进及第，骁具叔宝之勇，略及伯温之才，堪可大用。黑春奉旨平西，英风慑震于甘陕，帅纛风靡于回寨，斩关弑骑未有御者。今凯歌回京，朝野欢动，此正勤王安业，革戡刁风，惠泽遐迩，天赐良臣也。若万岁爷委以辽东扫北军务，北陲可平矣。人心向夷之弊，所关匪浅，呆桀骜之气尤除，伏祈鉴纳耳。"

兵部奏疏中所荐黑春，乃非常人。此人嘉靖年间名噪朝野。他身高九尺，虎背熊腰，手使三百斤重的镔铁三楞狼牙大刀，有万夫不当之勇，实为捍城之上将。

145

黑春孩提时常在女真人中嬉戏，粗通女真语，因少有管教，酷似野儿，颇有虎狼之勇。

他原是兵火离乱中一弃婴，后被人所捡，抚养成人。黑春长大以后，武艺超群，相传其拳法乃梦中异人所授，后考武举，武进士及第，录辽东总兵官下牙将、把总，后擢游击、指挥、都督金事、副总兵官，三秋连升五级，可谓有明以来未能与之比肩者。

黑春通兵法，擅用兵，于嘉靖三十八年秋，勤王入豫南，平小白孤之乱，斩首万级，残杀无辜良民如削草芥，真是千里无鸡闻，白骨蔽于野，被称为"黑煞神"。

因平西安回叛有卓功，朝廷破例允其率师在京师恣游十日。黑春十字披红，头插金花，钦赐蟒袍玉笏，骑马游街，彩灯锣鼓，执事旌旗，宛若状元及第，好不威风。众兵将也均受赏有差。

黑春自得皇家鉴赏，目中无人，渐傲无度。其兵勇在京津诸地恣意挥霍，妓馆歌楼、茶棚宴馆、戏班赌场均开市招待，纵其欲，乐其兴，所需铢锱均由国库内帑开销，其兵欺男辱女，夜宿民宅，弄得多少人家女子投井而亡。

黑春在京，百官朝贺："黑春在，国事安。"竟有一大臣给黑春送额匾，上书"固国门神"四个字。匾有一人高，其字半里外都可以看得真切，而且是嘉靖帝的御笔亲书。众士宦酒肉款待，一个个弹冠相庆，皆认为黑春为大明中兴之将，远非岳鹏举可比。

书中暗表，王杲在京城的时候就听说了黑春的大名，后来探子又报说黑春大师在京师得到"固国门神"金字匾额。

王杲性格刚烈，恃才傲物，素来不服。他心中早就有算计，一定要好好会一会这位大明朝新出世的豪杰。

王杲有一句处事格言：抚夷切忌兵戎，民不畏死，奈何以死惧之？宜修政宣化，文远德迩，边患息止矣。

因此，黑春北征（扫北）早为女真所怒，王杲尤其懊恼，这是后话。

黑春在京尽兴消磨够了，皇帝授尚方宝剑，率师荣归辽东，授辽东平夷大将军、总兵官、皇门御典钦命安抚使。出京之日，朝野名臣、百姓名流箪食壶浆，鼓乐动天，敬送几十里。

这个举动在朝廷内部有争议，阉党之流纯系虚张声势，因黑春是他们翼下干将，一丘之貉；而裕王与众贤臣则斥憎这种铺张，再三申明大义，贺黑春平西功可，然不可大肆宣扬其扫北之举，势将激怒边陲女真，树敌北疆，此安邦之大忌也。

裕王亲入内直谏父皇。

嘉靖帝因刚喝过太监新奉的参汤半碗，正闭目养神，无心回话。

裕王泪跪半个时辰，退下。

此时众朝臣正侍黑春上马游街，前呼后拥，数百人相随，真如天上掉下一个活神仙，人人争看，个个雀跃，焚香长巷若云雾，大明数十年来未遇此盛况。

黑春有不少的豹狼弟子，徒弟收了无数，关内关外都有他的心腹和弟子。其中，在辽东比较出名的弟子有杨五美、王三接、李二拐子，张三夜也是他的徒弟，包括门将章烧鸡和平日所拢的爪牙们。

说来杨五美那可是员勇将，他在家排行老五。其父母盼生美男子，起乳名五美。说来也怪，此人小时候长的还有个人模样，可随着年龄的增长越长越丑，两个长耳朵，一对三角眼，再加上脖后长个肉瘤子，五美成了五丑。

王三接是体魄修美的武将，外表像个书生，但却武艺超群。杨五美和王三接是黑春的左膀右臂，其余众将、指挥、游击等也是追随黑春于疆场，东征西讨，立下汗马功劳。

明代武将有个习惯，就是攀个名将做他的幕僚，便可飞升几级，即使不能厮杀于疆场，也可荫官受爵，赏赏从优。因此，有不少人都以成为黑春之弟子为炫耀的资本。黑春本人也不知自己有多少徒弟，反正有一个算一个，来者不拒，多多益善。

黑春率师回辽，应在嘉靖四十一年初春，旧历年三十前后。京城中曾有文士赋诗曰"瑞雪送春师"。

俗话说得好：什么样的将带什么样的兵。黑春狂妄自大，他手下的兵卒也一个个的趾高气扬，不可一世，尤其在平回征战中没打过败仗，就更加得意忘形。此次返回故乡，他们是走一路，抢一路，扰一路。扰得屯屯不得安生，寨寨鸡犬不宁。

黑春谋略逊于李成梁，然黑春逢时，朝中有阉人，又有文人骚客，鼓唇弄腮，把个黑春吹捧得犹如生了三头六臂，盖世无双。黑春蛮直，哪有管仲之才、诸葛之谋，经众人一捧，如入云里雾中，不晓得自己究竟吃了几大碗干饭，有多大能耐，信口胡诌，夸下海口，声言自知北地无奇人，女真雪寨均系玩弩马、逐熊虎的山野愚氓，不通兵书，不解战法，不达世理。扫北如逐獐狍，会弄弓箭的七岁小儿均可上阵，不足惧也。

黑春率师由广宁出发，出抚顺，直奔辽东。这一路上，号角齐鸣，兴师动众，未见有一个女真兵马，心中更觉女真兵乃无能之辈，耻笑历来之明廷将佐，为何竟被边氓扰得丢官的丢官，掉头的掉头，叹朝廷竟用庸才！

书中暗表，黑春兵发辽东时，王杲正在京师忙裕王之事。勒吉红、李乔、徐逊、咬乌郎及觉昌安父子等诸将早得到探子传告。几个人商议后一致认为：不可轻举妄动，一切等杲罕回来再行定夺。

勒吉红跟王杲多年，也学了不少兵法，深知"避实待机"的兵家战法。于是，勒吉红一面派兵将固守石城，一面加派探子刺探黑春动向。

黑春却误以为自己大兵压境，无须动作，就足以威慑众酋，这也助长了他的骄气、傲气、杀气和胆气，使其在大军刚驻扎在抚顺关外，还未歇脚，便筹谋扫北方略。

他手下的谋士们告诫黑春，不可小视女真人，尤其不可轻看了黠酋逆杲。此人有卜算神功，用兵如神，非寻常女真野氓可比，且帐下勇将百员，降官若云，远超万罕之上。其妻乃窝集部悍女，"娘娘神兵"有迷魄夺魂之术，头颅掉了尤念芳魂，万不可当儿戏！况且眼下女真又联兵土蛮，兵强马壮，非同凡响，更不可小觑！

黑春哂然一笑，毫不在意，说："三夜惨死野女刀下，这笔账早该还了！况且黑爷爷我还要亲睹女酋芳容，看看她究竟有何等法力！"

稍作停顿，黑春又说："王杲联兵土蛮，你们说，我是先兵发王杲，还是先兵发土蛮？"

众将议论纷纷，有说先兵发土蛮的，斩断王杲的羽翼，使其孤立无援，然后再消灭他；有说先兵发王杲的，擒贼先擒王，抓住王杲，土蛮兵群龙无首，当然不堪一击。

正在此时，探马来报："土蛮四百骑兵，扰掠浑河，兵困辽阳。"

黑春决定先派王三接等率轻骑五百，驰援辽阳，他随后带兵马从外围偷袭土蛮扎萨克图罕，使土蛮扎萨克图罕腹背受敌，以解辽阳之围。灭土蛮后，再回师灭杲。

黑春当夜安排调动兵马，人衔枚，马嘴包皮罩，蹄包皮，在黑得不见星星的雪夜里兵发辽阳。

你道这黑春原与王杲往日无怨，近日无仇，为何行辕初到抚顺，便急不可耐地召集众将商议平杲之策？

原来，王杲曾假借万罕之名，巧夺三寨。加奇石寨寨主百林布逃到万罕处后，越想越不甘心，他就找姑爷万罕，请他帮忙夺回石寨。可万罕也不敢轻易招惹王杲，就没答应他。百林布一气之下，偷偷地来到古埒城，他要夜杀王杲，以报前仇。

百林布过去曾到王杲府中拜见，在府中吃过小宴，故而知其所居之内舍。于是，他乘月牙之光，攀后山入山寨，翻墙摸入王杲所居之内宅。

这内宅珠廊画栋，甚为讲究，是王杲与亚嘎哈所居之室，共分三间。东间是书房和佛堂，中间一间是客室，以备王杲接见手下部将所用，西面那间有对面两铺炕，是王杲夫妻所居之室。此时因王杲夫妻去京师，命亚嘎哈身边的三个小女婢在此洒扫庭院，烧炕暖屋，以备王杲夫妻回来。

谁料想，百林布夜里摸到王杲内府，借着星稀月光，他用刀尖撬开大门，进入院中，听听东间，无人，再来到西间窗下，见里面有灯光，隐约还听到男女的嬉笑声。

各位阿哥要奇怪了，这是怎么回事？王杲夫妇的内室怎么还有男人？

不要急，听我说书人告诉你。

原来亚嘎哈身边的一个小女婢与人私通，但碍于在主人面前，不敢造次。现如今主人走了，这两个奴才的胆子就大了，男奴乘黑摸入小女奴守护的王杲内室，脱衣上炕。两个人正哼哼唧唧地行云雨之事，根本未想到能有人来。就在两个人神魂颠倒之际，百林布的刀已经落下来了，做了王杲的替死鬼。

天亮以后，众兵卒仓促报于勒吉红和徐逊等首领。众人大惊，忙到王杲府中细细查看，见西屋炕上死了一男一女两个人，赤条条的，血汁洇满被褥，不忍目睹。

勒吉红与徐逊忙叫众兵卒收拾尸体，并告诉大家不许声张，更不许外传，额真回来也不许讲。

徐逊又吩咐兵卒搜遍全寨，未见强人踪迹，只发现一趟血脚印一直出城，通往抚顺方向。

勒吉红与众将商议，此贼走向抚顺，必是抚顺城里的人，此刻应该尽快派人出去查访。可派谁去呢？大家商量来商量去，一致认为徐逊在抚顺任过游击，对那里的情况比较了解，派他去是最合适的人选。徐逊也不推托，满口答应下来。

第十八章　杲罕智取媳妇山

149

徐逊打点了一下行装，辞别众弟兄，匆匆上路。因徐逊仍穿的是汉服，而且他在抚顺当游击时为人很好，众将卒都很敬重徐逊，见了他当然放行了。

徐逊进了抚顺城，找到几个原来跟他一起在衙门里做事的朋友，把情况简单说了一下，当然了，徐逊并没告诉他们自己现在在王杲手下做事，只是说受朋友之托，请他们帮助寻找贼人的下落。哥儿几个平日里都受过徐逊的恩惠，此番徐逊相求，当然责无旁贷了。

第二天晚上，打探的人就回了消息，杀人者乃加奇寨主百林布，现投奔在黑春的徒弟杨五美的帐下。徐逊谢过众兄弟，只身一人来到杨五美的军营附近等待百林布的出现。

可一连等了三天，也没见那百林布的踪影。徐逊想：百林布一定是躲起来了，我这么等下去也不是个事儿。杲罕不在，寨子里还有很多事要处理。也罢，君子报仇十年不晚。我今天暂且回去，等来日遇到那狗日的再取他性命也不迟。

徐逊打定主意，几天来紧张的情绪一下放松了许多。他信步来到街上，见街上人来人往，各个作坊的商牌幌饰随风摇摆，小贩的叫卖声此起彼伏，这一切都是那么的熟悉。徐逊触景生情，无限慨叹。他走进一间小酒肆吃了一盘葱拌羊肚，喝了三两清州老窖。几杯烈酒下肚，徐逊两腮微红，心里也更加舒暖。

徐逊付过酒钱，在街上闲逛起来。逛着逛着，他来到了一条小巷，这条小巷又窄又长。徐逊走着走着，脚步逐渐慢了下来，前面出现的一幢熟悉的两层木质小楼，是自己当游击时候的家，那里曾经住过和自己恩爱无比的小妾小金莲。可如今楼仍在，情义无。徐逊望着窗外竹竿上晾着的红裙，犹如万箭穿心。他满眼含泪，伤心欲绝。咳，大将军也有断肠时！

猛然间，徐爷心中涌起无限怨恨。他心想：今天既然来了，就应该了却了和这淫妇的孽缘。

想到此，徐逊的心平静了许多。他抖抖精神，按了按腰刀，缓缓走上了小楼。屋门没关，徐逊推门进去。徐逊打定主意，若是李如松在此，就先一刀宰了他，然后再跟那薄情人算账。

没想到，徐逊进去以后，屋里只有小金莲一个人。小金莲正倪坐在凳子上，手剪着窗花。

经常干活的人，特别是干手工活儿的人都知道，干手工活儿和写字一样，讲究的是一气呵成，所以小金莲听见门响，知道有人来了，但她以为是李如松来了，所以并未抬头，而是继续剪着手里的窗花，嫣笑着说："公子，你怎么现在才来呀？"

徐逊并未答话。

小金莲觉出了不对劲儿，这才抬起头来，猛然见面前站一铁塔，怒目横眉地瞅着她。

她吓得扔掉了手里的剪子，呆呆地望着他，说："怎么是你？"

徐逊冷冷地问："你说该是谁呀？"

小金莲意识到了自己失言，也看出了徐逊脸色不对。她马上把脸一变，哭诉曰："夫君你一走就是几个月，把奴家抛得好苦。夫君你坐着，奴家去给你烧茶。"说罢起身就想走。

徐逊一把抓住小金莲，把她提拉到自己面前，问："说，你刚才以为是谁来了？"

起初小金莲还想抵赖，可看到徐逊那犀利的目光，吓得也不敢撒谎了。她一五一十地把自己和李如松的丑事都交代出来，并招认自打徐逊走后，李如松夜夜与她交欢。

徐逊气冲斗牛，手起刀落，血刃淫妇。徐逊又来到李如松府宅，恰巧李如松奉旨去了朝鲜不在家，躲过一劫。徐逊杀了李如松的小妾和他的一个儿子，拿了一些财物，回古埒城去了。

话说百林布杀完人后，只身逃往抚顺，拜在了杨五美的帐下。

这百林布与杨五美、王三接、张三夜等关系不错，他们都是妓院里的朋友，来往也非常密切。百林布虽不是黑春大帅的徒弟，但由于杨五美等人的关系，所以间接地也能跟黑春沾上点儿边儿。当时在抚顺一带，亲不亲都以与黑春的关系远近为尺度，此乃同气相求之理。

百林布为雪前仇，拜倒在杨五美膝下，他痛哭流涕，大骂王呆凶狠、残暴、没有人性，说王呆心怀叵测，在女真人中散布说黑帅是"勒付^①胡突^②"，即"吃人的熊鬼"，并且想要杀尽黑帅帐下众将。

杨五美与张三夜本是同门师兄弟，早为张三夜的死迁怒于王呆，只是由于师父入关未回，所以不敢妄动。今大帅班师回程，奉命讨逆酋王呆，正合五美心意，故而大喜，盛宴款待百林布，安抚其静候捷音，并

---

① 勒付：满语，熊。

② 胡突：满语，鬼。

收百林布在其帐下为监军，总理兵备。

百林布原是一寨之主，身怀武艺，其寨与建州女真接壤，熟悉女真人的风俗，对王杲的兵力等情况也略知一二，也算是一名难得的人才，故而重用。百林布感激五美的恩德，废寝忘食，尽心尽力。

黑春从京师回来，五美率百林布等拜过恩师后，便向黑春猛灌王杲如何暴虐和凶残，如何杀戮朝廷官员，添油加醋，从中挑唆，把个黑春气得在酒席宴上暴跳如雷，拳击桌案，誓与杲酋决雌雄，平杲以安社稷。

百林布为攀高枝儿，将逃难到万杲处的十六岁小女给黑春做了小妾。百林布被辽东女真人讥讽为"熊鬼丈人"。

王杲本不想与黑春结仇，也为了践行与明廷争辩之志，所以他虽恼怒黑春目中无人，但从长远打算，又因与裕王相交，冤仇宜解不宜结，故而王杲从京师回来以后，听属下人报告黑春之动作后，并未派兵马与其交锋，而是强压心中的怒火，任由黑春张狂。

黑春兵发土蛮之时，土蛮酋用羊骨传信告急。那时候女真人中还没有文字，平时有什么事的话多以绳来记事或记年。遇到战事的时候多用兽骨传信，有时用被抓的俘虏传信，其法是以重金收买投诚之徒，在铅皮上刻上密息，外包羊肠，缝入臀内，静养十日，伤口愈合。因此处肉多，行走方便，不被外人注意。此法传信甚是灵验。

还有一种方法是沿用辽、金以来的通讯方法，即互相养育对方的狗，一有急事就在狗脖颈或后大腿上挂一骨牌，骨牌内里镂空，可装信息；或在其臀、大腿部藏入铅板；或将密信吞进其腹内，待其到达目的地后，剖腹得信。此方法比马与人传信都准、快。

王杲接到土蛮酋的告急信后，并没有派兵救援。结果，黑春兵大胜，斩杀土蛮数百兵卒，掠得牛马羊畜无数，得铠甲夷器无算。黑春自鸣得意，忙报捷于京师。明廷下旨，奖赏黑春讨逆酋有功。

王杲之所以收到土蛮酋的信而不出兵，一是因为当时的气候不合时宜，当时正是冬天，天气寒冷，寸草不生，如果急于出兵的话，战马的草料都是问题；二来也是为了助长黑春兵的骄纵之气，使之连克数寨，兵将开始骄傲起来，不守兵法，也不择战地，视女真、土蛮兵若追逐獐鹿，出师即胜。

王杲如此筹划，黑春果然中计，不备不防，入土蛮寨如入无人之境，一连掠获土蛮数千头牛羊后，黑春决计攻杲。

就在这一年的五月下旬，王杲正在古埒城率众将、家人、妻妾、儿孙做五月"射柳之戏"。

所谓"射柳之戏",即是在五月至六月间做的一种游戏。此时江岸群柳丛生,白茸茸的毛毛狗正绽开笑脸。届时,王杲命家人在江岸选平坦草坪,采毛毛狗数把,紧束于百步外的木桩之上。王杲率众以针箭射靶,看谁射的毛毛狗最多,最多者为优胜者。此戏为"射柳之戏"。

众人正在兴头上,探子来报:"黑春小部兵马将至。"

王杲不慌不忙,命勒吉红率人马御之,得小胜。

黑春兵退,王杲暗命勒吉红秘密刺探黑春动静。

勒吉红回报王杲:"黑春兵马屯兵林中,并未远退。"

王杲闻听甚疑,回想黑春日前狂言,知不日必有大战,便夜入堂子,请萨满跳神卜占。

祭毕,王杲重入神堂,焚香祭拜,这是王杲素用的占卜法。

此时香烟袅袅升起,不见任何卜象。王杲甚惊。

就在这时,身穿长衫的亚嘎哈从外面进来,在桌上的鞑子香前面一过,风吹烟动,竟现出一女人头像,然后又化作一个大圆圈,在缥缈中散去。

王杲暗自思忖:卜像现"女"、现"口",难道此次用兵与女人有关吗?

王杲立即想到,自己所占据的古埒城位于辽东抚顺关的丘陵地带,四周群山环绕,比较出名的有媳妇山与核桃山。媳妇山位于古埒城北侧二百里,大小山峦连绵不断,山形奇特,地势复杂,很多当地的猎手和土户都不能辨认方向,入山则迷路,不辨东西,不辨走向,如被仙女迷魂一般,故称媳妇山,意思是谁到此山都被留住,像妻室留夫,难再远行。而核桃山在媳妇山的东南方,其形状也像媳妇山,都是一些小丘陵,宛若核桃。此二山可攻可守,向为兵家必争之地,诸兵家莫不觊觎焉。

王杲立刻明白,这是神灵在暗示我:在媳妇山吃掉黑春。

王杲迅即命人找来媳妇山和核桃山的地形图,仔细查看后,心中已有部署,派勒吉红联络土蛮罕,令其率师来会。

各位阿哥要想了,土蛮扎萨克图罕给王杲发信告急,结果王杲没派兵,致使扎萨克图罕损失惨重,现在他又给扎萨克图罕发信,让扎萨克图罕率师前来,扎萨克图罕会听他的吗?

关于这个问题还是我说书人告诉你吧。从金、元以来,蒙古兵频繁袭辽东,掠浑水、苏水,远近无能敌者。但因蒙古兵从沙漠深处不远数百里而来，一路风尘劳顿，到达攻占之目的地后，不要说人，就连马都疲惫不堪，而且蒙古兵数百里驰来，数百里驰去，死伤也是甚大。

王杲的古埒城地处浑水、苏水之域，是入抚顺、进辽沈的咽喉要地，又是南下建州、北上哈达的必经门户，若与王杲结盟，扎萨克图罕骑兵便可以在古埒山寨附近歇脚地，联王杲就等于打开了进出南北的关口。这是土蛮罕多年梦寐以求的，故此当王杲提出联军之策时，土蛮罕欣然从命。

第十九章　王杲"瓮中捉老鳖"

话说土蛮扎萨克图罕，体格健壮，颇有雄略。其父乃鞑靼达赉逊可罕，在蒙古颇负盛名，病逝。扎萨克图是达赉逊可罕的长子，承袭父王罕位，英悍酷似其父。他身边有乌巴珊巴图鲁和叔巴珊巴图鲁，此乃兄弟二人，甚勇敢，手使百石硬弓，可射穿双牛。

乌巴珊和叔巴珊兄弟幼年时，其母将他们生于荒野，母亡。兄弟二人在天鹅羽翼下得以活命。沙漠中，两只白狼小崽儿被风沙掩埋而死。白狼夜夜哭嗥，疯奔中偶遇两名弃婴。白狼赶走天鹅，将弃婴衔于洞中，舔之、乳之，精心饲养。俩弃婴渐渐长大，白狼长啸而别。白狼走后，兄弟二人推开洞口石门，像狼蹄跃状，行走于荒漠中，只会嗥号，不会人言。正巧遇见蒙古达赉逊可罕王爷猎羊归来，得此奇童，抓住绑在了皮帐之中，百般询问，不通人言，不晓人理，其目其态若野兽一般。

王爷见状惊诧万分，收于帐下，带回部落，教习蒙语，与儿子扎萨克图一同习武，同操弓马。时间久了，兄弟二人牙牙学语，学会了蒙语，武术也甚强，尤有奇能，跳跃、行走如快马，连跑数十里都不呼喘一声。扎萨克图甚是喜爱，让他俩做自己身边亲随，授以巴图鲁称号。土蛮罕每与王杲联兵出战，多系乌巴珊与叔巴珊率兵前往，每战必克。勒吉红也非常喜欢兄弟二人，与他们结为兄弟。

土蛮罕命乌巴珊、叔巴珊兄弟二人攻打辽阳前，王杲早已探知朝廷新任总兵官黑春的情况，密告土蛮罕要严加小心，此人勇猛过人，切不可草率妄进。

土蛮罕正在迟疑，没把黑春放在眼里的乌巴珊、叔巴珊兄弟二人，争着带兵前往，于是，土蛮罕在四月初发兵侵袭明辽阳诸寨。黑春命王三接为开路先锋，自己率师督阵，迎了过来。

土蛮乌巴珊兄弟再勇猛，哪是黑春大军的对手。土蛮兵像牛群一样黑压压一片往前冲，能胜则胜；若败则又如雪山塌溃，遍野逃兵，让总兵黑春杀得惨败。

乌巴珊和叔巴珊兄弟无颜回去见王爷，带残兵复攻凤凰城。这兄弟二人一心想转败为胜，两人一商量，有了，都说王杲兵马厉害，明兵最怕，何不改装易服，借王杲名杀败黑春兵马，夺回失去的辎重武器，回到扎萨克图罕处交军令状。且杲罕是主子扎萨克图大罕的密友，借用一下他的英名，打败明军，想来杲罕和大罕也不会怪罪，还会夸咱们哥们儿有智谋。

于是，他俩来到山中，精选了四十余匹黑马，化装成女真人模样，口喊"王杲部将来也"，杀奔凤凰城。

你想，黑春兵马无其数，旌旗若云，哪里怕这几十人的马队？乌巴珊兄弟的马队被打得七零八落，但黑春也损失不小，被乌巴珊等砍杀数百首级。

黑春不知此股黑马队乃土蛮罕部将乌巴珊等乔装扮成，真以为是古埒城王杲驰援土蛮罕来了。黑春早有先治土蛮罕后平王杲之夙愿，见王杲自投罗网，而且王杲兵将并非像传说的那样神勇，他又气又喜，命杨五美率兵五百，由百林布带路，他要巧夺古埒城。

黑春部将杨五美率部突袭王杲寨，王杲急命勒吉红轻骑御敌，杨五美狼狈败遁。王杲深恶黑春偷袭古埒城，像恶心人的苍蝇拍不尽又轰不走。只有翦除黑春，才能以绝后患。可黑春是当今朝廷非常倚重的一员骁将，又拥兵近万，要想彻底铲除也绝非易事。

王杲坐立不安，信步亭中，夜观天象，突见北斗平西，流星闪耀，星空中有一道紫云游曳东天。紫云即紫气，紫气乃祥瑞之象，为大吉兆，喜兆，祥兆，见紫气者必万事顺意。

土杲大喜。他大步返回大帐，命嘎什哈拿来古埒城周边媳妇山和核桃山的地势图，仔细观阅，左右思忖。许久，生出良策。我古埒城力单，要想翦除黑春，必有蒙古雄骑相助，堪成大事。王杲连夜派勒吉红飞马出寨，造访蒙古土蛮罕。土蛮罕素来信任和敬佩王杲之智勇，对其言听计从。

双方当即议定：土蛮罕出骑兵三千，赶着牛羊，以马头琴、弦歌、舞蹈为乐，边走边弹边唱，用歌舞、牛羊、辎重逗弄黑春。然后与黑春兵交战，佯装败北，诱引黑春重兵向媳妇山方向而来，最后进入媳妇山群山瓮中，形成与黑春七千兵马对垒之势。杲罕则带二百黑马轻骑秘密埋伏于媳妇山中。待黑春兵马入伏后，土蛮兵即可回师，其余事情，皆由呆罕安排。

一切都按王呆预想的进行，黑春果真中计。

黑春重兵兵分两路，一路由核桃山口进，一路由媳妇山西北进兵。可当兵马进入媳妇山后，霎时陷入崎岖山道里，行动十分迟缓。王呆兵马也不闲着，站在密林山崖上，一个个冲着黑春的兵马摇旗呐喊，只听一个声音："黑老鳖，黑老鳖，瓮中捉老鳖！"

黑春一听，更气得在马上暴叫，速命大军夺路前行，必擒王呆绥靖辽东。可是这媳妇山和核桃山都是崖陡路窄、森林密布的难行路段，黑春每路三千多兵马，像巨蟒钻入了狭小的洞窟，龟缩难耐，蹒跚着攀缘而进。林路崎岖，征马不前，众军只可下马挽辔缓行。黑春兵气吁作喘，怨声载道，唯听到林中有蒙歌传来，更气得黑春咆哮如疯，不住地在后面挥鞭催动兵勇前行。人多路窄，拥堵不前，人马踏死无数！

忽然间电闪雷鸣，暴雨滂沱，山峦雨雾迷蒙，悠悠若神境。黑春兵分不清东西南北，像掉进白烟葫芦里。突然，山崖崩溃，滚滚山洪从高崖喷下，数千人马相撞、相搏、相踏，顿时淹没在浪涛和山谷中，可怜不知所向。再细听，蒙古土蛮兵的歌舞全无，只见白雾细雨、林涛澎湃。原来土蛮兵早按王呆事前吩咐，事成迅即撤出。黑春见此惨景气得口吐鲜血，晕厥倒地。

此时响起一阵号角，红、白、黄、蓝、黑五旗一起摇动，王呆兵马包围了黑春身边仅剩的三十几个人马。黑春爱将王三接拼死勇救主将黑春，黑春得逃。王呆率部追杀王三接的兵马，王三接阵亡。

王呆围剿了黑春两天两夜，在第二天深夜，杀死黑春与部将田耕等三十员将卒，将他们戮成血泥……

王呆兵越战越猛，又在山口设伏，歼杀杨五美一千骑。黑春此役七千兵马，水溺过半，余者自相踏死甚多，残兵又遭呆部追杀，败逃者寥寥无几，全兵皆溃矣！

此役呆有言：凡为将者，要善观天文地理，出奇制胜。战法应如天地云雷那样变幻无穷，像江河那样迅疾奔流不竭。流水能把石头漂游，雄鹰于九天之上可搏击鹿兔，皆因其神速也。吾卜媳妇山可为迷宫，足可吞噬黑春之众，此山助也；吾观天生紫云，必酿暴雨，与数日所验证浑河水上漂游白水沫子相合，预示山中有雨，必有山洪之险。设计巧引黑春兵入瓮，水淹伏兵灭其锋锐，此水助也。吾以二百轻骑巧灭七千虎狼之师，岂谓野人不谙兵法乎？

黑春死后，消息传到朝廷，明廷大震，颁令哀诏国殇（国殇在六月），京中五日不准有鼓乐。王杲闻讯忙派专使李乔进京，密见裕王，执意吊丧，并直陈黑春非杲所杀，系黑春求功心切，杀杲自亡，乃咎由自取。杲怜之，哀之。

王杲还亲派勒吉红入媳妇山将血泥挖了一罐，装殓好，按女真习俗，打白幡送入抚顺关。一路上，勒吉红等哀哭甚动情，明关众将卒气愤不已，虽不见完尸，但还得谢其送尸肉归。

在京师，裕王读杲奏折，从吊丧祭文和进献的厚礼中，深知王杲之用心。但其余明官均咬牙切齿，就是生吞了王杲也不解他们心头之恨。没办法，裕王只能命人保护李乔，准其吊丧、祭拜。众臣虽恨王杲，怎奈有裕王出面，也不好太过阻拦。

如此一来，朝中有些大臣转变了对女真人的看法，认为黑春之所以丧命，皆因为其嚣张跋扈所致。女真人是个晓礼义的民族，不可轻视也。

其实早在王杲初得黑春来犯密报时，就左右犯难，在卧室徘徊了很久，碍于裕王情面，他不想与明廷发生正面冲突，便亲笔修书，送京师裕王处，陈述详情。偏巧此书被扣押在侍官太监处，裕王未悉真情，干戈生焉，终使明朝宠将黑春丧命，岂非冥冥中自有安排，恶有恶报乎？

王杲联合蒙古骑兵，将蒙古拉入自己一边，统一其他小部落，一致对明，这确是良策，收到风靡辽北的战功。只可惜王杲无长远计划，用者联，不用则散，终未形成一体。罕王长成后汲其姥爷王杲的经验，在统一诸部中积极联合蒙古，与蒙古通婚，处处以礼待之，从而得到帮助，为其击败明廷找到了中坚力量。清朝通好蒙古，实际是王杲所创。

在击败黑春的这场征战中，还有一个人是功不可没的，他就是王杲的部将咬乌郎。

要说这个咬乌郎也是一个不同寻常之人，他生于五女山下，其祖上原属于完颜部，后归服建州部，其父系沙里虎、达里虎二将之奴（前书讲过，二虎为劝阻多贝勒，双双跳崖而死）。"二虎"为主先殉，其贴身奴才白音里哭埋"二虎"，待赶到哈达，万罕已用毒酒杀死多贝勒。白音里走投无路，骑马只身逃回古埒城，此时小主人王杲在抚顺尚未归来。

白音里夜守孤城，召集多贝勒之散卒，筑垒以待，誓与哈达、明兵决一雌雄，至死也不离额真多贝勒之地。王杲返回残垣，白音里哭诉前怨，决心辅佐幼主重兴古埒。可惜白音里不久后因病而亡。

白音里临亡前，手抚幼主王杲，将子咬乌郎（时年十八岁）交于王杲，曰："奴才此世扶持先主，蒙主不弃，赐以女奴，得生此子。奴愿以子相交，终生扶持小主以成业焉，奴死九泉以慰先主也。"

王杲泪如泉涌，完全忘却了自己的身份，同咬乌郎同跪于阖目长逝的白音里玛发身前。白音里葬于古埒城外，春秋享祭。

咬乌郎从此随杲起事，征战沙场。

咬乌郎个头儿不高，长发披肩，上身穿水獭皮小背心，下身穿黑鱼皮战裙。赤脚裸臂，手使牛角双匕，腰中有石弹，可投掷杀人兽，怀揣苇管，潜水中可用以换气。因常潜水，故此装束。

咬乌郎这个人老实忠厚，又因是奴才之子，时刻铭记阿玛的教诲，在王杲面前唯命是从，虽然王杲不把他看作是奴才，但咬乌郎也还是处处谨慎。咬乌郎因随父侍于多贝勒，活动于水滨，擅使舟船，水性甚好，能在水中潜水三日不死，故咬乌郎常被派出做暗探，潜苏水以探明情。

黑春兵马七千直指古埒时，咬乌郎就潜在苏水中，对黑春兵马的动向看得是一清二楚，直等到黑春兵马在河边造饭，他才密返古埒报于王杲，也才有王杲以蒙古歌舞引黑春入媳妇山之策，只是书中未表。

王杲与亚嘎哈到京师之时，勒吉红总欺负咬乌郎老实厚道。别人在家饮酒，他却让咬乌郎到离古埒城三十里地的苏水密察明兵动向。咬乌郎受命后，纵有万般辛苦，饱受风寒，一身湿水，归来后酒宴已终，只能以残羹剩饭填充空腹，也从不发一句怨言。咬乌郎铭记父言，佐幼主成大兴，宁苦也乐也。

咬乌郎不会说不会道，也不争名夺利，故甚少得奖赏，但咬乌郎从不抱怨。

王杲这个人有个优点，就是善于识别人。他深知咬乌郎的为人，非常敬重他，凡有美食，他都想着咬乌郎，偷偷为之留藏。咬乌郎也尤敬护王杲。

在杀杨照战的战役中，因战于蒲莲滩，属水战，咬乌郎大显神威。

咬乌郎寿命长，是王杲部中唯一幸存者。罕王努尔哈赤收咬乌郎于帐下，化名秘养内庭，享年八十。

其实黑春败亡，皆因其刚愎自用。黑春自讨伐土蛮与王杲联军之日起，夜夜军中艳妓作唱，庖厨豕羊哀鸣。天虽大晓，黑春仍酒醉未醒。

随军监军御前太监陈公公曾婉言苦劝："阴风凄凄，劳师缓近，小心陷伏于罟中。"然黑春泰然不纳，后果然陷入重围。

见此情景，黑春部将飞马急告抚顺关，乞求援兵救春。抚顺关闻讯飞马传报京师，皇上宣召李成梁出兵解围。

单说自黑春官拜副总兵率师来辽时，李成梁的夫人牡丹就告诉他："黑春破回有功，京中又贺功十日，现已忘乎所以，不可一世。他哪知女真之地非狂妄之人可以久留。依妾身看来，黑春此次前来即使不被'轰走'，也要掉头。老爷，你就坐在家里等着听信儿吧！"

李成梁看着自己的夫人，将信将疑。

果真不出牡丹夫人所料，黑春兵发不过十数日，便陷入重围，官兵死伤无数。当噩耗传入京师，朝廷便下旨命李成梁设法替黑春解围，救出黑春。

当时李成梁虽闲赋在家，但他在辽东的实力却是其他几任总兵官不能比的，因为当时女真各部跟李成梁的关系都比较好，都比较信赖他，所以解媳妇山之围，非李成梁莫属。

可李成梁接旨以后却并不急着召集众将领商量解救黑春之事，而是赶紧回府找夫人牡丹。

要说这李成梁也是一员武将，行为果敢，做事干练，是一名有作为的朝廷官员，可这次怎么放着正事不做，而是回家找夫人呢？

其实李成梁不是不干正事，他回家找夫人牡丹正是为了黑春。原来这黑春的头房夫人是李成梁一奶同胞的妹妹，后来嫁给了黑春，并且生了一个儿子。黑春脾气暴虐，酒醉之后把夫人给踢死了。李成梁听到信儿后痛哭不已，责怪黑春。黑春反唇相诘，故此二人虽有姻亲，都出生于辽东，又都通晓兵法，但却因为黑春打死李成梁妹妹的事心有仇怨。后来黑春投靠了京畿内臣，步步青云，而李成梁则闲赋在家，每日里与牡丹扶几弹琴，谈古论今，两家人从不来往。

此番黑春载誉荣归，又坐拥副总兵虎帐，按理说李成梁应该前去拜望，可李成梁却坐在家里一动没动。眼下朝廷下旨让李成梁去解救黑春，这可让李成梁犯了难，救还是不救？一时间李成梁难做决定。于是，李成梁急忙找夫人牡丹商量。

足智多谋的牡丹夫人思忖半刻，说道："看来此事只有我出面去求王杲，只要他不与黑春交战，这事就好办了。只是成与不成还两说着，我试试吧。"

说完，即刻命人备下车轿，乘月夜赶往古埒。牡丹夫人想先见德里给格格，然后再见亚嘎哈。没想到，两人结伴到佛阿拉走亲家去了，牡丹夫人只好按兵丁指的路，朝媳妇山而来。正赶上风紧雨骤，路滑山陡，牡丹夫人又是女流之辈，兵丁不敢催鞭，行动有些迟缓。等牡丹夫人赶到山下的时候，黑春兵马早已所剩无几。王杲正班师下山，在路上巧遇牡丹。

当王杲得知牡丹夫人是为黑春之事而来的时候，笑着说："黑将军已魂消苍山，何劳夫人亲自前来吊丧。"

牡丹夫人见状只能为黑春叹息，无奈地下了山，往辽阳而去。

各位阿哥可能要纳闷儿了，李成梁作为明朝的武将出仕辽东，不是与王杲没打过照面，可为什么不见他们之间有争战，反而还要去求王杲呢？这话还是得从李成梁的爱妾牡丹夫人说起。

那还是在王杲刚刚发迹的时候。有一次，牡丹夫人受大明皇帝嘉靖爱妃的姐姐一品诰命夫人之邀，去她府邸陪着闲聊解闷。这不仅因为侯王府邸贴身丫鬟们总是侍奉不好沉疴中的诰命夫人，惹得侯王爷恼怒，更因为牡丹夫人聪明伶俐、善解人意，又擅琴棋书画，尤工水墨丹青，故皇宫达官家眷们总好十里相邀。牡丹夫人也是逢请必到，逢场作戏，谈笑风生，忙得不亦乐乎。

得知诰命夫人有病，牡丹夫人急忙打点好了行囊，带着几名贴身的丫鬟和老奴李富，由三十名护兵跟随，启程赶往京师。一行人晓行夜宿，不知不觉来到了一片林莽之中。此处树木茂盛，遮天蔽日。人马穿行在钻天古树之中，林外松涛震耳，林里湿暗寂静，一只只小花鼠子在枝干上蹿上蹿下。牡丹夫人被这林中奇趣给迷住了，好在当时天正当午，牡丹夫人便命家丁落轿歇息，歇歇脚，吃几口点心。

众家丁早盼着能歇歇脚，喘口气，听牡丹夫人这样一说，个个非常高兴。众家丁忙着吃饭，牡丹夫人带着几个姑娘上山采撷野花，插头饰胸。几个人越玩儿越高兴，越玩儿兴趣越浓。家丁们眼瞅着牡丹夫人越走越远，也不敢上前阻止，又因牡丹夫人不让跟随，所以他们只能远远地跟在后面。

牡丹夫人顺着蹊径走进树林里寻觅香花。也是该着，前边草丛中突然飞起三只大如牛耳的七彩粉蝶。牡丹夫人越看越喜欢，竟忘了身后急赶慢赶的丫鬟们，追着彩蝶跑进了椴树林里。

那三只七彩粉蝶像故意逗牡丹夫人似的，飞飞停停，一直带着牡丹夫人来到密林深处，然后突然一下向空中飞去。牡丹夫人眼巴巴地瞅着七彩粉蝶向远处飞去，等她回过神儿来，再看身后，已不见了跟随的众家丁和女婢。她一着急，脚一踩，不料却"咕隆隆"一下掉暗井里去了，紧接着，头上的翻板"咔"的一下就合上了。

牡丹夫人还没弄明白怎么回事，就被几个壮汉像捉小鸡一样，捉到了洞里，然后扔到了一块大石板前面。

石板上坐着一位身着白袍的美貌公子，你道这是何人？我想不用我说各位也猜得到，他就是本说部的主人公——神出鬼没的王杲小贝勒。

王杲怎么跑到大明境内来了？原来王杲为了更多地掌握明兵情况，常常带亲随换汉装，到大明境内，探军情，抢辎重，神出鬼没，闹得辽东各路总兵官只听传报，但连影子都没见到。这次王杲正是借离明边关相近之便，带兵卒潜入要路口林中，设下埋伏，想要捉拿明廷钦差、抚台传递之文书役。

事也凑巧，此番竟捉住了一位女儿家。几个兵卒不问青红皂白，稀里糊涂地把牡丹夫人装入牛皮口袋，往大轱辘车上一扔，上面再盖些马饲料，不知情者根本看不出来。就这样，牡丹夫人被拉回古埒城中。

王杲见牡丹夫人穿着打扮和言谈举止，料定此女非寻常人家尤物，便登堂仔细盘问。牡丹夫人嘴还挺硬，闭口不提自己是李成梁之妾，只说是官家女为母到奉安古刹上香。王杲甚晓汉礼，并不欺侮牡丹夫人，而是让女奴打扫出一间上屋，专供这女人居住。

牡丹夫人从伺候的奴才们口中得知自己原来是被王杲捉来。牡丹夫人在李成梁口中久闻王杲之名，更知其在张御史家习读汉文，不是冥顽之夷。此次自己被拘于府内，王杲款待有礼，心甚赞佩。虽然牡丹夫人是名女子，但她不同于流俗之辈，爱民爱国，更喜接近夷民，辅佐李成梁为女真人做了些好事。

牡丹夫人在王杲府上一连住了快十天了，也没见着王杲的面，只是每日里有丫鬟们佳肴珍馐地伺候着，牡丹夫人不知王杲何意。有一天，王杲从牡丹夫人住处的窗下走过。牡丹夫人以为王杲是来见她，忙正装等待，谁知王杲径直而过，连瞅都没瞅她。牡丹夫人实在耐不住了，竟在墙上用指甲刻出了一只展翅欲飞的小鸟。

王杲闻听，亲去卧室观画。看罢，反身给牡丹夫人打了一个千，施女真之礼，说："野民不知夫人驾临，敬望恕罪！"

牡丹夫人甚觉奇怪，忙问："你知道我是何人？"

王杲说："屋中生鸟，系为凤字。龙凤之躯乃王侯之象。辽东塞外，凤今来兮，唯有李将军之尊夫人牡丹格格受过皇朝诰命，也唯有夫人配用凤饰为衣珮。敢问您难道不是牡丹夫人吗？小王不知夫人驾到，多有冒犯，恕罪，恕罪！"

几句话，把牡丹夫人说得惊诧不已，只好将去京师原由一五一十地讲了出来。女儿家泪多流，牡丹夫人又哭涕悲切地求王杲开恩，放自己一命，日后绝不忘王杲的大恩。王杲也猜到她可能是传说中的牡丹夫人，也素知牡丹夫人之能力，只是自己没有办法证实其身份，故而将牡丹夫人委困若干日，逼她说出实话，更因英雄爱才女，故不加害于她，以贵人礼待之。

王杲亲自护送牡丹夫人四十里，他们直奔京师而去。

据说此事后来被李成梁所知，因李成梁非常怀疑王杲的品行，便猜忌牡丹夫人与王杲有私情。牡丹夫人让众奴婢做证，李成梁才知王杲厚待自己爱妾十几日。李成梁为谢王杲以礼相待之情，不管明廷谕令如雪，放纵王杲在辽东跃马十年，不与之动干戈，使王杲得以坐大。

直至隆庆末年，王杲怒杀李成梁爱将，再加上牡丹夫人为救罕王努尔哈赤而亡，李成梁认为恩已报，才挥师剿杲。如果牡丹夫人不死，王杲后裔阿台等必能得其帮助，王杲亦不会为李成梁所创，惨死藁街。

美哉贤妇为女真所念！

李成梁未救出黑春，自然是有口难言，更得罪了大内宦官，故李成梁直到幼帝即位才有出头之日。

后黑春之子在李成梁帐下为将，在王杲被抓后亲到京磔王杲尸，终报了杀父之仇，此乃一报还一报。

王杲智取媳妇山，大明折一成北名将，朝野惊慑。朝廷原受边关庸吏愚瞒，均视女真人如塞外野人，不堪一击。此次春帅受戮，如当头一棒，令朝廷猛然警醒，虽然王杲派李乔赴京吊丧，但满朝文武恨王杲依旧恨得是咬牙切齿，平北灭杲的决心也更加坚定。

王杲刚回到古埒城，就有探子来报：为防建州部掠扰，朝廷从大名府长刀营调来五百人戍驻哈达，并且还从内库拨出七万两银子沿辽东修城筑寨。

各位阿哥，有些事需要说书人在这里多说几句，关于朝廷从内库拨银子和从大名府调人的事是不假，而且那七万两银子本是救济豫西受蝗害的百姓用的，但由于辽东事急，国库枯涸，只好挖东墙补西墙。可七万两银子拨是拨了，但其中的五万两被嘉靖皇帝下旨买了云贵龙涎香，用于祭醮修道场，剩下的二万两被众宦官狗狼争吞，所剩无几，所以说所谓的拨七万两银子沿辽东修城筑寨，也只是纸上说说而已。

咱们再说说从大名府调兵驻戍哈达部的事，当时确实是调了五百人，哪承想，这些兵马吃不了一路上的苦，中途偷偷溜了二百多人，到哈达部的时候只剩下三百来人，也就是说只剩下五百人中的一半。

即便如此，王杲得到此信后也是非常的愤怒，但一想到自己与裕王的情分，更主要的是他没把明朝兵将放在眼里，所以也就未动干戈，而是整日与勒吉红、徐逊、李乔、咬乌郎等人饮酒射箭，习武弄拳，享手足之乐。

王杲的大福晋亚嘎哈虽为女流，但性如悍男，对王杲之左右臂也视如兄弟。王杲之所以起得这么快，全仗着他们大家齐心协力，拧成一股绳。

觉昌安父子、王兀堂夫妇虽也听王杲指令，但终因自己也有个地盘，也是一地之主，所以也都有自己的小算盘、暗打算。其实关于这些王杲都知道，所以他通过恩赏、助战、赐地、赐女、联姻等策略结交众部，但其亲密程度远不能与勒吉红等众兄弟相比。

王杲虽未对朝廷动怒，但勒吉红不干了，他说："哥哥，朝廷视你如眼中钉、肉中刺，咱们不可不防。依我看，咱们何不弄些铁来打造兵刃。如果咱们有了武器，朝廷就不敢欺负咱们了。"

各位阿哥可能不相信，那时女真人用铁十分困难，明廷严控盐与铁器入辽东互市，有敕书方允许购一定数量的铁器。女真人多用竹箭、石斧、石锤、石刀、石弹、竹枪打仗、狩猎，像原始时代的野人一样，让人难以置信，直到清初的时候还是这样。

王杲部将咬乌郎便是双手使两柄百斤重的大石锤，勒吉红石弹专击兽眼，百发百中。王杲使竹匕刺杀驰鹿，锋利竹匕直透驰鹿心脏而亡。这些神技，均因缺铁兵刃逼练而成。女真各部用铁全靠争掠或重金购买。明廷有不少边官因与女真人私通铁器，夺官丢头，倾家荡产。

勒吉红的提议得到了王杲的赞同，但王杲又说："可现在铁贵如银，而且关卡如林。大明兵卒的武器尚缺，出战常有两卒使一刀、三卒使二斧之事。他们都如此，你我能有什么办法？"

王杲话一出口，引起了亚嘎哈的兴趣，起初她只顾大口吃肉，大口饮酒，爱根他们说什么，她也没注意听，但无意中听爱根说起缺铁之事，亚嘎哈忙说："要铁有什么难的，爱根你忘了李芳阿哥了？"

王杲经爱妻这么一提醒，一下就想起来了，对呀，要想解决缺铁之事，找李芳啊。王杲拍膝大喜，真乃山重水复疑无路，柳暗花明又一村。

第二十章　亚嘎哈私结李芳

亚噶哈说到的这个李芳是谁呀？为什么她一提到李芳，王呆就如同找到救星一般高兴呢？各位阿哥不要急，听我说书人慢慢告诉你吧。

亚嘎哈说到的这位李芳乃是裕王朱载垕身边的一个太监，二十多岁，长得白净俊美，高挑细个儿，眉清目秀，他若穿上女孩儿的衣服，会被认为是仙女下凡。这个李芳比裕王小两岁，裕王视他如亲兄弟，但更喜欢称他为"妹妹"。"李芳"二字就是裕王给起的。

在这儿我再讲一讲大明朝的情况。大明朝自朱元璋打下天下，建立明朝以来，他的子孙们是一代不如一代，都十分淫纵。

嘉靖帝共生有八个儿子、五个女儿。长子朱载基，生下两个月就夭折了。二子朱载壑，与朱载垕乃一母所生，嘉靖十八年立为太子，二十八年染上风瘟，也夭折了。

嘉靖帝疼彻心扉，发誓不再立太子。所以自朱载壑死后，一直到嘉靖帝离世，也没有再封太子。就这样，皇位继承人的位子始终空缺着。

嘉靖的三儿子朱载垕从小侍读于内宫，陪伴在嘉靖爷左右，被其父皇嘉靖帝封为裕王。嘉靖这个人特别风流，嫔妃无数，像什么陈贵人、徐贵人、李贵人等，多如牛毛，多过宫女。

嘉靖二十一年的时候曾发生了这样一件事：一天，嘉靖爷像往常一样，住在自己的后宫，侍奉他的是他非常宠爱的一位姓曹的妃子。由于嘉靖爷对这位曹美人宠爱有加，引起了其他妃嫔们的嫉恨。一位姓王的妃子买通了其他的宫女，在嘉靖爷和曹美人睡熟之后，悄悄溜进了他们的寝宫，拿出事先准备好的绳子，套在了嘉靖爷的脖子上，准备勒死这位至高无上的君王。由于动手的是一位连鸡都没杀过的宫女，慌乱中把绳子系了一个死结，结果行动失败，参与的几个人均被处死，史称"宫闱之变"。

朱载垕就生长在这样的后宫之中，还多亏了几个好太监，也是他幸运，他虽未正式被封为太子，但因嘉靖的两个儿子都夭折了，心里非常悲痛，又加上众方士启奏，认为神冥谴责之故，所以一心崇信道教，脱俗求仙，不问朝事，口封朱载垕为裕王，一应大事全推给户部、礼部和阉党。

太子问政，在前几朝也是少有之事，但因众臣无主，朱载垕以唯一皇子身份出现在宫内，又是裕王，所以不管立不立朱载垕为太子，皇帝早早晚晚有归天的一天，裕王就要面南登宝，故大多数的朝臣和阉党也都不去招惹他，更多的是对他诏媚奉迎，百般讨好，以皇太子之礼待之，这也是朱载垕在朝中之所以有威望的原因。

裕王靠谁给他出谋划策呢？靠的就是李芳。各位阿哥，你们别看李芳年纪小，但却是一个有心计、有阅历的人。他原在嘉靖身边，传说他是嘉靖与一位侍奉他母后的绿衣宫女私合而生。宫女怀孕以后，肚子越来越大。嘉靖不敢承认，因为他俩的身份不般配。绿衣宫女被杖刑拷打，任凭慎刑司怎么拷打，宫女就是不说致其怀孕的男人是谁。最后，宫女被逐出宫门。

被打得遍体鳞伤的宫女，踉踉跄跄地来到一条小河边，投河自尽。该着她命不该绝，被一李姓渔翁所救，收于房中。没过多长时间，宫女产下一名男婴。因渔翁姓李，孩子就姓了李姓。

当时正逢瘟疫之年，乡亲们病死的病死，逃难的逃难，寨子里几乎都走空了。粮缺衣少，渔翁本就年迈，又添了两口人，日子更加难过。绿衣宫女为了保住自己苦命孩儿的一条命，偷偷撞崖而死。临死前，她将自己从宫中仅带出的一根八宝白兔簪别在了孩子的褓褓上。

渔翁可怜这苦命的女人，将其埋葬，并承担起了抚养男孩儿的责任。爷儿俩相依为命，靠乞讨为生。行至昌平的时候，正巧赶上嘉靖帝到天寿山寻求自己的建陵地址。

远远地嘉靖帝看见山林中有一群绿色的鸟儿在鸣叫，叫声悦耳动听。此鸟绿羽修尾，名曰"绿锦"，非常美丽。

嘉靖帝为鸟所迷，策马进了山谷，走着走着，见地上躺一老翁一动不动，背上有一小孩酣睡不醒。嘉靖帝下马，命众宦官搀扶起老叟，哪知老叟因饥饿多日，已经长眠了。再看他背上的小孩儿，哎呀，这小孩儿这个漂亮，粉白的小脸儿，白白胖胖的，嘉靖帝从心里喜欢。嘉靖帝知道，老叟定是把吃食全给了这孩子，自己才被饿死的。

猛然间，嘉靖帝看见褓褓上的八宝白兔簪，他大吃一惊，这是自己宠幸完绿衣宫女所赠之物，怎么会在这孩子身上，难道他？嘉靖帝什么话也没说，命侍卫抱回宫中，恩养。嘉靖帝非常喜欢这个小男孩儿，等他长大一些了，就把他留在自己身边，伺候自己。

阿哥们都知道，历朝历代宫中的宦官都得受宫刑，然后才能进宫伺候皇上和嫔妃们，但李芳就没受此宫刑，由此可见嘉靖帝对李芳有多喜爱。

后来，嘉靖帝又命李芳陪伴朱载垕学习礼乐诗章，朝中的文武百官皆不解皇帝为何给李芳如此大的殊恩。朱载垕也非常聪慧，待李芳犹如自己的亲弟弟。李芳呢，又聪明、又貌美，词文也做得好，远高朱载垕一筹。又因久在嘉靖帝身边，常听众大臣谈议朝政，耳濡目染，甚有韬略和远见。裕王深敬之、爱之、亲之，两人竟同床共枕。裕王许多待人处世，例如对待女真之策，对李成梁、王杲之好，多出自李芳之谋。裕王在朝中左右逢源，奔走于狂澜之中，亦仗李芳执舵焉。

李芳是裕王宫中内事外事总管。裕王当时也很揽权，暗中笼络几个大臣，成为他的心腹，就连外地州府也有裕王的人。在李芳的筹谋下，裕王在河南洛阳有瓷窑，所产青花瓷全国闻名。瓷品几乎控霸江南，窑主是裕王心腹，乃李芳所派，朝中不知真情。

辽东有个铁厂，厂主也是裕王，由李芳所派。李芳成了大明朝出名的内大臣，又是出名的大商贾。李芳时年仅二十余岁，足显其才，且事事细微周到，上下和乐，隐秘行事。国人不知瓷窑、铁厂厂主是当朝嘉靖皇爷之子——裕王朱载垕，更不知在朱载垕身边那彬彬有礼、温雅美俊的小侍卫李芳。

后来裕王继承皇位，李芳为近臣，屡谏帝过。朱载垕大怒，又怕李芳篡位，把他下了大狱。此乃后话。

亚嘎哈怎么认识的李芳呢？

要说王杲与亚嘎哈认识李芳，还得感谢虎尔罕，要不是那次虎尔罕偷偷带王杲进京，王杲和亚嘎哈也见不到裕王，见不到裕王也就见不到李芳，也就不知道李芳是裕王的亲信和谋士。

李芳也非常亲近王杲夫妻，席间几次张口举杯，唇开舌动，欲言又止，似有难言之隐。王杲甚是奇怪，问李芳有何难事。女真人有句俗话：给牲口饮水要找能看清河底的河，跟生人交友要选能坦露胸襟的人。你有难事只管讲，为了裕王，我们夫妻愿两肋插刀。

夫妻俩再三表达女真人对裕王的感激之情，李芳这才敢将裕王秘密在辽东开铁厂，控制北方冶铁专利，造兵刃的铁源掐在裕王手中之事告知王杲夫妇，并坦言："近年土蛮兵常犯辽沈，火烧百寨，铁厂奴工躲难逃散，银柜遭抢，金元宝丢失四十三个（都是一两重的足色纯金，宣德年铸的小元宝，非常珍贵），铁厂濒于败落。裕王忧虑无策，暗自流泪。喜闻将军虎驾来朝，铁业兴隆可望，退藩兵全赖将军，裕王将不胜感激！"

王杲听后，暗暗敬佩裕王运筹帷幄之能力。

没等王杲张口，坐在一旁的亚嘎哈心直口快，说道："怪不得天下铁缺，原来都在裕王手里。我们整天使用竹刀、木盆。女真人家没有铁，翁姑玛发（曾祖父）用的铁锅，到了曾孙子这一辈还在用。"

一席话把李芳造得满脸通红，不知说啥好，王杲又不好阻拦。

亚嘎哈也没瞅他俩，又接着说："那天皇妃陪我去西山，问我们缺啥，稀罕啥。你跟裕王说说，我们有弓没箭头，缺铁！"

李芳忙说："只要将军肯助裕王，铁不是问题。"

王杲甚喜，下决心帮裕王这个忙，帮了裕王也就解了自己少铁之苦。

王杲等人历来气恼大明禁铁入女真境内之策，长日求门无路，不想铁菩萨就是裕王，真像大海里得到神针，早乐得忘了酒醉，满口应承。

李芳出计说："辽东边卡甚严，朝廷严禁铁器入夷地，圣训不敢违。将军可否派一员通晓汉习的心腹来驻铁厂，以铁厂雇佣贩铁器奴工身份出入抚顺，躲过卡哨，将铁运回去，可否？"

王杲夫妻频频点头赞同。

李芳酒宴中又千叮万嘱要为裕王守密，并命人取来银牌一块交与王杲。这银牌是块薄银压成，上铸有"辽东贩铁"四个字，凡贩铁奴工有此银牌才能购铁，沿途放行，畅通无阻。

夫妻二人一一接受，返回古埒城。

王杲临行前告诉李芳："只管放心冶铁，有我王杲在，藩兵不敢再犯铁厂。"

果不其然，从那以后，土蛮兵再也没掠扰铁厂，铁厂的生意越来越火。

如今亚嘎哈提到李芳，王杲当然记得。他心想：看来，自己当初的想法果真高明，这块银牌终于派上用场了。

王杲取出银牌，他要选一个人驻扎铁厂。派谁去呢？

勒吉红等众兄弟都争抢着要去。王杲思来想去，决定将银牌交付徐逊。

徐公，字文启，名逊，号"徐指挥"，抚顺人。徐逊这个人脾气温和，少言寡语，有勇有谋，通晓战法，每战身临前敌，又通铸锻神工、冶炼之术，在弟兄中颇有威望。唯有文韬略逊于李乔，而且不擅交际。

因为徐逊是汉人，通汉习，遇事沉着稳重，又熟悉抚顺一带的情况，勒吉红等人一见杲罕派徐逊前去，一个个不再吱声。

王杲命徐逊佐助李芳，在辽东请冶铁名师，重振矿业。徐逊欣然受之，酒醉归室，打点行装，凌晨便上路了。

厂中掌房师爷早得通知，知有高人不日即将驾临，所以当徐逊一到黑头山下铁厂，拿出银牌，师爷便远接近迎，把徐逊让入内室，摆宴洗尘。徐逊也不休息，第二天一早，便与师爷重新安排奴工内外人员，修整设备。

徐逊果然不负王杲之重托，不出数日，矿业重开。厂中人等均知徐爷是东家新聘燕地铁师，不知为女真勇将。

王杲自打从京师回来，就用狗传书，告知自己结识新朋友的经过，只不过隐瞒了裕王和李芳等人的身份。扎萨克图罕得讯后，自然高兴王杲能结识辽东铁业界的朋友，文告属部以后入辽东绝不扰犯辽东铁矿区，而且还将所掠得的数名冶铁师傅及其妻小、财产，用专兵护送，交与王杲，王杲又转交徐逊。铁厂万分感激，财源兴旺，裕王、李芳均念杲德。

铁厂开始正常生产，徐逊要告别掌房师爷。因掌房师爷事先得到李芳令，满足徐逊提出的一切条件，所以，掌房师爷根据徐逊的要求，专选十印大铁锅六十口，分七车装载，与王杲派来的数十名兵卒一起，各佩短刀暗器，扮成大明盐铁总监辽东分理司奉旨贩铁的官商，浩浩荡荡出了抚顺关。

队伍行出十余里，进了山中松林，徐逊才脱下官服。此处早有王杲派来的马队接迎，矿中护送人等及所用车具、马匹全部返回，互相道别。

徐逊平时喜好穿汉军服饰，但这次破例改成女真将领打扮：头上戴软巾大檐防蚊凉帽，上身穿紫袍圆领箭袖，下穿鹿皮战裙，脚蹬皮靴，腰系红缎带，两旁挂着香囊和白玉串饰，左肋下有一口镔铁虎头柄腰刀，背上斜挎长弓，右肋下牛皮箭囊里装满梅针细箭，此箭专为防身近攻之用。这身装扮是当时建州兵将夏日常穿之服饰。

徐逊之所以这样打扮有他自己的考虑，因已进入女真地界，山高林多，常有占山的匪患，也偶有逃散的明兵，他们成队结伙，出没山林，掠抢客商。这些人不怕明朝兵马，却甚怕女真兵马，说女真兵骁勇敢杀，十个汉男子不抵一个女真兵，遇女真人如遇镇山虎。徐爷用女真人装扮，可保一路安宁。

徐逊满以为神不知、鬼不觉地就能将七大车铁从明边官眼皮子底下运出来。岂不知，自打徐逊从抚顺城四十里外换了女真装束匆匆赶路时起，就有几个暗探在后面尾随，一直跟了二十余里，直到徐爷停车饮酒。

徐逊等人行至浑河旁一高岭的时候，见这里花开鸟鸣，景色甚美。徐逊便命众兵丁将车马赶进林中任马啃青，兄弟们席地而坐，烤牛腿、山鸡、野兔，痛饮从抚顺买来的"状元红"酒，吃饱喝足，好回去请功。

一路跟踪而来的暗探就藏在离他们不远处的榛柴林里跷足盯望，监视动静。你猜这几个人是谁呀？明廷暗探吗？不对，是建州右卫宽甸名酋王兀堂的手下。

王兀堂夫妻蒙万罕资助，回宽甸五女山下坐地称霸，是万罕东陲重要守将，很得万罕赏识。王杲兵起日强，王兀堂几次想反王杲均被王杲制服。其妻乌龙格格敬佩王杲仗义执言，不畏贵势，有骨气，又有心善性烈的内助，总盼着自己的爱根也能像王杲一样，做个凛然正气的女真酋罕。乌龙格格经常劝慰王兀堂少惹事端，一定要结好王杲。可惜王兀堂是个扶不起来的蠢汉，无才无衔，还好惹乱闯祸。乌龙格格没办法，总得替爱根圆场讨过，收拾残局，弄得乌龙格格啼笑难言。王杲杀黑春后，王兀堂办了件自认不凡的事：

万罕受大明之命游说王杲，要安分守己，不要与朝廷作对。万罕领命回来就犯了愁了，谁去当这个说客呢？万罕自己肯定不能去，万一王杲不给面子，那不是下不来台吗？虎尔罕也不行，他对王杲心存怨恨，也说不过王杲，王杲几句话就能把他造没嗑了。万罕思来想去，觉得只有乌龙格格能担此重任，可怎么跟乌龙格格说呀？万一乌龙格格不肯帮忙，怎么办呢？

万罕正愁怎么说呢，傻乎乎的王兀堂跳出来了，他毛遂自荐，要去古埒城说服王杲。

王兀堂话已出口，乌龙格格想要阻止已经来不及了，把个乌龙格格气得退出熊皮大帐，跺脚长吁。

岂知王兀堂这回粗傻人也有傻心眼儿。原来，王兀堂据守宽甸、瑷阳一带，王杲自与土蛮联兵后，瑷阳、阴山、汤河等地便成了蒙古马队经常出没的地方。王兀堂无力拒敌，只得远躲。

王兀堂怕王杲势力日大，吞了自己地盘，心甚惶恐。万罕又时常向王兀堂施加压力，让他和王杲对着干，并以不给粮饷相要挟。此次王兀堂主动请缨，说服王杲是假，实为讨好王杲，使其锋芒指向明廷与万罕，保存他的弹丸之地是真。王兀堂心里明白，我不怕，我有厉害的俏夫人，惹出乱子来她会兜着，所以当众把这个谁都不愿意干的差事揽了下来。

乌龙格格也明白自己的爱根醉翁之意不在酒。但王杲是那么好游说的吗？别人都不敢揽的差事你敢，你有什么本事？乌龙格格又气又恨。帐议一散，小两口就吵了起来。

万罕闻信儿匆忙赶来，劝住已经吵得面红耳赤将要动手的两个人，又好言好语哀求乌龙格格，请她不看僧面看佛面，帮助玛发我解水火之急。乌龙格格也不好再说什么，只得应允下来。

乌龙格格带着厚礼来到王杲处。她先见了亚嘎哈，叙了一段姐妹情，再求亚嘎哈在王杲面前说说好话，请王杲不要紧逼明关，缓和一下矛盾，我们女真各部都愿听杲罕调遣。乌龙格格还以宽甸围场相许，答应王杲若不出兵攻明，使瑷阳一带得以安宁，愿将围场送给王杲夫妇。

宽甸围场自唐以来甚是有名，山高林密，数百里绿海，是百兽名禽繁衍的宝地。相传唐王李世民征东时，曾在此射穿一虎，明成化后宗室贵戚来辽东，都要来此策马试箭，围猎七天。王兀堂夫妻靠这块宝地得到不少权贵的赏银丝帛。乌龙格格要把这块围场给王杲，王杲婉言谢绝，说："明不辱我，我不犯明，岂为一地争耶？杲不夺人之爱。"王杲夫妻未收这一重礼。

王杲非常敬重乌龙格格，见乌龙格格如此诚心和慷慨，又有爱妻在旁边说情，便答应了乌龙格格，表示自己从今往后练兵修寨、垦荒耕田，并劝好土蛮，不再违逆天朝。乌龙格格回去将王杲的意思跟万罕一说，万罕非常高兴，备厚礼馈谢乌龙格格，乌龙格格也更亲近亚嘎哈。

因乌龙格格从中周旋，王杲与王兀堂的关系也较近了一些。可是不久以后，王兀堂又惹出事端来。这又是怎么一回事呢？还是听我说书人告诉你吧：

话说王兀堂见周围众部落互不相让，纷纷独立称王，他也着急了，于是，王兀堂积极地整修武备，扩充兵力。可整修武备说起来容易，做起来就难了。

明廷严格控制铁制品进入女真部、蒙古部等其他北方部族的数量，是花钱也买不到的宝贝，所以这些部族仅有的铁兵刃，大都是万罕从本部中淘汰下来的破旧兵器，然后再高价卖给他们的。这些兵刃均锈旧无光，就是这破旧兵刃，与万罕不亲近的部落都摊不着。万罕用明朝给的银子买造兵刃、充实本部。就为这，王兀堂到处张罗铁，他要自铸铁器。

乌龙格格听爱根说自己要去弄铁，她撇了撇嘴，根本就不相信王兀堂能弄到铁。王兀堂这回跟乌龙格格较上劲儿了，想在自己的沙里甘面前干一件漂亮的大事，省得总让沙里甘给自己擦屁股。于是，王兀堂偷偷带着自己的兵卒，去抚顺关内买铁。

可是，凭王兀堂的交际哪能弄到铁？结果他白白带着厚礼跑了十多天，两手空空，连个铁疙瘩都没弄着。王兀堂心里甚愁，怎么办呢？自己曾在沙里甘面前夸下海口，要是就这么回去了，面子上也不好看哪。王兀堂信步走出了窝棚，在河边的柳树林子里喝起了闷酒。

就在这时，手下探子来报："由抚顺城方向来了一队车马，车上装着铁锅，奔东方而来。"

王兀堂大喜，忙叫细探看清楚护铁者是民还是官？是尼堪还是女真？护卒几名、将佐几名？

不一会儿，探子又报："是女真人的黑马队，护卒仅有十几名，一个领头的。"

王兀堂一听来人是黑马队，他心中一惊，如果真是女真人的黑马队那一定是王杲的部下。王杲那可是个不好惹的主儿，怎么办？王兀堂想了又想，他决定先看看再说。

于是，王兀堂跟着探子来到山坡上向下观望，远远地望见十几匹黑马拉着十几辆大车，每辆车上都装着满满的货物。王兀堂看着自己梦寐以求的宝贝就在眼前，也就顾不了那么多了，他决意把东西先抢到手，抢到手以后再说。

就这样，王兀堂带着手下冲下山去。徐逊做梦也没想到会有人敢抢他的东西，也怪他放松了警惕，结果寡不敌众，七车铁被抢走了。

王兀堂这个乐呀，没想到，天上掉下个大馅饼，想什么来什么，虽然我损失了十几个兵卒，但这七大车铁锅可真是好东西呀。它不仅解决了部落的缺铁问题，更主要的是我也可以在我的沙里甘面前扬眉吐气一回了。王兀堂一路上得意扬扬，笑逐颜开。

回到寨子以后，乌龙格格看着这满满的七大车铁锅感到有些意外，这是在哪儿弄来的这么多铁呀？而且看车马的行头好像还是女真部落的，自己的爱根不会又闯祸了吧？

乌龙格格就追问王兀堂："你这铁到底是在哪儿弄来的？"

起先王兀堂还故意逗弄乌龙格格，不告诉她实情，但禁不住乌龙格格一再追问，王兀堂就把事情的经过讲了一遍，最后还得意扬扬地说：

"以后想要什么就跟我说，我一定给你整来。"

乌龙格格一听就傻了眼，这可咋整？前脚刚跟王杲把关系缓和了一些，爱根后脚就又闯了大祸。王杲要是知道铁是被王兀堂劫走的，还不得打上门来呀！乌龙格格又气又急。她决定在王杲来兴师问罪之前，自己亲自登门代夫还铁，代夫请罪……

咱们再说说王杲那边，当王杲得知铁锅被人劫走，而且从徐逊等人的口里得知是王兀堂干的，便猜测是明臣唆使王兀堂所为。要不怎么这么巧，我刚弄着几车铁，就被他给劫走了。于是，王杲便指责明廷背信弃义，挑起事端，并发兵讨明，首先拿下了抚顺关旁的西河寨，杀了寨主花大胡子，又攻克了王大人寨，杀了寨主单花枪。

明廷大惊，忙派使臣问责万罕，万罕也是丈二和尚摸不着头脑。

忽然，守城的兵卒来报："王杲率兵杀来。"

使臣和万罕正不知所措，兵卒又报："西边又来了一彪人马，后面跟随着不少车辆，马上女将乃乌龙格格。"

使臣和万罕更是茫然。

怎么回事？乌龙格格不是到古埒城还铁去了吗，怎么跑到侠倡宫来了呢？是啊，乌龙格格是到古埒城还铁去了，可当她到了古埒城才知道，王杲已经带人奔侠倡宫去了。乌龙格格怕把事儿闹大，不敢耽搁，跟亚嘎哈打了声招呼，便马不停蹄地赶往侠倡宫。

乌龙格格见到王杲，下马叩头请罪。

王杲还没来得及说什么，从西边又跑来一彪人马，马上女将是亚嘎哈。亚嘎哈打马到了近前，把乌龙格格搀起来。乌龙格格一个劲儿地给王杲赔不是，并说自己的爱根有眼无珠，被魔鬼迷了心窍，冒犯了杲罕，还请杲罕原谅。

王杲见七车铁被原封不动地还回来了，而且王兀堂夫妇也是真心认错，又有亚嘎哈从中斡旋，便表示不再计较。王兀堂跪拜王杲，右卫两酋从此和好。

王杲得到铁锅、碎铁以后，入炉冶炼，锻打利刃。徐逊自杀了黑春以后就再不出阵，只在古埒城两红土崖沟里筑烘炉五座，选烘炉工百员，专门打造兵器。后来徐逊在此铸造成"红锋宝刀"，其刀锋芒无比，摧金断玉，色如血色，寒光烁目，在辽东闻名。宝刀风靡一时，就连明将都争相高价购买，此乃隆庆三年后事也。

李芳密供王杲铁，直到隆庆末年，其实这也是明廷中始终未解的一个谜。明廷一直严控铁器流入女真地界，而王杲兵勇利器究竟从何而来？就是因为有李芳暗中相助，相互默契也。

王杲运得的铁放在古埒山东沟大库中。直到万历初年，王杲败亡，其铁犹存如垛。罕王努尔哈赤起事也全仗有此铁铸兵刃，此皆史中秘事。

第二十一章　呆罕测字破毒案

王呆名威震辽东，不料他的额莫却病重，很快就米水不进，把王呆急得吃不下睡不着，幸亏牡丹夫人及时派亲兵送来了几盒朱砂、犀角、羚羊、琥珀等明宫专用的奇药，又派自己的贴身乳娘前来问诊。在这位乳娘的精心治疗下，王呆额莫的身体好了许多。

一天，王呆在烘炉山寨侧依獭椅，足踏狸墩，凭窗眺炉火熊熊，跷待勒吉红送来新冶炼出来的镔铁样品，而心系念额娘的安危，眯①了一小会儿。一阵凉风临窗吹来，王呆醒了，顿觉沁心畅爽。突然，他脑子里蹦出一个字来。

王呆忙从獭椅上跳起，走至卧虎桌前，拔笔疾书。你猜什么字？王呆挥笔写下一个"風"字。

王呆素有测字神工，他拿起刚写的字像童子拜佛似的凝神细望，又像神童看玉女百般相看，久久不移。他越看越喜，越看越爱，最后竟喜不自禁，拍案叫绝起来。

怎么了？

你说怎么了？

原来王呆测出这个"風"字为上上吉卦。

怎么看出的这个"風"字是一个上上吉卦呢？

各位阿哥请勿急，听我说书人给你解释：此乃奇门遁甲中吕仙幻字诀。凡为卦者，突生某字，字象即为卦象，必巧以幻字诀破之。王呆谙此神术也。

首象，"風"乃凌云之气。"風"字中间有一"虫"字，此"虫"绝非一般的虫，非龙即蛇也。龙蛇入怀，乃玄武降室。玄武主北，主镇凶妖，必为镇宝投怀。

---

① 眯：东北方言，瞌睡，小睡。

再象，"風"字中间有一"中"字，外有三方相卫，若破此"風"字，必先除外卫三方，才能得"中"字。

象三，"風"字中凌云之气，气源一"虫"。然"虫"属阴，性御风，则畏阳，遇天阳可破，可"平"，可伏之，可逢凶化吉。

故此"風"字解法：

虫可御风，必为龙蛇成妖，独占宇宙，可见其凶，本为凶兆。然，"虫"上有一横，意其可平（伏），可化凶为吉，化险为夷，吉兆。

释义：既为龙蛇御风，属玄武，主北方，北方为水，为黑色，为镇凶煞之神。玄武管刀兵，玄武入怀，属锡赐御戈之宝，主得神器。

卦结：既为龙蛇御风，属妖气，必有邪秽，不可不防其凶。凡事否吉泰来，凶极变吉；吉极化凶，诸事不可不乐中有备。

从"風"字测之，内有"虫"字，又可视其内有一"中"字。此字中正，外有三方相围相护，破外三方，可得"中正"的"中"字，妖气可破，可成栋梁之材。

王杲甚为奇怪，缘何出此奇卦？不过从这个"風"字幻卦分析，也有邪气恶煞侵入，不得不防，但一时又预卜不出此兆应于何处。

正在思忖中，忽有李乔来报："城外有王兀堂引名匠、三女求见。"

王杲心里犯起了嘀咕：王兀堂很少闲逛，能亲来烘炉山，想必定有要事或是受人指使而来。

王杲边想边走出寨门，远远就瞧见王兀堂大摇大摆地向他走来，口里还不停地大声喊叫着："都指挥使，我给你请来能人了！"

只见王兀堂身后紧跟着一个年过半百的长者和三个打扮很妖艳的女人。王兀堂走到近前，手拉着男子的手，给王杲介绍道："都指挥使大人，我给您领来一个朋友。他是会造铁的匠人马神师，原来是给总兵府锻炼兵刃的。我听说指挥使在这山上炼铁，就把他给你带来了。"

王杲一听这个乐呀，这可真是雪中送炭！眼下山上就缺会炼铁的高人，而且铁匠马神师的大名他早就听说过，那是赫赫有名、如雷贯耳呀，只是自己无缘得见，眼下王兀堂把人给领来了，他能不乐嘛！

王杲快步上前，一把抓住马神师的手，激动地说："欢迎，欢迎啊！"

然后抱住王兀堂，说："我的好兄弟，谢谢你，谢谢你！"

王兀堂咧着嘴傻笑着说："不用谢。"

两人正说着话，王兀堂身后的三个女人等不及了，没等王兀堂引见，就快步走上前来，倒身便拜，说："大将军啊，您老万福金安。我们姊妹闻听将军的额莫身子不适，特来诊治，顺便跟将军讨个吉祥。"

王呆瞅着眼前的三个人，心里涌出一种莫名的不自在，而且看这三个人的眼神也是贼溜溜的。王呆心想：我额莫这些日子重病是不假，而且也需要请人诊治，但看这三个人不像是行医之人，那么她们到这儿来是什么目的呢？碍于是王兀堂领来的人，便没说什么。

王呆让李乔先把王兀堂和铁匠马师傅领到后室，一定要好生招待，等这三个人给额莫看完病，他亲自敬茶。

王呆带着三名女子来到大堂，让嘎什哈上茶，然后跟三女子攀谈起来，他仔细询问了她们各自行医的师承、用药方剂、丸散膏丹名称与禁忌歌诀等等。这三个女子本是江湖混子，哪在医门待过，本以为王呆将军这里也像万罕处一样，只需买通府里的总管，就可以每天吃香的喝辣的，有银子花。

三女子见王呆问得如此详细，干脆直说了："我们不是看病的郎中，我们是专看阴阳八卦、驱邪拿秽的。"

王呆见事情果真如自己所料，这仨人确实不是看病的郎中，继续问道："好啊，我自幼拜吕祖为师，诸葛亮禳星看阴阳、刘伯温烧饼歌，我皆有承继。请问你们属哪宗哪派？师承何人？"

为首的女人身穿狐狸皮大氅，打扮得非常妖艳，她上前一步说："说就说，没有弯弯肚子也不敢吃镰刀头。我是跟一个老道学的。"

王呆问："那老道叫什么名字？"

女人说："不知道，只知道他是一个四处游走的道士。"

王呆见这女子不肯说实话，知道再和她啰唆也没什么用，便叫人把她先看押起来。

第二个女的只是一个劲儿地哭，问她啥也不答话。王呆见问不出什么名堂，也只能看押起来。

剩下第三个女的了，王呆把她叫过来，并不问话，只是用眼睛盯着她看了半天，直把她看得毛鸭子（东北方言：心情慌乱）了……

王呆还是一言不发，点上一炷香，焚香祈祷，请昃官前来，然后亲占一卦。昃官一看是神卦，复卦六爻一，六爻皆阴；复卦第一爻为阳，表示阳气剥尽而复，属七日来复。便向王呆贺喜说："此卦甚吉。"

那女的见遇到懂行的高手，心里就更毛（东北方言：心里发慌）了。王呆这才和颜悦色地对那个女的说：只要你说真话，天大的事我都替你担着。

那女的"扑通"一下跪在地上，磕头如捣蒜，痛哭流涕地说："实不相瞒，我们三姊妹从小没爹没娘，被哈达兵裹掠为奴。因貌美收于帐下，为捶臂女，赐名春风、夏风、秋风，后在万罕佛堂做净室女佣。万罕闻知大将军额莫有疾，便命我等谎称治病郎中，假借诊病之机，用乌头汤毒害将军额莫。"

王杲听了，不觉倒吸了一口冷气，忙问："乌头粉藏在哪里？"

女子回答："在大姐春风身上。"

王杲说："我现在就派人去搜。你要是敢撒谎，我决不饶你。"

女子说："小女子说的句句都是实话，绝不敢欺瞒大将军，请大将军饶命。"

说罢，那女子一个劲儿地磕头。

王杲说："好吧，如果你说的都是实话，我饶你不死。"

女子还不肯罢休，说："将军，你不仅要饶我不死，还要饶我们三姐妹都不死。"

王杲一时犯了难。

那女子见状，头磕得更快了，说："请将军放过我们，我们三姐妹就留在你们建州部，再也不回去了。"

王杲痛快地说："好！只要你说的都是实话，我就留下你们。"

王杲让自己的福晋亚嘎哈去搜春风身上的乌头粉，春风一见自己的妹妹把什么都交代了，知道自己再顽抗下去只有死路一条，便主动将胸前暗袋里的一小袋白色乌头粉交了出来。

王杲饶恕了这三个女子，并把她们留在了建州部。

第二十二章　小罕年少露锋芒

咱们在前面书中讲过三鹰五虎护小罕以及小罕戏水的故事，下面我再给各位阿哥讲上几段小罕鲜为人知的事儿。

一眨眼，小罕努尔哈赤四岁了，小罕的出生地佛阿拉东沟位于鸡鸣山下。该处有千亩草场，杂草丛生。觉昌安带着他的兄弟们撒种了玲铛麦籽，作为牲畜饲草。这是祖上留下的牧场，这一带遍生野芥菜，人们又叫它"它卡包"（即满语，野芥菜的家）。

宸妃这时已有了女真名字——德里给格格。她自从落脚到觉昌安家，常来此牧场玩耍，就连李成梁的牡丹夫人也曾在花香若榻的大牧场上搭建的香帐中小憩过几夜。

女真妇女喜欢用这里的野花做头饰，尤好采野凤仙花，捣成汁，加盐、矾石，染手指甲，姹红艳人，久久不掉。

额穆齐体弱多病，小罕常常哭闹，德里给格格就和看护他的安斑妈妈[1]们商量后，带着小罕和四个贴心女奴到大牧场赏马。

德里给格格一行来到牧场，正好碰到小罕的父亲塔克世率众家丁驯马。只见那马个个生得膘肥体壮，凶若猛虎，野性十足，尤其正是初夏时节，是马儿发情的时候，儿马觅偶，母马闹群，长鬃飘飘若银带抖擞。连几十只狼组成的狼群见了这样的马群，都惊慌逃遁。群马若见有人来，凶狠异常，成群冲来。一马被缚，众马踢咬，如果不松开那匹马，则会被踹成泥浆。因为女真人有一个说法：家旺才养凶顽的骏马，所以女真人家里都喜欢有这样的马群，还专门有人驯这样的马。只有这样，才能说明水足草旺，人健马壮，乃吉祥之象。

塔克世受觉昌安玛发之命率家丁在此驯马，吃住在帐篷内，已经十数日。所驯出之马不过五六匹，且已有几个家丁受伤。塔克世正愁眉不

---

① 安斑妈妈：满语，大奶奶。这里指看养努尔哈赤的女仆首领。

展，心急如焚，再过几天就得返回赫图阿拉受命守边去了，可眼瞅着今年雨水足、野草肥、无马灾，小驹已达千余，可马群却难以驯服。

那一日，围中马忽然闹得很凶，咬圈木、长啸、踢咬，搅得人心神不安。塔克世叫众家丁把圈门打开，放出五百匹生马，谁若驯服一匹马赏银三两。众家丁见幼主发话，都想方设法抓野马。这群野马从圈中一放出，立刻四蹄蹬开，朝山野中驰去。一时间尘埃蔽空，地动山摇，众家丁骑马追逐。

此时，德里给妈妈正带着小罕和奴才朝牧场走来。她们边走边采摘野花，根本没注意打远处冲过来的马群。要说这塔克世眼神好，他打老远就望见马群冲去的方向有人走来，细看是一群采花女子，他知道这准是自己家的沙里甘居们又来采野花玩儿了，但他没想到这里有德里给格格和自己的虎子努尔哈赤。

德里给格格此时听到了马蹄声，也看见前面飞奔而来的群马。眼瞅马群就要冲到她们几个面前，要跑已经来不及了，女奴们吓得哭喊着抱住努尔哈赤，不知所措。

谁料，努尔哈赤挣脱开女奴们搂抱他的手臂，张开小手，大声喝马。只见马群中一匹高大的白鬃白蹄黑马，猛然对空长嘶一声，众马立即扬鬃翘尾，四蹄蹬地，呼啦啦全都站住了，并且像见了熟人一般围住小罕努尔哈赤，有的用嘴轻吻衣衫，有的用鼻子上下喷嗅，亲昵无比。

待塔克世与众人骑马赶到，一见原来是德里给格格和小罕，塔克世暴怒了，他怪女奴们胆大包天，竟敢带子出游，险生大祸，举起鞭子刚要责打女奴，但一考虑带子出来的有德里给格格，她是皇妃，又是阿玛的爱女，自己平日里甚为敬重，如果一鞭子打下去，德里给格格的面子岂不挂不住？于是，塔克世举起的鞭子又放下了。

德里给格格见过阿哥，女奴们给塔克世叩头，小罕也给阿玛叩头。

说来也怪，此时这群生马像已驯好的一般，吃草、饮水，互相咬着脖颈，不踢不闹，静候额真调遣。

从此，女真部落中流传出"小罕驯百马""百马接主"的故事。

小罕努尔哈赤五岁时，就能射杀苍狼白兔。

女真人自古就有射猎之习，就连几岁的小童也都练习弓马弦弩。大人教授弓马术时甚为严格，对儿辈尤为苛求，其目的是为了他长大以后能娴熟地掌握狩猎技巧。射猎也就是射物，射物分为射静物与射动物。射静物就是射立在那里不动的例如靶子之类的物件，射动物就是射活鸭、活鸡、活兔之类的，尤喜欢让孩子射野兔之类的小动物。因为大草原上野兔甚多，且野兔非常活泼，跑起来一蹦一跳的，不容易射到，对学箭很有益处。

小罕五岁时，这一年的春天，草原上草茵如毡，垂柳生烟，野兔繁衍非常旺盛。觉昌安玛发想看看小罕箭练得怎么样了，就叫奴才们陪着小罕来到郊野。此时正打"白兔围"，家丁们的马队夹击驱逐，从山谷平地中赶来白兔近百只。小罕搭弓放箭，射杀了十几只白兔。忽然，家丁们又赶来苍狼三只，礼敦抱起小罕，让他拿好手中的弓箭，一箭射出，苍狼应声倒地。奴才们拾起苍狼，发现箭是从苍狼的右眼睛穿进去的。

当时女真人都有一个习俗，就是用自己射得的猎物皮给自己做一件衣服穿，表示自己再不靠家人，能主宰生活了；也可把猎物皮送给最亲的人，这礼物比金子还珍贵。安斑妈妈用小罕射死的白兔皮做了一件银斗篷，给小罕穿了，苍狼皮做了一双护膝给了王杲郭罗玛发（外祖父），喜得王杲像办喜事一样庆贺，并把护膝供在堂子里，舍不得穿。

王杲逢人便夸："小罕五岁掌弓，能给外祖父打来皮张，非凡童也。"

又有一次，王杲亲自带着小罕，由德里给妈妈陪同，骑马驰入林中打猎。被嘎什哈们围赶过来的是一只牛熊，黑若土丘，吼声动地。王杲一箭射出，牛熊"噢噢"叫着轰然倒于榛柴丛中，众将齐贺杲罕神箭。王杲非常高兴，他想看看小外孙的胆量，就叫德里给妈妈把小罕抱下马来，并给他一支箭，叫他去射此牛熊。王杲等人都以为牛熊已死，所以就没戒备，任由努尔哈赤一个人走向牛熊。只见他拿着小弓，一步步往榛柴丛中走去，就在离牛熊只有几步之遥的时候，牛熊"哞"的一声，突然拔地而起，张着血盆大口，前两爪张开，后两爪蹬地，直向小罕扑来……

众将大惊，德里给妈妈吓得一个劲儿地哭，王杲疾步奔向努尔哈赤，亚嘎哈也跳下马哭叫着跑来，众人乱作一团……

可不管人们怎么做都已经晚了，因为大家都站得离小罕挺远，要想阻止牛熊伤害他根本不赶趟，如果用箭射杀牛熊又怕伤着小罕。就在这千钧一发之际，只见努尔哈赤毫不畏惧，搭弓放箭。与此同时，忽然从林中飞来三只黑鹰，像三支利箭，啄瞎了牛熊的双眼，而小罕的箭也正好穿入熊口，牛熊翻身倒地而死。这一切几乎是同时进行的。

小罕挽弓笑望，再看天空并无神鹰，而是三片树叶落入熊眼，众人无不称奇。亚嘎哈嗔怪王杲，德里给还在那里哭个不停。

王杲哈哈大笑，将外孙子抱入怀中，说："哈哈济胆量超凡，且有神助，此儿非常人也。"

努尔哈赤六岁时，便有"擎天树"之称。

女真古俗：男孩儿长到六岁，生日那天要夺宝铭志。

小罕随母亲额穆齐、德里给格格在古埒城居住。努尔哈赤六岁生日那天，王杲也过生日，只是努尔哈赤的出生日与王杲的出生日虽然同日同季但不同年，故有"罕王生日两万寿"之说，即指有王杲一个万寿节。

小罕生日那天，王杲命李乔在朝鲜以重金买来一株红珠元宝九尺玉树，实际上就是珊瑚树。女真人敬崇神树，认为树乃天神所居之处。天神的侍女每日化作神鹊，飞往东海，采神石以修天。每次往返时神鹊均要在神树枝头落落脚，歇歇气，然后再登九天。这神鹊均为妙龄美女，抓鹊人若在群星满天时登上神树，用托里（神镜）照着正在树上歇脚的小喜鹊，托里反光，照得喜鹊睁不开眼睛，就能把喜鹊抓住带回家。到家后，用苦有红布的铜锣把喜鹊盖上，抓鹊人退到门外，用托里对着喜鹊照，喜鹊就能化为人形，抓鹊人便可与神女成婚。故女真人爱抓喜鹊，称之为"抢喜""抓喜"或"抢亲"，满语叫"沙图兰必"。

王杲命李乔仿女真人神话故事，用红珠元宝九尺玉树做成九天神树，用珍珠做成九只玲珑喜鹊，逼真动人，栩栩如生。在寿诞这天，王杲将神树立于西炕炕桌上，珠光烁烁，满阁生辉。王杲还叫来族中童子（哈哈济）四人，其中包括小罕、觉昌安身边老奴之子安费扬古（与小罕同龄）、塔克世侧室所生之穆尔哈齐（比小罕小两岁）、亚嘎哈弟弟之子亚沁（小灰鼠），兄弟四人皆是王杲喜爱的晚辈。王杲命他们几个给神树叩头求喜，又让自己身边的亲随李乔、徐逊二人之子也来叩头求喜。

王杲平日里非常严肃，对部下要求也严。王杲生日，众人都怕做错事惹恼了王杲，每个人都小心伺候着，就连孩子们也都怕做错事，一个个规规矩矩，按王杲的吩咐去做。按照风俗，主人可以求喜求福，可以上炕撷取神树一叶、一枝、一鸟为念。众童皆争先给王杲叩头，给亚嘎哈叩头，给觉昌安、塔克世、德里给等人叩头后，又给西炕神龛叩头，给神树叩头，然后去撷摘自己的福喜。

李乔、徐逊二人之子各摘了一个珊瑚宝枝，叩头退下；安费扬古慢慢走过去，轻轻摘了一片用细珠拼砌成的翠叶，也叩头退下。亚嘎哈坐不住了，叫过亚沁，耳语了几句。小亚沁走过去，叩了头，爬上炕，竟摘下一个小喜鹊，抱在怀里，下炕叩头，跑到王杲怀里。王杲笑着点头赞之。穆尔哈齐走过去叩了头，只摘选宝叶三片，捧下叩头。王杲边捏盏痛饮，边见众儿喜得福枝，笑得前仰后合。一堂笑语，千桌酒香。

只见小罕站在王杲身后，笑看众弟兄取枝，不急不忙。觉昌安、塔克世、德里给三人眼见别人家的孩子皆取来福枝，不见小罕迈步前移，不由得急得直跺脚，可又不好像亚嘎哈一样催小罕取宝。

谁料想，小罕在弟弟穆尔哈齐取下三片树叶后，走上前去，叩了头，伸手抓住九尺宝树树干，往上一拔，竟全都抱下炕来。四座大惊。王杲酒醉惊醒，怒嗔努尔哈赤怎可如此造次。

小罕王叩谢说："郭罗玛发①，你让我们弟兄求福，没规定只准拿啥。众兄弟们认为福在枝头叶片，而我以为福在树干，故取来了。"

王杲惊得醉意全无，举起小外孙儿，喜泪纵横道："此儿有九天之尊乎？"

此即为小罕在六岁时，独得九天神树。

小罕长到八岁时，便会分马识金。

觉昌安命二子额尔衮（小罕的二大爷）将新由土蛮得来的骏马三群围于东沟圈中。因此马来自数百里外的三个山地牧场，久与人畜隔绝，甚暴烈，互相争咬，日夜不宁，一夜之间，竟有四十匹骏马踢咬惨亡，牧人不敢靠前。

额尔衮慌忙报与觉昌安。觉昌安命速将来自三个牧场的马分开饲养，以免伤残。额尔衮忙与众家丁分马，可烈马撕咬正凶，鞭打不开。可主人发了话不办，是要挨家法鞭子的。众人一时没了对策，额尔衮急得满头大汗。

正巧小罕来牧场玩耍。小罕从小就喜欢骏马，除了因为他阿玛塔克世严厉，他不敢跟着来以外，只要是他的那些叔叔、大爷来牧场，他就吵着闹着要跟着来。叔伯们都拗不过小罕，又都喜欢他，只好派女婢小心护从，来到牧场。

这时小罕站在圈边正在看热闹。圈里的马正嘶叫跳闹，眼见又有马被踢死，人人想不出分群之策。

小罕不慌不忙，仰仰头，对额尔衮说："阿玛哈②，三群马来自东西南三个山头，只要打开东西南三门，三群马不就各自往自己牧场的方向跑了吗？马自然就分开了。咱们再在前面派人一堵，就把马带回来了。"

---

① 郭罗玛发：满语，外公。

② 阿玛哈：满语，叔叔、大爷。

小罕的话好比炎天逢甘雨，全场愁云皆散。是啊，别看小罕人小，想得还真对。老马识途，只要把马放开，它们自然而然地就会跑回自己的原地。

小罕这么一说，把额尔衮等人乐坏了。额尔衮直拍脑门，怨恨自己被马给闹糊涂了，这么简单的常识竟让一个八岁的小孩给说出来。于是，额尔衮命人赶紧照小罕说的做，三群马很快被分开了，再也没有因踩踏撕咬致死的现象发生。马群很快繁衍壮大起来。

后来，这事被觉昌安知道了，他高兴地说："别看努尔哈赤人小，但他遇事能做到坦然自若，沉着应对，道眼远超众人之上，长大以后肯定是人中龙凤。你们这些小兔羔子都白吃饭了，还不如一个孩子，我罚你们每人挨九鞭子！"

还有一次，觉昌安与尼堪帛商交易，用五百张紫貂、青貂皮换回江南织帛三十匹和十五个小金元宝。觉昌安听人说，尼堪奸商常制假元宝，内铸红铜、外涂金粉，以假充真，女真人常换回一堆"红铜锞子"，一文不值，等其发现再寻尼堪商人时，尼堪商人已远遁难寻。

觉昌安看着这十五个小金元宝，瞅着成色都很好，可拿起来掂量掂量，分量好似有微许的差异，可惜家中银匠被王杲叫去古埒城，识金人不在，又不能将小金元宝切开，又怕被尼堪商人讹诈，怎么办？

觉昌安坐在暖阁里边抽旱烟袋边犯愁，他身边的安斑妈妈也叹气自己没有办法帮玛发识金，只能劝他暂放几日，待银匠回来再验不迟。

就在这时，小罕蹦蹦跳跳地从大女房中跑出来，走进玛发房中，见一堆小金元宝，甚是喜爱，便趴在炕上赏玩。

觉昌安见了努尔哈赤，突然转愁为喜，说："孙啊，玛发考考你，这几个小金锞子不知成色足不足，你有啥法儿，能验出是真还是假？"

努尔哈赤天真地说："那还不容易！"

安斑妈妈撇了撇嘴，喷笑着点着他的小脑门儿说："你啥都能。"

小罕跑出屋，捧来一个黑瓦盆，里面装满水，又跟觉昌安要来家藏的小金锞子两个，用一块木板放在水盆里，放上这两个小金锞子，木板立刻沉入盆底。然后又放一板，一个一个检验那十五个小金锞子，最后有三个只沉入水中一半。

小罕抓起三个金锞子对觉昌安说："玛发，这三个是假的，是假的！"

喜得觉昌安夫妇亲不够小罕。

努尔哈赤九岁时，就能调兵遣将。

九岁的小罕住在姥爷家，常见王杲用令牌遣将。王杲有意培养自己的外孙，不少兵事特意让小罕听，有些用兵歌诀也让小罕背。亚嘎哈常埋怨王杲不该在小罕面前老提打仗的事儿，兵兵刀刀的总在他跟前，有何好处？女儿额穆齐有病，其父又有新欢，小罕一旦有个三长两短的可怎么办？还是送后堂让众婢好生服侍为好。王杲不允，更不听亚嘎哈之劝，故小罕总待在自己身边，其祖父觉昌安、父塔克世皆在帐站立，而小罕却坐在王杲的獭椅旁的小虎椅上，闹来闹去。勒吉红等人看不惯，无奈杲罕喜欢，也只好由着他的性子来。

一天傍晚，王杲与众将议事，欲征东南九十余里的塔安部落。此部原也是女真人部，其地及祖上均系建州左卫。塔安寨有千余众，散屯有三十余处，除女真人外，尚有逃难及不堪明廷徭役的汉民七百余众，老少孤寡啼饥号寒。塔安寨主喜姆花玛发祖上系福满家将，因与觉昌安等不睦，带人远走，另立门户。因当时女真部正与明廷交恶，无暇顾及喜姆花玛发，故喜姆花玛发来到三不管的立锥之地，联络周围数屯，立旗建部。

哈达部万罕得信儿后，为给古埒城埋下钉子，故未用兵讨平，反而资助自立，与古埒、建州抗衡。王杲早知塔安寨为万罕耳目，有意铲除，故与众兄弟密议，约定好夜半发兵，趁塔安不备，削平塔安，然后挥师北进，掠哈达数寨，以解万罕助虐之恨。谁知弟兄几个一边商议一边饮酒，结果都喝醉了，王杲退帐安歇去了。

天交七鼓，太阳已上东天。王杲酒醒，想起昨晚议定之事，慌忙起身出帐，见天已大亮，要想发兵已来不及。王杲恨自己贪酒误了战机，没办法，时辰已过，只好再选良机。

王杲想着待会儿见到众弟兄怎么赔礼认罚。他去找亚嘎哈，亚嘎哈不在，再找勒吉红等人，这些人也不在。王杲慌忙跑入大堂，见小罕坐在獭椅背上，旁边有亲兵护立。

见王杲到来，军鼓敲响，号角齐鸣。小罕跳下椅背，来到王杲面前，拉着王杲的手上了石阶，坐在獭椅上。

王杲正莫名其妙，有探马奏捷："塔安已降，军中未死一卒一马。塔安城中亦未伤一民，尽归杲罕。勒吉红将军、亚嘎哈娘娘将很快班师回寨。"

王杲大惊，小罕叩拜说："玛发，军令是我发的！全按昨夜玛发密议行事，并传告全军不准杀一降民。孩儿以为杀者结仇，抚者相亲，乃自古常理。"

王杲还在惊叹，不知如何回答，外边征马嘶鸣，亚嘎哈等提鞭入室。

进入帐中，众将齐说："今晨二鼓（二更），吾等夜站堂外候令，然久不听杲罕发令牌，甚急。三鼓方过，忽听堂上传来童音：'兵发塔安，按议行事，然兵不可骄杀恋战，不可动火攻，抚城恤民，功成受奖。'并当即扔出令牌。吾等以为大哥让小罕学语发令，故不生疑。谁知大哥身为戎帅，竟痴酒惰职，应受鞭笞，功勋应归小罕，此孩儿可堪称神童！"

王杲惭愧难语，自愿脱衣领罚。勒吉红等忙给穿上衣裤，搀起。众兄弟喜笑簇拥小罕，齐入后堂赏女真舞。

王杲此后尤厚爱小罕。

关于罕王努尔哈赤还有许多故事，例如万历妈妈悬梁救小罕、乌鸦传信、黄犬救主、智斗尼堪外兰、十三副盔甲起兵、萨尔浒首战告捷等等，都将在《王杲罕王传》后传《努尔哈赤罕王传》中向众位续讲之。

第二十三章　李乔直言谏王杲

讲过小罕的童年故事，咱们再回过来继续唱唱本部说部中的主要人物之一——李乔。

李乔是王杲身边一位非常重要的心腹和挚友，因他为人耿直，多次直言劝谏王杲，被王杲猜疑。

李乔，字举川，世居昌州。明代初期他的祖先入仕，官至昌州通判，因廉正刚直被严党进谗言，被贬谪回祖籍。

李乔的父亲原是昌州贡生，但在路过昌州河的时候，不小心掉到河里淹死了。家里只剩下李乔的母亲带着孩子，他们孤儿寡母的，日子实在过不下去了。没办法，李乔的母亲只好到府丞大人的府里，靠给人缝缝补补、洗洗涮涮、干些零活儿贴补家用。当时正赶上连年干旱，赤地生烟，饥民相食，朝廷斩了府丞大人，李乔的母亲也未能幸免。孤苦伶仃的李乔混在乞丐堆儿里，靠要饭出了关。这是嘉靖三十年发生的事。

这一年，大批的难民饥饿难耐，纷纷逃往关外，强掠辽沈，结果被明兵抓住全部屠杀，血沃荒壑。李乔随着众人走到古埒城边，饥渴交加，实在走不动了，躺在那里奄奄待毙。

当时正赶上王杲从哈达部归来，见满地的僵尸堆得像小山似的，惨不忍睹。王杲可怜他们，命令将卒打开城门，把这些逃难的人放进来，并拿出储存的粮食分发给他们。逃难的众人无不感激王杲的大恩大德，纷纷表示愿意留下来。王杲把这些人均收入寨内。

突然，王杲发现在尸体堆里有一衰羸书生，手足抽搐，用手一探，尚有气息。王杲不顾书生满身泥垢，俯身将其抱回家中，调鹿麋（小肉粥，女真饭），用匙一点一点地喂，就这样照顾了十几天，书生康复痊愈。

王杲细问书生姓名，书生报号李乔。两人聊起天来甚为投机。王杲非常敬佩李乔的学识渊博，两人常常同席共枕，彻夜不眠。王杲势力大起来以后，李乔更是他离不开的心腹智囊。每当王杲和李乔商议事情的时候，李乔说出的见解和看法都特别合乎王杲的心思，他就像王杲的老师一样指引着他，王杲大有相见恨晚之意。当然李乔亦深感王杲的救命之恩，曾发誓誓死不做明儒，不思南归，并与王杲、勒吉红等人结为金兰之好。

李乔本是进士出身，满腹经纶，才高八斗。王杲所敬重和佩服的人唯有李乔，所以李乔自打跟随王杲，王杲以厚礼相待，赐女真女为妻，并生了两个孩子，长子已五岁，次女还在襁褓中。

李乔的妻子神勇而贤惠，她本是哈达部的人，后来被王杲掠来，收为义女。所以李乔与王杲既是朋友，又是婿丈。李乔也是个知恩图报的人，自打他入伙古埒，宵衣旰食，为王杲筹谋，虽不习武，但其笔有神，与明廷、哈达众部之文书疏言，皆出自李乔之手。王杲敬之如老师，赏赐尤丰。

王杲的阿玛多贝勒刚去世的时候，王杲为了替父报仇，曾想投靠在万罕麾下借势生势。

李乔献策说："鹫巢难居众雀，虎穴岂有完鹿。兄长欲成霸业，兴诸申百代乐土，宜独享古埒地利，扬先汗黑马神威，叱咤南北，兵联东西，昔年宋金之势可待矣。唐李义山曾有诗云：'历览前贤国与家，成由勤俭败由奢。'吾侪勤兵俭政，勿妒小肥私，勿霸女欺贫。四海兄弟，礼遇各族，何愁古埒寨小，辽阳城大乎？"

王杲觉得李乔说得在理，便采纳了李乔的建议，大兴古埒，甚得民心，众人来归，杲声日壮。

其实在黑春兵马偷袭古埒的时候，王杲当时正与家人在游戏赏舞，听到探兵来报，王杲大怒，斥探兵迟报，拔刀欲砍。

李乔忙制止说："天下有大勇者，猝然临之而不惊，无故加之而不怒。敌骑来攻，帅者不知，兄长过也，何迁怪于吏卒乎？"

王杲甚为惭愧。

在王杲的兄弟当中，数李乔最为英俊，他修身柳腰，脸若敷脂，美若秀女，年龄在诸弟兄中是最小的，而其才又远在诸兄之上。亚嘎哈非常喜欢他，对他心生爱慕，然而李乔心纯若水，行为举止稳重端庄，对嫂子亚嘎哈更是敬重有加，故两人之间无有闲话。

勒吉红一生征战，孑身一人，一生并未娶妻。他曾笑搂李乔说："俺要娶个像举川兄弟这样美貌的沙里甘，就算福满九天哩！"

就在王杲得"風"字，测后喜曰："凶中有吉，为上上卦，此为吉卦。"

当时正巧李乔进入，也来测之。测后，李乔说："我测此卦为凶卦。"

王杲正在兴头儿上，听了李乔的话又惊又恼，非常不高兴。他认为李乔好显露自己，爱耍小聪明，更不喜欢有人揭他的短，便细细追问："何以见得？"

李乔说："我测此卦为凶、吉、凶，所以最后为'凶'卦。兄长请看：'風'字除三邪，中间是个'中'字，可以说得一栋梁，然而'中'字又可以理解为'箭射一口'，也就是箭杀一人，所以请兄长一定要小心谨慎，切不可手足无措也。"

此字王杲最为忌讳，现被李乔道出，所以非常生气，王杲一言不发。李乔见状，默默地退下。

王杲因势力日渐强大，便目中无人，骄纵起来。他常在众兄弟面前口出狂言，说："天下难有能敌古埒者！大明糟糠之躯，万罕老气横秋，杲乃日升中天也。"王杲借解释自己的汉名，比喻自己是日上中天，光照宇寰。时间久了，李乔实在听不下去了。

一日，王杲与众人兴趣正浓地谈论自己的名字，李乔站起来了，说道："大哥的名字以我测之，吉凶兼可，贵在人为也。"

李乔话一出口，众人瞠目视之。

王杲的脸立刻拉了下来，问道："何以见得？"

李乔答："杲，木上见日，此乃白日，明也。天明，才可见林木之上有日，日照万木则明。此字偈曰：兄长若名照宇内，时时切记不可忘日。失日则暗，失日则不能明。日月之光，失去日光，只能暗淡，人入阴则败则亡。故此，兄长不可骄，尤不可轻明，若时时以大明系念，不与之交恶，前途无量，否则凶多吉少也。"

王杲大怒，污蔑李乔，说李乔因为是汉人，所以才说出这番长大明志气灭古埒威风的话来。王杲说完，回到了内室。

众人见此情景，忙劝李乔给杲罕赔礼道歉。

李乔不肯，言曰："忠言逆耳。罕病生痛疤，不用刀不可根除也。"从此，王杲有些冷落李乔。

王杲因喜收神匠马师傅，又借给小罕过七岁生日，特冬狩于苏水头，会众弟兄、众女眷、众兵卒，且宴请王兀堂夫妇、李成梁夫妇（李成梁有事未来，牡丹夫人光临）等贝勒、王爷，实际他是想显示一下自己的实力。

万罕虽然没接到请帖，但他知道信儿后，为了探信，也为奉迎威震辽东的王杲，特派长子哈达兵马大将军虎尔罕率众弟兄带着厚礼拜谒了王杲夫妇。叶赫二努兄弟莅临，土蛮扎萨克图罕因在病榻，派二台吉代父拜杲。

王杲盛宴款待，同众人一同来到苏水之滨，兵阵若云，旌旗若林。马蹄踏地如风卷浓沙，战鼓角号若海浪击岸，声闻百里，其况、其情、其盛无可比者，明廷也未有此盛况。

王杲也是第一次见到如此之气势，竟忘乎长叹曰："吾非王乎！"

此言一出，惊呆了同行的人，从此有人开始渐渐远避王杲。觉昌安父子也开始轻待王杲，后来引出王杲醉鞭觉昌安，礼敦兄弟代罚，两族开始生隙。

王杲为了显示自己的威风，命女奴在大雪中弹弦作舞，有女奴被冻死在帐外。亚嘎哈苦劝，王杲不听；李乔劝，王杲仍不睬。

王杲有三只细毛犬，常随王杲出游。雪雾中兵卒追赶众鹿群入围，三只细毛狗挣开几个"狗篷女奴"的绳子，也随群狗冲入鹿群中。兵卒不慎，射杀了一只细毛神犬。王杲闻听暴怒，刀砍兵卒，且命三个"看狗女"殉葬。

众将官求情，均言有外客在旁，家丑不可外扬，恐被耻笑，待事后重重发落就是。王杲不纳众言，跳下帐，强拉跪在雪地上哭叫的看狗女，举刀便砍，被李乔一把抓住。王杲大怒，刀一抽，正切入李乔衣袍，鲜血顺着胸膛往下流。

勒吉红等人见状，冲上去拉住王杲，徐逊、咬乌郎等人把李乔搀入轿车，飞马送回古埒医治。

亚嘎哈是一个心地善良之人，有着火一样的烈性，她怒不可遏，从女儿帐中飞身跳出。牡丹夫人虽然心里对王杲的做法也是不满，但碍于面子，只好上来劝阻亚嘎哈。

亚嘎哈的力气多大呀，这几个女人哪能拽得住她。只见她一步窜到王杲面前，暴叫一声，抓住王杲的腰部，然后举起来，摔入雪窝之中。王杲被摔得入雪二尺，半天才摇晃着出来。

众将卒齐要上前扶起王杲，亚嘎哈手一叉腰，像根柱子似的往那一站，大声喝道："谁敢过去，别怪我不客气！"

徐逊等人皆知亚嘎哈乃张飞性子，均不敢多言。

虎尔罕等早根透了王杲，这回可有人给出了气，心里这个乐呀，但表面上还不敢露出来。他装出一副同情王杲的样子，从帐中伸出头来，说："妹妹手下留情，我替王杲兄弟告饶了！"

叶赫二努头次见此光景，早吓得缩入帐内，不敢吭一声。好端端的冬狩盛会，叫亚嘎哈这一嗓门子给震散了。

话说亚嘎哈虽然不知道这翁婿俩到底是为了什么，使得爱根这么大动干戈，但她知道李乔一定是为王杲好，再加上她对王杲近日来的傲慢架势也看不惯，今日他不仅伤了女奴，更可气的是伤了兄弟李乔。亚嘎哈的火儿再也压不住了，于是就出现了方才的蛮事。

还是小罕努尔哈赤聪敏，他忙到亚嘎哈身边说："郭罗妈妈①别生气了，快让我郭罗玛发起来吧，我郭罗玛发都快冻死了。"

经小罕一提醒，亚嘎哈这才回过神儿来，赶忙叫人把王杲扶起。

王杲心中甚是恼怒。他命人牵来自己的黑风马，不管众人和亚嘎哈，自己一个人上马，"哒、哒、哒"地径直返回古埒去了。

勒吉红命人鸣角收兵，兵马浩浩荡荡地返回古埒。

亚嘎哈叫人将冻伤的众女奴抱入暖室，又探望了看狗的女奴，嘱咐其不要害怕，要好生伺养两只细毛神犬，杲罕如果还不肯饶恕你们，就去找我亚嘎哈，然后又带着奴才来到李乔家中。

我们在前边说过，李乔的媳妇本是王杲的义女，是王杲赏给李乔的。李乔受伤被众人搀扶回来，她急忙搀扶李乔躺到炕上，然后给李乔找治红伤的药。

亚嘎哈来探望李乔，李乔媳妇起身叩拜相迎，进伙房去煮马奶。

亚嘎哈坐在了李乔的病榻前，询问李乔的伤情。亚嘎哈平日对王杲的这些弟兄像自己的手足，加上她本人是窝集女，心地纯洁，无拘无束，随便惯了。

亚嘎哈平日里也甚敬重李乔，眼见李乔有伤，闭目不语，嘴唇有些干燥，便唤女奴倒了碗水，她一勺一勺地喂给李乔，又低下头来查看李乔的神色。

正巧此时王杲推门进来，见亚嘎哈正脸对脸地看着李乔，非常生气。他刚要开口说话，李乔这时睁开了眼睛，猛然见亚嘎哈在自己面前，急忙要起身坐起，就在他将要起身的工夫，又看见推门进屋的王杲，李乔一着急，起得猛了些。

此时只听王杲大吼一声："李乔，我待你不薄，你竟敢如此轻薄！"

李乔身子一震，伤口的血立刻又涌出来了。李乔疼得汗如雨下，倒

---

① 郭罗妈妈：满语，外祖母。

在皮褥子上晕厥过去。

王杲见此情景有些后悔。亚嘎哈气得起身便走，王杲未能拦住。亚嘎哈回去以后，打点了一下自己的东西衣物，然后带着自己的娘娘兵，骑马回东海窝集部去了。

李乔因有刀伤，又加上受了风邪，四肢麻木，没过几天，突然病情加重。

勒吉红、徐逊、咬乌郎等人前去探望，李乔哭诉说："我李乔乃燕山布衣，穷困无依。喜遇杲罕，如入青云，赏我以妻室，天赐我荫子，死有何惜？不敢瞑目者为与众兄长共图大业耳。弟兄手足如亲。俗言，士可杀不可辱。乔为杲业大辱能吞。今刀伤入内，死在旦夕，望众兄弟相亲，铭记刘玄德白帝城所言：'勿以恶小而为之，勿以善小而不为。''惟贤惟德，能服于人。'望众弟相携自爱，速迎窝集女来归，杲之贤内助也。今后戒征战，勿伤天廷。开疆拓业，抚恤万民。心德抚之，以谦让之；率土来归，王业可兴矣……"

李乔话未说完，就气绝身亡了。

王杲病榻前得知李乔悲亡，痛哭欲晕，踉踉跄跄地跪拜在李乔陵椁前，泣不成声，呼喊："杲无颜也！杲无颜也！……"

李乔厚葬于古埒东山苏水滨。

李乔死后，王杲再析"風"字，均与前事吻合。谁想，乐极生悲，乐痴生骄，遗忘李乔曾有"成由勤俭败由奢"之嘱，冬狩夸富，妻走友亡，反乐成悲。

俗言："骄风如利箭"，竟杀贴心之人。哀乎哉，王杲大愧！

为了弥补自己的过失，王杲将李乔五岁的儿子和襁褓中的女儿均收为义子义女，并将其母子留在古埒城，善待恩养。

王杲逃难的时候，李乔的妻子和孩子均随王杲逃至哈达部躲藏。王杲被杀，万罕将李乔妻、子与王杲家人一起都杀了。

李家自此绝后矣，惜哉！

第二十四章　王杲请罪窝集部

嘉靖四十一年，明廷下旨封杨照为辽东总兵，督师东进，讨伐北方反明的女真部落。

杨照的小妾原是万罕的妃子，后转赠给了杨照。那还是当年杨照在辽阳当游击时到过哈达部，万罕为了巴结杨照，巩固自己在辽东的地位，请杨照到自己的侠倡宫任意挑选自己的美妾，做杨照之妾，用土话讲，把自己的媳妇送给人家做媳妇，自己却毫无醋意，其谄媚之法可谓亘古未有。杨照为此更加亲近万罕。杨照此番出任辽东兵马大帅，消息早传报给了万罕，万罕送去了贺帖。

嘉靖四十二年春二月，旧历年未过，王杲因亚嘎哈出走，李乔亡故，众兄弟只是悲悲戚戚，古埒城的防卫能力大降。

这时，德里给妈妈受亚嘎哈临行前之托，把小罕努尔哈赤带回他的祖父觉昌安处。王杲只能一个人孤孤单单、凄凄凉凉，每日里借酒浇愁。

话说早在亚嘎哈来古埒的时候，带来一侍女，年方十九，长得甚有姿色。王杲早就有意收入房中，只是慑于亚嘎哈的威严，才不敢妄动。事也凑巧，亚嘎哈走的时候，因还有许多细软和贵重物品未来得及整理，便留下贴心侍女代为看护。另有王杲从城外掠来逃难的汉女三人，与亚嘎哈侍女同住一室。

王杲闲得无聊，于夜黑时分来到她们住的屋子。亚嘎哈侍女知道杲罕的心思，早就做了准备，夜夜都和衣而眠，等王杲来的时候，早将松明、糠灯点燃如白昼一般。侍女又叫三个汉女捧上酒来，为杲罕解思念亚嘎哈之苦。

王杲命三汉女退下，他想强要侍女。

侍女哭着跪下，哀求道："请杲罕不要为难奴才！难道杲罕不记得娘娘的情义了吗？"

王杲根本听不进去侍女的话，继续拉扯侍女。

侍女见状，说："罕爷不要着急，你稍等片刻，待我进内室解衣，再招呼罕爷进去，你看怎么样？"

王杲很高兴地答应了，侍女起身进入内室。等了很久，也没听见侍女招呼，王杲非常诧异，推门进入内室，只见侍女已悬梁自尽。

此时杨照派部将王小鞑子率五百骑兵来攻，因王杲没有防备，五百骑兵如入无人之境，连破三小屯寨，掠得黑马三百匹，杀死兵卒百姓不计其数。勒吉红跑来通报战情，王杲无暇顾及，叫勒吉红赶紧派人收拾女尸，不准声张，他自己逃回了住处。

徐逊、勒吉红、咬乌郎等人见杲罕似鬼迷心窍不理政事，甚为着急，几个人一起来到神堂求神佑助。众兄弟都知道，要想说服王杲，唯有按李乔遗言，早早接回亚嘎哈，只有她才能制服王杲、扭转败局，挽救古埒城。

可有啥办法才能让亚嘎哈回来呢？众人想来想去，唯有一步棋，就是王杲认错，亲去东海窝集部接妻。可怎么能说通王杲去接媳妇呢？大家苦思苦想，最后还是徐逊出了个主意。

什么主意呢？

原来女真人有个习俗——冬月里吃酸菜。

酸菜是怎么腌成的呢？

相传金太祖完颜阿骨打起兵伐辽时，太祖有一位结发夫人叫布苏格格，人称大夫人。她貌美手巧、心地善良，与太祖相亲相爱。太祖还没起兵时，她就帮太祖传递信息，饲养征马，为太祖身边的将士采野菜蒸煮饭食，人人称赞布苏格格。太祖起兵后封她为"大夫人"或"布苏夫人"

金代的时候，男人当兵在前方打仗，他们的女人就随军跟在后面，专门管理治伤、造饭、缝补征衣。这样行进的队伍往往似一字长蛇阵，浩浩荡荡。大夫人随太祖出征，太祖领兵打仗，她统率女眷们在后面采摘野菜，为前方兵卒提供饭食，日夜操劳。

金兵在攻打黄龙府（今吉林省农安县）时，大辽王天祚帝派千员兵马抵抗。当时正是月黑秋深时节，双方厮杀在了一起，金兵杀死辽兵无数，辽兵败退，太祖率兵追击。混乱中，大夫人被乱军砍伤了一足，瘫倒在野地上，呼救无援。金兵、辽兵全不见了，只有血泊中的人马僵尸……

苏醒过来的大夫人布苏格格心系自己的丈夫和众将士们，忽然她看见地里长着一片片的野芹菜、野白菜、野芥菜、野葱、野百合，就挣扎着用马鬃黄泥缠抹住伤口，然后在地上爬来爬去，采摘野菜。布苏格格完全忘记了疼痛，她不停地采呀、采呀，采下来就扔进身后的一个石坑中。

日子一天天过去了，布苏格格从深秋采到落雪，石坑都填满了。布苏格格因失血过多，失去了生命。她死后，身子正好压在了坑口上。

这期间，太祖曾多次派人出去寻找夫人，均未找到。

快到第二年过年的时候，仗已打到最关键的时刻，将士们已经饿了许多天没有吃的了，太祖派兵卒返回到白城（今黑龙江省阿城）取粮途中，在路过一片雪地的时候，征马呼叫不走，并且不停地用前蹄刨雪。众人非常惊奇，扒开深雪，见到了他们大夫人的尸身，尸身下面的雪水中泡着一石坑野菜。

太祖阿骨打命人安葬了布苏夫人，并命人从坑中取出野菜。野菜因有水泡着，吃起来特别清香，酸爽可口。众金兵已经跟辽兵打了数月的仗了，一个个累得精疲力竭，可是吃了这石坑中的野酸菜，个个精神抖擞，斗志顿生。阿骨打率领这群虎狼将，杀向大辽天祚帝占据的隆安堡。辽兵大败，天祚帝只身远遁，大金国得了天下。

太祖完颜阿骨打为纪念布苏夫人，封布苏夫人为"渍菜神"，称这种菜为"布苏给"。这就是北方酸菜的制法。后来有了白菜，人们又用白菜渍酸菜。布苏夫人死后入金代堂庙，年年月月享后人的香火供祀。女真后人也祭此神。

完颜阿骨打曾对僚臣们说："今后凡对功女不敬不轨之人，令其先食渍菜，常忆其功，以儆后非。"后来在金代就形成习俗，吃酸菜，敬女神。

徐逊提醒勒吉红，杲罕敬重祖规，敬祖甚虔，若使他回心转意，认错回头，别无他法，唯用神祈开导他。勒吉红于是想到了金帝的规定，想到了女真古习，便也弄了碗酸菜，里面放了些肥猪肉，和哥儿几个一起端着来到王杲处。王杲也是通晓民俗古训之人，望见碗中的酸菜，叩头跪拜。

王杲深知勒吉红等人的用心，他拉着勒吉红的手，说："哥哥错了，众弟兄有话尽可以讲出来。"

勒吉红便将李乔临终遗言讲与王杲，并告诉他："必须先接回亚嘎哈阿沙，兄弟、夫妻同心同德，才能重振军威。"

说话间，徐逊、咬乌郎等亦拉门入室，兄弟们拥抱在一起，慨叹不已。

王杲采纳了众弟兄之言，留下徐逊、咬乌郎守城，他自己带着勒吉红在第二天早晨起身，前往窝集部，接亚嘎哈回寨。

单说亚嘎哈回到窝集部，见了阿玛突突布，哭诉王杲无情无义。

突突布夫妇劝慰女儿，又怨亚嘎哈不该回来，杲罕有错，理应规劝，怎能脱身不管，会被外人耻笑我们窝集人不通情理。

亚嘎哈本是有口无心之人，而且跟王杲感情深厚，在娘家待了一段时间后，又开始想念王杲，想念众兄弟，开始有些待不住了。

突突布夫妇也猜到王杲必来接妻，为了教训王杲，他们嘱咐亚嘎哈："一定要等到王杲亲自来接，并且告饶才肯回去。"

果不其然，没过几天，王杲带着勒吉红来到东海窝集部（这是王杲最后一次来东海窝集部）。突突布以礼相迎。王杲跪拜突突布夫妇，给亚嘎哈认错。夫妻俩言归于好，亚嘎哈带着她的娘娘兵跟着王杲返回古埒。回来时，突突布又将窝集部男丁五百交给王杲，助他征战。

为了给亚嘎哈赔礼道歉，庆祝夫妻言归于好，王杲回城后还特意筹办了一场宴席。宴席上，王杲升徐逊为指挥，也就是军师，接替李乔。从此，在王杲老营中，徐逊坐上了第二把水獭椅。

就在这时，守城的兵丁来报："李芳李大人派人前来贺喜。"王杲一听李芳派人来了，赶紧率众人出门迎接。

来人进门以后，跟王杲、亚嘎哈等人寒暄了几句，便传达李芳的意思：让徐逊尽快把喜事办了。

来人一说话，给在场的人造一愣，怎么回事？办什么喜事？大家把目光投向了徐逊。

徐逊有些不好意思，在众位弟兄的一再催促下，这才将事情的原委讲了一遍。

原来徐逊在李芳处管铁时，李芳颇为赏识徐逊的才能，更敬佩他的为人，便将自己的妹妹聘给徐逊为妻。

不知诸位还记不记得，我们在前面说了，李芳是个孤儿，现在怎么又多出一个妹妹呢？要想知道这个妹妹是怎么回事儿，还得我说书人告诉你：

话说李芳因代裕王管理盐铁等务，经常奔走于中原各地。一次去晋西索求银两时，途中遇见几个难民，其中有一个老妇吊于高枝，寻了短见，另一少女痛哭不止，欲随母而去。李芳将少女救下，且拿出碎银分给周围逃难的人。众难民纷纷跪地磕头，感谢李芳的救命之恩。

李芳救下的小姑娘年方二六，无依无靠。眼见别的人都走了，她却无处投奔。李芳见她可怜，想起了自己的身世，便将她收下，另备马车把其带入宫中，并告知了裕王。裕王答应了李芳的请求，准许她留在李芳的身边。李芳把她收作义妹，养于内庭。

此时小姑娘已经长大，到了该嫁人的年龄，李芳便把她聘给徐逊为续妻。徐公此时年已四十五，得此花容少女，怎不高兴？不料途中失铁，徐逊心中懊恼，无意将此艳喜告于呆罕，接着又闹出冬狩误伤李乔致使李乔绝命等事件，悲事一件接着一件，徐逊早将此事忘于脑后。

王呆将亚嘎哈接回，摆宴谢罪时，李芳派府上心腹求见王呆与徐逊，催促徐逊抓紧时间把喜事办了。

众兄弟这才知道徐指挥原来还有这等艳事。勒吉红等趁酒醉逗趣说："想不到哥哥明去取铁，暗里是讨阿沙去了。今后我们也到外头找活儿干，得不到沙里甘居，能寻个老太太也好。"

众人捧腹大笑。

徐逊脸红一阵、白一阵。

王呆笑着喝住众人："休要在这里取笑徐公，快替徐公备办喜宴。"

当即择日，徐公亲接秀女回古垟完婚。

徐逊有一子，单名一个旻字。取此字，皆因测字时正逢秋日，以此为念。徐逊每日教儿子武艺，徐旻非常刻苦，像他父亲徐逊一样手使单枪，勇猛超人。王呆征杨照时，徐旻年仅十三岁，就随父亲一起披甲出征。

前面我们讲到辽东副总兵官杨照，二月出师战王呆，获胜。捷报京师，明廷大贺，册封杨照为辽东总兵，挂太师衔，众将赏赉有差。万罕亦因佐照有功，赐锦衣记功于明勋册。

一天，宫中设宴，众将进言说杨照兵贵神速，应乘胜直捣呆巢。

杨照太师捋髯笑曰："呆乃女真魁杰，非鲁莽武夫。此次呆受打击，焉有不防之道理？近闻探报，王呆夫妻失和，儒乔早夭。兵法曰：乘虚而入，正适时也。然王呆乃有志之士，不可小觑。汝等恪守吾命，厉兵秣马，屯粮利器，骄堕斩勿赦。"

帐下众部将憬然。杨照待兵严如父，且有尚方宝剑，个个喏喏称是。

其实杨照此刻不出兵，并非是惧怕王呆，而是在等待时机。他命人日夜查探王呆动向，夜夜召集部下密议军务，常灯笼高挑，握笔依几而眠。将士们身生虮蚤而不嫌，夜餐凉馊而不怒，杨照与他们一起风餐露宿，甘苦同享。

到了癸亥七月的时候，中天酷暑，热风如炽，盖数十年未遇之炎夏也，时有"七月流火"之喻。行人出寨晕厥，征马卧圈吁喘，鹅凫潜水不出，明吏将佐轮番下河解暑，花间柳荫裸身倦睡。

杨照扎裙赤臂巡卡，仰视天穹，喜曰："祝融降尘，此乃兴兵讨虏之时也。"

然后迅即返回中军，擂鼓三十，角号动野。兵卒们在昏懒中惊起，在太阳下集合。

杨照宣布："准备出发。"

众将士纷纷不解，怨声可闻，都说骄阳似火，人马倦顿，此时驱兵打仗，不战自馁，恳乞太师等到秋天再兴师讨伐逆酋王杲。

杨照怒斥道："养兵千日，用兵一时，岂可踟蹰？中天暑热，吾兵畏暑，夷虏亦畏暑，且诸夷擅马战，天热马不前。吾军同仇敌忾，赴汤蹈火，岂可不操胜券乎？众将卒功成，吾奏朝廷品升三级，退缩避敌者斩满门。"

杨照一声令下，五千兵马分五路杀向古埒。杨照又命兵使驰往哈达，一路上征马疾跑，炸肺毙亡三匹，赶到侠倡宫，急令万罕和虎尔罕分别率一千人马分两路包剿王杲，七路大军杀奔而来。

第二十五章　呆罕神算除"死羊（杨）"

　　且说王呆接回爱妻，又带回东海窝集部众男女强兵。到了夜里，亚嘎哈千责万怨爱根，王呆一味热语温存，浓情爱抚，两解离别之渴。

　　蜜语恨夜短，天很快就亮了，亚嘎哈还在酣睡中，王呆披衣出室，来到院中新建的六檐画栋的"览云阁"。此三字乃李乔遗笔，王呆见字不觉潸然泪下，心情烦闷，凝望东天，忽见晨霭中有黑雾升起，几颗残星隐入雾气中。王呆大惊，他知道：晨见雾气非吉即凶，定有大事发生。

　　王呆疾步反身下楼，穿朱阁，绕石桥，过月门，来到前堂议事大庭。此时堂中有徐指挥、勒吉红等在伏案叙谈，见王呆到来，忙起身相迎，互相寒暄后，王呆将方才所见天象出黑气之事说与二人。

　　三人正猜疑中，咬乌郎跑步而来。原来咬乌郎受王呆之命，早潜于苏水中暗观动向。

　　王呆与徐逊指挥早算计到明兵会来入犯，只是不知发兵时日，特叫咬乌郎领三个兵卒出城五十里暗查动静，一有风吹草动，立刻来报。

　　咬乌郎便将杨照他们早晚进兵，中午炎热的时候进林中歇息，并且因为天热将士们都没骑马等情况叙述了一遍。

　　勒吉红、徐逊等听了大惊，王呆倒没感到惊讶，他早算到杨照会发兵的，也算到杨照必在酷暑日发兵。

　　要说这杨照也真是狡诈，他深知明兵不擅骑马，而王呆和土蛮兵均擅用马，行军打仗大半都靠马来取胜，所以他利用天热马不愿前行的特点，使王呆的骑兵发挥不了作用，他才能乘机取胜，使王呆败北。徐逊等之所以着急，是因为明兵来得甚急，土蛮兵马远在开原北，报信联系已来不及。可若不及时传报，土蛮兵马也将受害。众人无有对策。

　　王呆想到杨照为雪黑春之耻，夺盖世之功，必欲踏平古埒，屠女真、土蛮众百姓，自己万万不可轻敌。可怎么能引走杨照兵马，使之不祸害古埒良田沃土呢？王呆反复思忖。

正愁闷间，忽听城寨牧羊老人在窃窃私语："这只死羊只顾乱窜，有朝一日我把你们统统赶到水泡子里，看你还乱窜不！"

说者无意，听者有心。王杲顿时想出了一条妙计，忙说："有了，咱们不如将计就计。"

众人不解，王杲忙命人传报亚嘎哈入堂。亚嘎哈慌忙赶来，王杲跟她耳语了一番，亚嘎哈得令走了。

王杲又唤过咬乌郎，同样耳语了一阵，咬乌郎也领命走了。

王杲对勒吉红也同样耳语传命，勒吉红受计匆匆而别。

接着，王杲命徐逊坐帐中军，在老营节制各军催督兵马，依计而行，并命徐逊选"穿骨箭"送于军前。王杲又传令牌，命速报赫图阿拉觉昌安父子率兵一千，受勒吉红随时调用，并传令乌龙格格，命其守住王兀堂不要驰援哈达，然后辞别徐逊，走入后室，不知去向。

单说杨照大军分成七路：左三路北上，包剿土蛮汗之蒙古兵；右三路东征古埒，想围剿古埒城；一路殿后做他的亲军。大兵浩浩荡荡，一眼望不到边，刀枪如林，旌旗蔽空，鼓声号角震天动地，震得鸟兽相撞坠崖。

大军来到几座黄土山前，忽见前面半山腰的草坪上，坐着五个穿鹿白板皮短裤的女真人，他们袒胸露臂，头盘辫髻，正在那里猜拳行令，旁边的篝火上烤着一只滴着油的大黄羊，酒肉香随风飘下。众兵卒一个个吸着鼻子，贪婪地不想离去。这几个女真人头也不抬，也不瞅山下源源不断的兵马，只顾可嗓门地喊。

杨照忙命通事（明清时代对翻译者的称谓）攀缘而上，询问土蛮兵马行踪并打听捷径。

只见其中一头戴大檐薄纱凉帽的中年男人，站起来施汉礼说："不知是太师玛发的兵马到了，奴才们给您磕头了！我们遭土蛮罕、王杲逆酋之扰，有家不能归，逃至山野过此茹毛饮血的日子，盼太师早夷辽难，诸申幸甚也。"

通事翻说，在马上的杨照听了自然高兴，忙问道路。五个女真人表示愿引路前往，杨照大喜。五个女真人均乘家驯马鹿，穿山过崖如履平地，众人难追。

五个女真人放慢鹿步，杨照打马追上。因天气灼热，马身如洗。

杨照命跟随兵卒骑马打伞盖前行，行至杨树林边儿上，钻天杨高入云天。林中微有小风，稍觉得凉爽些。杨照忙命摆酒备菜，款待五个女真人。只见那位中年男人十分大方，提酒仰脖痛饮，不呷一菜。杨照赞其酒量，见此女真人汉话说得十分流利，非常高兴，一边饮酒，一边向其打听辽东边塞的诸多事宜。中年人畅所欲言，对答如流，两个人说得非常投机。

中年人问杨照："太师玛发督军北进是讨土蛮吗？"

杨照一时兴起，又觉得这些人都是女真草民，根本没有戒备，说："讨土蛮事小，实为擒王杲逆酋。"

中年人笑着说："听说王杲近来不曾冒犯朝廷，又承蒙万岁爷在京师召见，为什么要抓他呢？"

杨照说："你有所不知，这个王杲下欺诸申，上辱朝廷，前些日子杀了黑帅，近又联土蛮南下，是我等心腹大患。尔等若知其下落，速速报来，本太师必有重赏！"

中年人甚喜，说："太巧了，昨夜我见王杲与妻婢宿于塞外蒲苇滩。此处水中芦苇丛生，鹅鸭成群，塘中香菱满泡，肥鱼沃水，原系我们哈达部的地方，硬让王杲霸了去。万罕无能，我辈受殃。今太师若兵发蒲苇滩，七路大军围剿包抄，灭了王杲。王杲要是没了，土蛮汗就如断趾的猛兽，必死于太师之手。"

中年人越说越兴起，竟拍手雀跃，像孩童一样。杨照尤喜女真人天真淳朴的性格，跟传说中的狡猾难交大相径庭。

此时，中年人说："我们的鹿快，就先走一步了。太师只要朝蒲苇滩的方向去，必能抓到王杲和他的家人。祝太师旗开得胜！"

杨照非常高兴，庆幸途中遇到亲明的女真人，自己不必再劳师分兵，只需七路大军齐指蒲苇滩，便可铲除逆酋。于是，杨照命令队伍速速前进，落伍掉队者斩。

杨照也是一名久经沙场的老将，他心中早有打算，虽然明着依中年人所言，七师并进，但也怕其中有诈。于是，他又派贴身心腹十数人速走于大军之前，到蒲苇滩打探情况。

几个探子乔装成卖盐的商贩，先行七十里，来到蒲苇滩。蒲苇滩向东绕行可与哈达兵相会，回身又可进兵赫图阿拉和古埒，是一道难得的天然屏障。

只见蒲苇滩一片静寂，苇塘中鸭鹅欢唱，此均属野凫天鹅、丹鹤之类，若有大军埋伏，群鸟早已惊遁。探子仔细查看后，放了心，骑马回报杨太师，杨照这才放心督师前进。

大军围着苇塘四周转了大半天，也不见王杲妻婢的踪影。杨照狡猾，他知道此蒲苇滩有十几里长，一眼望不到边儿，里面就是藏十万兵马也不易被外人发现，所以他不敢轻易进兵，只是领兵围着苇塘转圈。

此时，天已过午，兵马已经劳顿，杨照只好命令队伍就地歇马造饭。

就在此时，忽听苇塘中鼓号齐鸣，放眼望去，苇塘中闪出一排排白色的旌旗，一色的蒙古银鬃白马，马上全是披着白羽斗篷、手握雕弓的女兵，个个如天仙一般。队伍向东走去，很快就隐入苇塘中。过了一会儿，又是一阵鼓号齐鸣，苇塘中又闪出一排排绿色旌旗，旗下是身披绿羽斗篷的女兵，一色骑着黄膘马，手握雕弓，也向东走去，同样隐入苇塘中。紧接着，又出来红衣女、黄衣女、黑衣女，这些女兵一个个美貌无比，她们同样朝东边的苇塘中走去。

这下子，把个明兵都看呆了。

杨照也百思不得其解，他身边的谋士告诉他："这些一定是王杲夫人的'女儿兵'，请太师千万不可上当。"

杨照也早就闻听过"女儿兵"的大名，知道这些"女儿兵"非常了得。于是，他命大军速速埋伏好，切勿暴露踪迹，迂回西行，躲过"女儿兵"。

西边也是清一色的苇塘，杨照只好命众兵持械前行。在苇塘深处，突然出现几个骑鹿的女真人，正是给他们指路的那几个人。杨照一见大喜，急忙大声呼叫。然而那几个女真人好像没听见，根本没站脚，依旧不紧不慢地在蒲苇中走着。杨照急忙领兵在后边追，可不管怎么追，就是追不上。杨照生气了，命令兵卒迅速追赶，追上以后抓来问罪。

就在这时，就听有人唱起了女真古歌：

天上黄的鹰啊，空齐，空齐，

地下白的鹅啊，空齐，空齐，

要逮鹰和鹅啊，空齐，空齐，

小心啄瞎眼啊，空——齐——

杨照正闻古歌，大军已走入一片如繁星一般的湖沼中，人马陷入污泥。

杨照惊问："此地何处？"

亲随答："葡萄泡子。"

杨照大惊失色，知道自己上当了。久闻葡萄泡子是有名的烂泥塘，人马到了那里可陷入三尺，动弹不得，臭泥水蛭、蚊虻如撒糠，一喘气都能吸入小蚊，人不能睁眼，小蚊小咬咬到头、身、脖颈，奇痒攻心，少时便身脸红肿、头大如斗，是个进得去出不来的地方。杨照这个气呀，恨不能立刻抓住王杲活剐了他，只可惜他没有这个机会了。

杨照急忙命令将士勿动勿躁，怎奈队伍已经大乱，根本没人听他的话。杨照无奈，怒杀了数十名兵卒，可众将士还是不听令。就这样，五路大军在蒲苇中如瞎眼蚊蟆东蹿西跳，相冲相撞，人马死于泥浆中能有近千人。

忽然，有天鹅于苇中惊鸣三声，顿时四面鼓角齐鸣，火把四起，亮如白昼。杨照朝最亮的一处望去，几乎惊落马下。只见远处有个红罗伞，伞下有个头戴大檐凉帽、身穿白绸战裙的中年人，正是先前给他们领路的那个人。

杨照大惊，略微有些明白过来了，但他还是不太相信，大声问道："你是何人？"

只见中年人微微一笑，说："我就是你们要找的逆酋王杲。"

杨照一听，知道自己完了，他们已经成了女真人的活靶子。他后悔不已，抱头痛哭。

就在这时，四面弓箭齐发。杨照身中数箭而亡，其兵卒也死伤过半。此时苇塘中人尸塞路，马根本不能前行，只能任人宰割。就这样，剩下的这四千兵马有大半惨死于葡萄泡子，活着的兵将四下逃散。

杨照这次打的败仗比黑春那次还惨，除了部分兵马死于泥水中、被马踏死或被刀砍死，绝大多数死伤于透骨神箭。此神箭便是王兀堂领来的铁匠马师傅锻造出来的三千"透骨倒须箭"。此箭箭矢入骨后唯有碎骨方能取出，入骨髓中生冰寒，骨髓紫黑霉烂，百药不可解。故此不少兵卒中箭后虽然逃回，但因神箭穿进骨中取不出来，所以只能断骨截肢，但神箭上的铁锈随着血液已流入全身，不久即溃烂流黄水，不出十日皆亡。

杨照五千兵马几乎皆葬于蒲苇滩中之葡萄泡子，后人呼之为"骨尸泡"。数十年后，此处人骨仍然清晰可见，夜夜啼哭不断，犹闻刀戈相击声、马匹嘶鸣声。两世罕王努尔哈赤只好在此立"亡魂碑"，以慰鬼魂，此处才安宁如常。

朝中众臣惊闻杨照殉国，无不惊骇。京师三日无乐，臣僚个个愁容满面，苦叹天下无大将，辽事日炽，谁能拜印勤王？黑春死，有国殇，杨照死，个个不敢声张，怕民心浮动，国事不稳。只传皇喻，封杨照少保左都督，荫一子，建祠享祀，名登大明英烈簿中，以昭后人。

再说万罕正催赶大军往西进兵，忽然得到探兵来报："太师有令，兵发蒲苇滩。"

万罕觉得奇怪，不知杨照是何用意，但军令已下，不能不执行。于是，万罕只好命队伍拐向蒲苇滩方向。队伍正走着，忽听鼓角齐鸣，前面出现了一支黑马队，为首战将正是勒吉红。勒吉红手握长枪，堵住队伍的去路。

万罕大惊，忙催马到前，喝道："大胆勒吉红，玛发在此，胆敢无礼！"

勒吉红大声说："万罕休出此言，我勒吉红奉大哥之命在此等候多时，请万罕速速勒马止步，我大哥很快就到。如若不然，我勒吉红的黑马神兵就不客气了！"

说着，勒吉红手舞白腊杆子长矛，像要挥兵前进的样子，吓得万罕忙喊："罢，罢，罢，我在此不动就是了！"

见万罕不动，两路兵马也不敢动了，一个个只能乖乖地站在日头底下，等着王杲的到来。

直到天黑下来了，王杲才来。

王杲来了以后，将手上提着的人头往万罕马前一扔，说："我把杨太师的首级给你拿来了。"

万罕吓得差一点儿从马上掉下来，战战兢兢地问："我儿这是何意？"

王杲笑着说："朝廷想灭我王杲，我要让他们看看我王杲不是好欺负的。"

万罕一听，忙赔笑说："阿突罕，义父听说杨太师要发兵古埒，特带兵前去解围，没想到，我儿已得胜而归，义父要祝贺你呀！"

王杲将计就计，笑着说："义父既要贺我，以何为礼呀？"

万罕在马上吁吁不能回答。

王杲下了马，先打千施礼，然后走近万罕，扯下他胸前的三个珠印，说道："儿子的要求也不高，这三个珠印就行了，儿子我谢过义父。"

万罕大惊，可又不敢发作，窘态百出。

各位阿哥不知道，这三个珠印不是一般的东西，是各个堡子的印鉴，就像咱们现在的地契一样。万罕怕人抢夺，特地将各种印鉴制成珠形，戴在胸前。王杲手中拿的珠印是万罕三个心腹之地：北山堡、柳林堡、齐家堡。此三地均属谷中沃野，而齐家堡本是王兀堂属地，却被万罕霸占着，一直不肯给王兀堂，没想到，今天却被王杲所得。

王杲谢过万罕，命手下速速放万罕他们走，并请万罕将杨照首级转

204

于明廷，告诫明廷勿再生事。

至此，王杲未借土蛮一骑，以计大获全胜。

众人问王杲何以取胜？

王杲回答："吾知杨照用兵如神，故多设迷阵诱其入彀；杨照以为吾必用骑兵取胜，然炎夏对骑师不利。吾知蒲苇滩万里之阔，屯兵苇中敌不可知，故诱照奔数百里，陷照于泥沼中，以百人箭杀五千之众。"此计即由王杲与徐逊而设。

杨太师一死，万罕逃回哈达，并将杨照首级装入木笼箱中。杨照首级是被王杲部将拦肩斜臂砍削下来的，鲜血淋漓，好不凄惨。

万罕回去后，心里总是害怕，得了惊悸症。他一闭上眼睛，就看见杨照那怒目圆睁、张嘴吐舌、狰狞恐怖的样子。万罕每日里茶米不进，日夜惊呼。众侍人没办法，只好通宵守卫，可就是这样，万罕也难以控制自己。

虎尔罕原本想借此机会显功扬名，没想到，名没扬成，还赔了三城。虎尔罕这个窝火呀！万罕有病，他也不闻不问。可架不住柳先生等人一番苦劝，再有温吉格格与唐古鲁等苦泪哀求，虎尔罕只好代父上奏，乞求天朝开恩恕罪，并申奏杨将军讨夷仙逝，为国捐躯。我辈哀痛，山岳痛悼！

要说万罕此番十分倒霉，赔了齐家堡等三城给王杲不算，明廷也没给任何赏赐，自己又害了惊悸症。此病时好时犯，请了很多名医，吃了很多仙药也不见好，一直陪伴万罕到死。

此次兵败使虎尔罕势力在哈达部内得以抬头。他趁势强持兵权，强霸明廷二百道敕书。唐古鲁年纪小，没有虎尔罕那么大的野心，只知道与温吉格格调情，结果让虎尔罕占了上风。

其实虎尔罕能有此心计，实际都是柳先生柳色夫暗中给出的主意。柳先生与虎尔罕有莫逆之交，柳先生能来哈达是虎尔罕引荐给父罕的，故此柳先生深感虎尔罕之厚恩。柳色夫到哈达后，一步青云，万罕奉之为师，名赫南关，无人不晓柳先生，如此殊荣使柳先生感戴虎尔罕之德。故此万罕一死，虎尔罕一个粗鲁好色无能之辈，竟胜过众弟兄，夺得罕位，均为柳先生积年面授机宜、苦心经营之果。此为后话，不提。

第二十六章　杲罕抓放王兀堂

话说嘉靖皇帝日夜苦思成仙，选三千童男童女苦求秘坤宗法，妄想通过仙助，蜕化为万寿不死之躯，永葆青春。

他身旁的陶老道、李大仙人等也都在积极地帮助皇帝求取女阴坤经，养丹田之气。然而，此时的嘉靖皇帝气已竭，精已亏，体已衰，血已无，苟延残喘，力不从心，已经没有任何办法可使之回春。道士们焚香祷告的一顿折腾，又说北方有神龟出世，若讨得神龟入宫，万岁可长生有望。于是，道士们将此奏折报于嘉靖帝，嘉靖帝怡然准奏。

圣旨一下，可愁坏了众位朝臣。此时杨照的死讯已传到京师，京中再无人敢挂帅辽东。既然无人敢去，还怎么能讨回神龟？

于是，众朝臣匍伏在宫门外，从子时乞到亥时，跪地磕头，求万岁爷收回圣旨。

皇帝不允，暴怒，竟抬足踢翻了金銮殿上的玉龙神案，摔碎了成祖年间造的丹漆宝瓶两个。众大臣见此情景，只好退下照旨行事。

大臣们绞尽了脑汁，也想不出一个可以入辽东讨神龟的妙法，只好百般奉迎陶老道和李大仙人，恳其帮忙，以解燃眉之急。

陶老道提出："还有一个办法：当今气功之鼻祖就在辽东，即马门仙师，其丹田之气可摧金断玉，吹木如朽，吸石若水，能采日月三阳之气，能纳万物坤水入丹田，可化万物之精以滋生。若能请得此高人，陛下必龙颜大悦，炼长生不老之药如探囊取物耳。"

众臣闻之甚喜，急命密访。

不久以后探子回报："辽东确有马神师其人，原寄于辽东参将李二拐府中，为总兵府锻炼兵刃。后被王兀堂拐骗至古垺，现已成辽东逆酋王杲之座上客。"

众臣大惊，无有对策。

苦思许久，有一人心生一计，说："何不在宫门外张贴皇榜以示天下，若谁能搬来马仙翁，功高盖世，位列三台，皇封荫子，世代永享富贵。"

众曰："此计甚妙。"

于是，堂堂的大明朝，竟在天安门外华表之下，立高台，张皇榜，招奇人去辽东寻找马神师。

路人见了，暗自笑谈："明皇竟然也学说书先生里的故事，奇哉，奇哉！"

单说事也真巧，当天夜里，真有二人揭下皇榜，自称知马仙翁踪迹，并有献仙师到京之能。宫中众臣如释重负，美味珍馐小心侍奉，并厚赏了丝帛金银。可二位只喜酒宴，不收厚礼，并声言自己原辽东兵卒，后随参将徐逊归服王杲。然身为明臣汉将，并不想与逆酋为伍，所以早有回头之意。今日到京偶见皇榜招贤，所以二人冒着被杀头的危险，挺身而出，揭下皇榜，将功折罪。

这二人的嘴是真能说，把朝臣们唬得团团转，大家也不知这二位究竟有多大能耐，都一口一口称其为"老爷"，敬重万分。

可不管怎么说，在这紧要关头，天降二将，解了皇家的燃眉之急。众臣一起对丹墀叩拜，感谢上苍，救明有望矣！

话说这两人确实是王杲部下，一个叫赵四，一个叫王大炮，原隶属于徐逊管辖。自从跟随徐逊归附王杲后，二人奸懒馋滑，又好偷鸡摸狗，早为女真人所恨。徐逊虽几番怒斥，但可怜其随己来降，不忍加罪，然赵四和王大炮不思悔改，屡次辜负徐逊之恩。

徐逊受命带人陪马神师在密室炼造尢术刀和倒须透骨箭，选人时就把二人留在古埒守老营，没让他俩一同前去，就是怕他俩有二心。二人记恨徐逊，便偷了裕王让李芳送来的元宝。

有了钱以后，二人到京师上等妓馆各包了四个窑姐，隔上个把月的就偷偷跑到京师光顾一番。此番二人又憋得难受，就又跑到了京师。没想到，赶上皇家张榜招贤，二人揭下皇榜得了皇差。回到妓院以后，二人各搂四美，梦想着能过上王侯之尊的日子。

就这样，二人在京师混了若干时日，每天过着神仙般的日子，无奈朝廷每天派人催促他俩速返辽东密办马神师之事。眼看不走不行了，俩人这才傻了眼。要知道，王杲炼铁之处，兵马里三层、外三层，戒备森严，且炼铁之地如在云里雾中，神仙难寻！别说说服马神师，就是寻到炼铁地，都比登天还难。想到这儿，二人的脸上不由得汗珠直淌，头发怵栗抖抖。

二人想来想去，猛然想到在老营中兵丁曾传讲王兀堂携马神师、三女拜见王杲的事儿，那就是说宽甸矮子王兀堂一准知道炼铁的地方。想那王兀堂爱小，又缺心眼儿，若能用话套出炼铁地点，此事就成功了一半。

暂且放下二人一夜密谋不提。次日凌晨，二人辞别了八美。八美当然又是一番泪眼相送，依依惜别。此时二人已无心男女私情，说了几句安慰的话，便告别上路。

他们俩晓行夜宿，直朝宽甸五女山而来。

此时王兀堂因得知万罕将自己管辖的齐家堡白白送给了王杲，正心中不悦。要说这齐家堡可不能小瞧，是方圆百里的一座名山，它原名叫"七家堡"，后改名"齐家堡"。

相传最早这座山不叫七家堡，而是因为山上来了七户女真人，他们被此地山色所迷，便留下来不走了。但他们不知道，他们的举动惹恼了雷神和风神，因为此山尖是雷神和风神居住的地方，现在被他们霸占了，雷神和风神能答应吗？当然不能了。于是，雷神和风神经常跟他们捣乱。无奈，这七家女真人为了开山垦地，日夜与风雷搏斗。

雷神阿克占恩都力大施淫威，日日用九千九百九十九个雷鸣闪电击打，七家人威武不屈。但最后，这七户人家还是没能躲过去，纷纷被雷电击中。七家人化作七个山头，每个山头都像一个骑马舞刀与天厮斗的女真人。人们称这座山叫"那丹阿林"，或叫"那丹包"。后来女真人逐渐接受汉文化，又管这里叫"七家堡"，直到后来改为"齐家堡"。

这齐家堡山高林密，是天雕的繁衍生息之地。齐家堡山尖上产的天雕，身披褐色毛，有白雪花点，体大凶悍，唳声尖厉。叫起来百禽皆惊，可擒小鹿和幼獐，其翅可做羽扇，名贵程度誉满黄河南北，是女真人进京朝圣的珍贵贡物，尤为汉官所喜爱，汉商纷纷出高价购买。王兀堂早就垂涎此地，几次恳求万罕开恩赏给他们，万罕就是不给。而且万罕在此地专辟出"雕场"，闲暇时率众子女、妃姜来此射猎，捕捉雪花天雕，消遣享乐。

此番齐家堡归了王杲，王兀堂怎能心安？何况齐家堡又在王兀堂身边。王杲得齐家堡如虎入院庭，家宅不宁矣！

乌龙格格心胸比较宽广，她愿意王杲夫妇离自己近些，这样能互相帮衬着，那万罕老鬼也不敢随便欺侮他们，明廷也会另眼相待，只是王兀堂却转不过来这个劲儿。

这天，王兀堂正坐在家里烦闷，突然来了两个人找王兀堂，声称要王兀堂带路去王杲炼铁之处寻找马神师，若成，皇家有赏，让王兀堂先挑先得。王兀堂做梦也没想到天底下还有这样的好事，既可以报自己失寨之恨，又能得皇家赏赐，这两全其美的事上哪里能找得到？便爽快地答应了。

由于怕乌龙格格阻挠，所以王兀堂没敢告诉她。三个人背着乌龙格格悄悄走了，很快就来到了古埒城。他们以为自己做得神不知鬼不觉，岂不知三人的行踪早被徐逊察觉，并命探子报于王杲。

王杲下令："抓住王兀堂，放进二鬼。"实际上，王杲让抓住王兀堂，是想给他留下一条性命，这也是看在乌龙格格的面子上，放进二鬼则是要择机杀掉。

但王兀堂等三人不知王杲设计，当他们来到炼铁炉附近时，前面出现了一片密林。赵四和王大炮叫王兀堂在后面跟着，表面上是关心王兀堂的安全，实际是他们已经知道地方了，王兀堂现在没用了。

三人就这样有前有后地正走着。王杲兵放进二鬼后，用鹰网罩住了王兀堂。鹰网是猎人专门用来抓野兽的，一般都是先在地上挖好大坑，坑上面盖有翻板，翻板上铺上丝毛细网，最后网上覆以枝叶嫩草。此网是用鸟毛和牛羊筋制成的，能粘衣裤，人畜百禽若不小心踩到上面，被网罩住，挣脱不掉，而且越动缠得越紧，更何况下面挖有一匹马深的大陷坑，被困者根本无法逃脱。

王兀堂在网中拼命挣扎，但不管他怎么折腾，就是无法挣脱。突然，王兀堂看见坑壁上有一个洞，洞里露出一丝光亮，于是，他就想从洞中逃走。王兀堂好不容易爬到了洞口，头过去了，身子却又被一个树窟窿卡住了，身宽体胖的王兀堂卡在枯树上，出不来也进不去，弄得满脸都是泥土，气得他大喊大骂，痛骂王杲绝子绝孙，想出这个损招儿来害他。

王兀堂骂了一阵，又大哭起来，恨自己不该听这二人的话，要是自己卡死在这里，神不知鬼不觉的，乌龙怎么办？王兀堂哭了一阵，又骂自己糊涂，为何上二人的当。王兀堂哭的时候，王杲就站在坑上边看着他，他身边还有勒吉红等人。

等王兀堂哭够了骂够了，嗓子也哑了，也累够呛，王杲才上前搭腔问了声"兀堂好"，然后命兵卒将王兀堂救出。

王兀堂出了洞，边哭边笑，骂王杲不停。王杲也不搭言，亲自扶王兀堂绕过后山，进帐内叙旧。

咱们接下来再说说赵四和王大炮。话说二人正往前走着，听到王兀堂的呼救声，也不理会，而是径直往前走。

这时从树上跳下来两个人，穿着黑色的衣服，把二人引入一个泥洞中，详告二人说他们系朝廷暗探，因知王杲早有防备，特来搭救。二人拜谢。

书中暗表，此二黑衣人是李芳的手下暗探，在京师时见二鬼揭榜后进入妓院。二探觉得奇怪，偷偷跟随二人也进了妓院。然后佯装选妓，夜宿另一室，从木板缝中探得二人各守一室，每室中均有四美，四美均赤裸身子躺于香帐中。

赵四、王大炮二人亦赤裸祖露，痛饮数杯。八美均哀求赎身之事，谈及赎身银两，每人身价五百两，共计四千银两。这四千大银，把众女子吓哭了，哀叹出苦海无望，不如死于君前。

王大炮正在性浓酒醉，说着："美人勿哭，吾兄弟有皇家元宝……"

话刚说了半句，赵四光着身子闯进来，捂住了他的嘴，说："兄弟，斗胆！什么黄家李家的，小心被割了舌头……"

尽管这样，也已经来不及了。他们的话早被二探听得清清楚楚。二探返回宫中，密报裕王。

裕王大惊，忙传告李芳，速破此案，不可声张。

二探遵芳命，追踪二人至辽东古埒，明曰助二人夺仙翁，实为破案除祸。

这四十三个小金元宝，系皇家宝物，为宣德年间稀世珍宝，属宫中大内库存，宝钥由裕王保管，结果却被裕王私自弄出，准备开办铁矿。没想到，铁矿还没开，元宝却丢了。这事要是传出去，皇上必追问裕王，故裕王甚恐慌。李芳也深知此事重大，故乞徐逊助办。

徐逊曾听巡更兵卒报过，说赵四、王大炮曾在睡梦中说过"元宝、元宝"的梦话。徐逊记于心上，派人偷偷查访，却没有任何线索，不过二人从此不被重用。二鬼百无聊赖，再次出走京师，徐逊派人跟踪。

王兀堂被王杲请到后山帐内以后，经王杲细问，王兀堂只好傻里傻气地讲了事情的原委。

王杲大笑，他知道王兀堂就是这样一个傻人，要不也不能把马神师给自己送来，又看在美丽聪明的乌龙格格的面子上，万怒皆消，以酒宴款待王兀堂，又命人速报乌龙格格来古埒接夫。

话说乌龙格格自打发现爱根不见了，就赶紧派人四处寻找。但派出去的人找遍了整个寨子，都没发现王兀堂的踪迹，乌龙格格十分担心。

就在这时，守寨的兵卒来报："古埒来人求见。"

乌龙格格一听，赶紧起身把人迎进大帐。当得知自己的爱根现在古埒，而且王杲让自己去接爱根，乌龙格格又气又喜，赶紧备好马，安排好寨城诸务，然后带两个女奴飞马到了古埒。

乌龙格格先拜见亚嘎哈，再到前堂拜王杲，并给王杲赔罪。

王杲搀起王兀堂夫妇，将齐家堡的印鉴给了他们，也就是说王杲将齐家堡送给了王兀堂。王兀堂羞得无地自容，竟当着众将的面跪在了乌龙格格面前，气得乌龙格格捂着脸，跑进了亚嘎哈的屋。

话说二探与赵四、王大炮密谋：夜入古埒，劫走马神师。

当时正值亚嘎哈在城中为值日总兵，男将都随王杲到炼窑忙碌去了。于是，四人登楼台，高呼："马神师被劫了、马神师被劫走了……"

亚嘎哈闻报大惊，她从来是百战百胜之女将，战功总在诸将之首，岂可在她值守时丢了神师？于是，亚嘎哈急忙披挂，提刀率众女巡遍各房舍街巷，渺无踪迹。再到神师所居住的两层楼的深宅内院中，依稀可见风静花香，四周一片寂静。亚嘎哈悄悄来到月亮窗前，望见马神师正在灯下闭目养神。

亚嘎哈匆匆退出，怒斥手下军纪不严，夜中竟有谎报军情者，待天明严惩不贷。不过为了保证马神师的安全，亚嘎哈还是加派人手在院外保护。

等亚嘎哈巡完城回到家，手下忽然来报："神师被四个黑影掠走了。"

亚嘎哈大惊，急令鸣云板金角报警。一时间，全城号角齐鸣，倾城出动搜索贼人，可搜了半天，也不见贼人的影子。

此时王杲与勒吉红已闻讯催兵赶回。

见王杲到来，亚嘎哈主动认错，说："想不到我亚嘎哈也有失误的时候，我甘愿受罚！"说罢，放下手中的刀，让部将捆绑自己。

王杲手一挥，说："先不说那些，捉贼要紧！"

咬乌郎带人追了一段儿，发现四贼已入明城，没办法，只得带人返回。

单说四人将马神师带入京城，被李芳保护起来。裕王之所以同意把神师抢到京师，也是为了能面见父皇，直陈利害，以图中兴。

李芳命赵四、王大炮交出被盗走的四十三个小金元宝，后杀人灭口。

朝野众臣本欲把神师引荐给皇上，无奈仙翁意懒，整日里昏昏沉沉，若痴若呆，颠颠狂狂。众臣怕犯欺君之罪，一直瞒着嘉靖帝，推说仙翁未找到，正派人四下查访。急得嘉靖帝日日呻吟，对空长吁，渴期仙人早降，长生有期……

第二十七章　成梁计破古埒城

光阴如梭，进入明万历元年末，古埒城兵威日壮，王杲两个儿子阿台、阿海也都已长大成人，各掌兵权，成为他身边的铮铮虎将。长子阿台尤胜于阿海，聪颖智勇，秉性酷似王杲，备受王杲宠爱。何况王杲身边又有悍将勒吉红等一心护主，明廷慑惧。此时王杲越加地狂妄，曾六犯明关清河，如入无人之境，掠获人畜财货甚巨。

明嘉靖年开始，王杲入抚顺关市。进入万历年，王杲自恃雄长建州各部，开始骄横起来，常常坐骂关市。在马市贸易中，王杲无视明廷抚夷长官，强行索要赏银，稍不随意，便出口不逊，并多次借酒醉之机，痛骂关市抚夷长官，全不将明辽东边官放在眼里。再加上明边吏在验马时贪得无厌，虽得了王杲的贿银，却又借口马匹太瘦，把马给退了回去，这更加引起了王杲的不满。新上任的边官贾汝翼到任后，王杲依然借酒坐骂关市。贾汝翼命军士将王杲逐出关市，由此更加激怒王杲。

自明隆庆年间以后，王杲多次调动属下头目，从东州、抚顺入边，烧杀抢掠，掠得人畜及财物无数。在王杲率部入边抢掠后，明朝曾多次准备进剿古埒城。然而，每次发兵前，都因王杲将所掠之物归还，并表示愿听从招抚而化解。

明万历二年七月，王杲部下奈儿秃等三十人投降明朝，为明边官收纳。王杲多次向明边吏索人，无果。七月，王杲的心腹勒吉红向边吏索人，被抚顺游击裴承祖拒绝。勒吉红在城外抓走明边"夜不收"（即岗哨）五人作为交换。裴承祖亲率三百骑兵追到勒吉红寨（今古楼村西），强行要人，双方正剑拔弩张之时，王杲由抚顺马市赶回，并与勒吉红一起来到裴承祖帐内。

王杲对裴承祖说："仓促间闻听将军赶来，没能远迎，还望将军恕罪。我部将领都想见一见将军，不知将军可否愿移步前往？"

裴承祖往帐外一看，发现王杲兵已将自己团团包围，他立即命令军士准备迎击。见裴承祖如此顽固，勒吉红大怒，挥刀将备御裴承祖、百户刘仲文砍死在大帐之内。明把总刘承奕听到消息，迅速前来营救，也陷入重围，被杀。双方较量的结果是大部分明兵被杀，部分人被俘。

时任明辽东巡抚张学颜鉴于双方关系恶化，急请明廷关闭辽东马市，并下决心要除掉王杲，以安天下。他召集总督杨兆、总兵官李成梁来府密议，声言万历帝龙颜震怒，命其速安定辽东，以慰帝念。

为了缓解建州逆酋王杲的反明之势，朝廷下旨暂时解禁抚顺等地马市，准允王杲、王兀堂等部入市换取粮米盐铁，以此来麻痹逆酋，乘机除之。张学颜最后还特别赞颂李成梁一番，夸奖他不像其他将领那样瞻前顾后、拥兵自守，有大将军驰骋疆场、以报皇恩的忧国之志。

单说那一日，李成梁回府，面有愁容，被细心的牡丹夫人瞥见了，问道："将军近日又遇上啥难事，为何愁眉不展？"

李成梁并未答话，而是反身回到自己的书房，他想静静地独坐片刻，思忖安边除夷之事。回想自打开禁贡市，表面上与辽东诸夷少了许多征伐之事，可实际上反助诸夷趁机增补给养，使其坐大，而不利自己兴兵进剿。如此看来，开禁贡市绝非万全之策，到头来还得由自己去收拾古垺城这个扎手的刺猬。可如果一旦失手，明皇降罪，李氏阖族将面临灭顶之祸。成梁也怕牡丹夫人为自己担心，不想跟她讲。

哪知牡丹夫人竟悄悄跟了过来，见李成梁连水獭斗篷都没脱，便仰头靠在了太师椅上，若有所思起来。

善解人意的甜嘴牡丹夫人，急忙走到近前，手握李成梁的手，含情脉脉地说："将军如此郁闷，让妾身今夜怎可安生？将军不妨跟妾身说上一说，看看妾身可否能为将军解忧？"

李成梁一向喜爱这位足智多谋的牡丹夫人，而且牡丹夫人也确实帮他解决了不少难题。于是，李成梁便将在张学颜府上所定密计一五一十地学说了一遍，并讲出自己的一腔疑虑。

牡丹夫人思忖了片刻，当即说道："将军，当今辽东兵势，能指点山河者，系将军一人耳。妾身问一句，将军是保名位还是放王杲？"

李成梁说："我乃朝廷命官，当然是保名节了，可王杲乃人中枭雄，要想铲除也绝非易事，故此烦恼。"

牡丹夫人想了想说："妾身有一计，不知可否？"

李成梁答道："愿听夫人明示。"

牡丹夫人不假思索，侃侃而谈："将军，兵法云，骄兵必败。苍蝇不盯没缝的蛋。巧计中伤，机不可失，不做必憾。"

牡丹夫人言简意赅的几句话，使李成梁头脑顿觉清醒。他马上从太师椅上跳了起来，一身轻松地走过去，拉住牡丹夫人的手，说道："夫人虽深居闺阁，却有巾帼之才，就依夫人所见！"

李成梁为了使王杲的古埒军成为真正的骄兵，不仅开禁马市，而且给王杲送去五十道敕书，欢迎他来马市。

马市交易是女真人生活里最离不开的，尤其现在古埒城人强马壮，更需要靠马市交易来补充给养。开始的时候王杲怀疑其中有诈，十分小心，但马市繁荣和平的景象，使王杲紧绷的神经逐渐开始松弛下来。

一天，王杲正领人在马市里交易，看着这些新购进的布匹、盐巴将要运回部落，王杲的心里甭提有多舒坦了。

这时，一个书生模样的人走过来，递给他一份请柬。王杲接过一看，是李成梁总兵请他到府上去喝茶。面对这份请柬，王杲真是心里有点儿犯嘀咕，他杀了这么多明军辽东将领，李成梁不但不杀了自己，还要请自己到他府上喝茶，八成是李成梁设的鸿门宴吧？但如果自己不去，会让李成梁小瞧了自己。王杲考虑来考虑去，决定带着勒吉红等人前往总兵府。

李成梁听门馆传报说王杲等人求见，亲自到大门外迎接。他拉住王杲的手，亲切地说："女真人的大英雄光临寒舍，幸会，幸会呀！"

王杲等一行人被请进李成梁府中花园，那时正是春天时分，春草绿绿、杨柳青青，桃花盛开，蝴蝶飞舞，令人心情愉悦。李成梁领着他们来到花园中间的凉亭里，亭子中间有一个大桌子，桌子上摆满了各种点心、水果和蜜饯。

李成梁笑着说："前些天万岁爷赏了我一些杭州知府新进奉的今年的春茶，味道不错，所以我邀请都指挥使大人一同品尝。这几位既然已经来了，就坐下来一同品尝吧。"

说着话，李成梁对府上的管家说："把前些天万岁爷赏给我的西湖龙井沏上一壶。"

管家领命下去。

李成梁笑着对王杲等人说："喝茶对人的身体有很多好处，古代《神农本草经》中就有'神农尝百草，日遇七十二毒，得茶而解之'，汉代名医华佗则认为'茶能轻身换骨，还童抵枯，明目益思，延年益寿'。唐朝茶圣陆羽说：'宁可终身无饮酒，不可三日无饮茶！'"

王杲惊讶地说道："原来喝茶对人还有这么多的好处。"

李成梁接着说："采摘茶叶有春、夏、秋、冬之分。春天采摘的茶叶，枝脉幼芽，香味醇厚，茶汤明澈，甘鲜宝色，回味佳香；夏天采摘的茶叶虽浓带涩；秋天采摘的茶叶，叶薄不耐泡，其味生香而不甘醇；冬天采摘的茶叶，茶水清澈，仅次于春茶，可惜采摘量太少。"

这时管家已将茶沏上来，分别给李成梁、王杲各斟一杯。

李成梁呷了一口，直吧嗒着嘴说："好茶！好茶！"

王杲等人也喝了一杯，刚喝下时有一些微苦，但咽下之后细品，嘴里有些甘甜的味道。

李成梁说："品茶人讲究的是活、甘、清、醇。他们认为醇而不清是凡品，醇而不甘是苦茶，甘而不活不能称之为上品，只有具有醇、清、活为一体的茶叶才能称之为上品。我们今天喝的就是上品的春茶。"

喝完茶，李成梁又请王杲等人吃点心。

李成梁又对着桌子上的点心，耐心地给王杲做着介绍，有酥排岔、开口笑、酥皮饼、碗蜂糕、蜜篦子、脆麻花、佛手卷、脆火烧、枣合叶、开花馒头等等，对这些点心的特点李成梁也是如数家珍。

王杲拿起一个脆火烧咬了一口，真是又香又酥，入口即化。

就在这时，几个军校押着两个商人进来，请总兵发落。

李成梁细问情由，原来这是两个坑害女真人的奸商。

当时大明朝为了遏制辽东诸部，特别是女真人势力的发展壮大，严格控制进入辽东盐、铁的数量，而女真诸部又恰恰需要这些来充实自己的部落，没办法，他们只好拿人参、貂皮、北珠等很珍贵的东西到开原、抚顺等马市上跟明朝这边的商人进行交换，往往一铁锅的人参、貂皮、北珠才能换回一个铁锅。这两个奸商囤积居奇、低价买进高价卖出倒还罢了，气人的是他们的铁锅居然掺杂使假、以次顶好。女真人刚交换回去的铁锅，锅耳朵就掉下来了，这是李成梁总兵严厉禁止的。

李成梁听了以后十分生气，命令属下将这两个奸商各打一百大棍，然后到马市游街，又罚他俩在马市扫地一年。

李总兵一声令下，那两个奸商被打得呜嗷乱叫。王杲一行感到非常痛快，非常敬佩李成梁，期盼明朝的官员都像李成梁这样就好了。

回到古埒城以后，王杲越想越敬佩这位李总兵，感觉到他对女真人比较友善，不像其他明朝官员那样欺压女真人，便放松了对朝廷的戒备，但岗哨还是有的。

同年十月，那年冬天来得比较早。王杲见天比较冷，又出于对李总兵的敬意，把岗哨全都撤了。谁料想，总兵李成梁乘其不备，率领六万大军讨伐王杲。这六万明军西出抚顺关，疾驰前往。王杲联合蒙古、女真诸部出兵迎战。

古埒城地势险要，北面峰峦起伏，为天然屏障，南面是湍急的苏子河，东西两面有重兵把守，城坚堑深，易守难攻。李成梁见该城坚固，不易攻取，便采取了火攻的方法烧城。双方激战多日，王杲兵抵抗不住明军的攻击，被斩杀一千一百四十余人，王杲乘乱带着他的两个儿子逃脱，部将勒吉红、徐逊、咬乌郎等战死。李成梁将俘虏用绳索捆了有数里长，献于辽东巡抚张学颜。

王杲化名科勺，藏到了左卫阿哈纳寨内。但明廷并不肯就此罢休，发下檄文，命辽东各地方官搜捕王杲，捕获者有赏，知情不举者同罪。

王杲虽然藏在阿哈纳寨内，但他不甘心自己的失败，妄图东山再起。王杲纠集残部再次犯边，被明军包围。阿哈纳不顾自身性命安危，身着王杲装束，乘王杲所骑之马，冲出明军包围，引明军而去。王杲则身穿阿哈纳的衣服，从相反的方向逃了出去。王杲逃到了跟其一向交好的哈达部万罕处，也就是王台处，躲藏了起来。

万历三年，李成梁扣押了王杲的亲家觉昌安作为人质，令其子塔克世也寻查王杲归案。七月，觉昌安的属下探得王杲躲在王台处。

张学颜当即密告李成梁，迅速到王台处，讲清利害关系，并求其相助。

哈达部王台同他的儿子虎尔罕，抓捕王杲及其随行人等二十七人，献于李成梁。

王杲不减当年的英雄气概，见李成梁不肯下跪投降。李成梁再三保证，只要王杲服输，以后在李成梁帐下听令，能保住性命，不把他交予朝廷。但王杲宁死不屈，李成梁只得把他押解到广宁。

辽东巡抚张学颜知道王杲被俘后大喜，但他怕有变故，急令千总柯万当夜以槛车押解王杲赴京师，献于朝廷。

万历皇帝大悦，亲自登上午门云楼，集结百官朝贺。

万历三年七月甲子，旧历二十九日，王杲被磔死藁街，终年四十有七。

王台因缚送王杲有功，明朝封赏其为龙虎将军，升其二子为都督金事，赐金二十两。巡抚张学颜、总兵李成梁等，各赏银有差。

辽东总兵李成梁为了瓦解分化建州女真，将王杲的属地拨给其姑爷塔克世。明廷又以塔克世对明朝比较忠顺，讨伐王杲有功为由，授职建州左卫指挥。

第二十八章　建州罕王雏鹰翔

大英雄王杲惨遭诛戮，辽东巡抚张学颜等人弹冠相庆，喜形于色，大宴五日。对明廷来说，多少年来王杲名贯京师辽东，如痈长背，如鲠在喉，闹得大明朝上下几十载没得过安宁。如今王杲终于化为了齑粉，一世枭雄烟消云散，古埒城群龙无首，辽东总该平定了吧！

其实啊，这纯粹是张学颜之辈的痴心妄想，痴人说梦。

想必各位阿哥都知道，进入嘉靖至万历年间的辽东，可不比早些年了。这期间辽东群雄并起，女真人称王争长，互相厮杀，强凌弱，众暴寡，达爷成千，扈伦成百。女真人在辽东除有日益强盛的建州左卫反明势力之外，还形成叶赫、哈达、乌喇、辉发等扈伦四部，与明廷亲疏不一，相互分合聚散，制约对峙。特别是进入万历十一年，辽东并不因强罕王杲被杀，反明势力就声威消沉，恰恰相反，气势反而更加震撼，如火如荼。

现如今，女真反明核心势力最有代表性的风云人物，恰恰就是辽东建州左卫后起之秀——王杲外孙小罕努尔哈赤。

小罕努尔哈赤，明嘉靖三十八年生。母佟佳氏，史书中常写成喜塔喇氏，名额穆齐，是阿古都督王杲之女，嫁于建州指挥使觉昌安第四子塔克世。佟佳氏生二子，长子努尔哈赤，次子舒尔哈齐，可惜佟佳氏寿命不永，年仅三十岁就因病早逝。

努尔哈赤兄弟二人，从小常随额莫到外公家，深得外公王杲的喜爱，带他玩耍狩猎，练就了一身好功夫。王杲博才，努尔哈赤所有女真文、汉文、卜筮、兵略以及桀骜不驯的智勇，皆承袭于王杲。

努尔哈赤从小性格倔强，肯吃苦耐劳。他十岁时额莫佟佳氏病逝，塔克世娶了哈达部万罕的义女纳喇氏做续妻。这位纳喇氏为人刁钻、刻薄，对塔克世前妻所生的孩子进行百般虐待，努尔哈赤被迫带着弟弟在山里猎取野禽，采集人参、松子、木耳等山珍，用动物皮做衣服，兄弟俩艰难度日。

　　尽管这样，这位纳喇氏也还是容不下努尔哈赤兄弟俩，终于在努尔哈赤十五岁的时候，将他们兄弟赶出了家门，他们只好寄居在外祖父王杲家。

　　就在这一年，王杲不计后果，诱杀了明廷备御裴承祖，引得明廷合兵讨杲。次年，李成梁提兵火攻王杲寨，王杲终被李成梁联合哈达部王台所杀。

　　王杲有三子：长子阿台，次子阿海，乃早年王杲掠哈达女为妻而生。阿台和阿海，从小一直跟随阿玛王杲，抢关夺寨，性如饿豹，生死不惧，摔打成凶狠的野性，饥餐渴饮时，敢啖活人血。这第三个儿子叫王太，尚小，是东海窝集女所生。窝集女一共生了两个孩子，第二个孩子夭折了。

　　王杲死后，其子阿台、阿海在危难中逃脱而去，后阿台回到古埒寨，成为寨主。回到古埒城以后，阿台重整兵马，聚集残部，先北联叶赫，后西联土蛮，想与李成梁鏖战。

　　万历十一年二月，李成梁以"阿台未擒，终为祸本"为由，督兵从抚顺出塞百里，攻打古埒寨。古埒寨寨势陡峻，三面壁立。李成梁麾军火攻两昼夜，未能攻克。

　　阿台一有机会时，还从城内出奇兵突袭山下的李成梁部，李成梁兵马损失甚多。机警的阿台靠山势与李成梁兵马周旋，李成梁无能为力，望着古埒城踌脚兴叹，非常恼火，最后只好以重兵围困古埒。

　　为了尽快制服阿台，李成梁派亲信传图伦城的尼堪外兰快快来军前听命。这尼堪外兰，可是李成梁为分化女真各部在辽东多年物色到的一个女真猎人。他生性懒惰、好色好酒，被李成梁收到帐下，做了自己心腹。李成梁还拨给他一些兵马，并拨给他一块地盘，协助其建起图伦城。

　　尼堪外兰平时为辽东官兵带路，或做做通事，也常偷着为李成梁传递一些女真人的情报和反明动向，是女真人中的败类。尼堪外兰本来不是他的名字，是辽东女真人讽刺他给他起的名字。"尼堪"是女真语，汉人的意思，"外兰"亦为女真语，是田野中一种擅叫的鸟，以此来比喻他是一个会替汉人说漂亮话的人。

　　不过这样一来，李成梁在辽东可有了千里眼和顺风耳。现如今，李成梁与阿台对峙在古埒城下，就把尼堪外兰从图伦城叫来，想通过他与古埒城内的阿台联络，劝阿台不要和朝廷作对。

当时随阿台一起造反的女真诸部有王兀堂部、觉昌安及其子塔克世部，他们虽然表面上没有像王杲那么反明激进，而且巧妙地维护与明朝和辽东总兵官李成梁的关系，但心却向阿台。因王杲之女嫁给了觉昌安的四儿子塔克世，是觉昌安的儿媳妇，觉昌安又将自己的孙女嫁给了王杲之子阿台，阿台又是觉昌安的孙女婿，两家是亲上加亲。

觉昌安见古埒寨被围日久，想救出自己的孙女，又想劝说阿台归降，就同儿子塔克世到了古埒寨，劝告阿台要以女真生灵为重，不要与明朝兵马硬拼。阿台怒吼不听。

这时，尼堪外兰在李成梁的庇护下，用女真人身份，骗过坚守古埒城的阿台族人打开城门。尼堪外兰为显示对大明一贯效忠，竟率兵放火焚烧了古埒城。城中火光冲天，哭声一片。李成梁趁机率军杀入城中，血洗古埒城。在此灾难中，努尔哈赤祖父觉昌安和父亲塔克世及众亲人均未幸免于难。阿台逃跑时被乱箭射死，阿海也在大火中被明兵找到，乱刀砍死。

古话讲：时势造英雄。

自打万历三年，王杲被哈达部王台父子骗醉，缚执于明朝，旋及押解北京午门杀之，到现在的万历十一年，这期间努尔哈赤早已经与弟弟舒尔哈齐跟父亲塔克世的兵马大帐离居，到佛阿拉另辟地盘，招兵建寨，收拢和联络有志于反明的英雄豪杰，如费英东、何和礼、额亦都等，发展迅速，渐成规模。为雪耻父祖被害的大恨，也为名正言顺地伐明，努尔哈赤慷慨激昂，以十三副遗甲起兵讨明。努尔哈赤时年二十五岁。

努尔哈赤首先以迅雷不及掩耳之势，迅速攻破尼堪外兰的图伦城，俘虏城内所有人畜，尼堪外兰预先得知消息，携妻子逃脱。

努尔哈赤的女真兵马人强马壮，所向披靡，首次在大明朝军前展示了威风，极大地震慑了明廷。明朝为安抚努尔哈赤，赐给敕书十三道，马十三匹，并将原来其祖父觉昌安建州左卫都指挥使称号，转袭给努尔哈赤。努尔哈赤如虎添翼，名正言顺地成为辽东建州部的当然首领，与明朝和女真诸部周旋和交往。

努尔哈赤声威日振，八月乘胜攻下萨尔浒城。万历十二年正月，努尔哈赤取浑河部兆嘉城，六月率兵攻取马尔墩城，九月攻取翁鄂洛城。万历十三年二月，努尔哈赤取巧界凡。

万历十四年五月，努尔哈赤攻取浑河部薄尔浑寨，七月招服哲陈部托木河城。七月，明朝不得不将逃匿的女真人尼堪外兰交给努尔哈赤。努尔哈赤当即以女真隆重古礼，设坛笼九堆圣火，酹酒叩奠父祖并女真亡魂，火焚恶徒尼堪外兰，以谢天地。

万历十四年，努尔哈赤取哲陈巴尔达城和洞湖城，统一了建州女真五部。

万历十五年，努尔哈赤为了兴基立业，扩展势力，兴建佛阿拉城。

就在这一年的初春时节，戍守在五女山一带的努尔哈赤的嘎什哈们，在一片茂密的森林里发现了一个看样子能有六十多岁，瘦矮长髯、青袍宽带、身背布囊的老人。看样子老人在山里已经转悠了多日，身体非常虚弱。嘎什哈们上前盘问，老人说因与向导失去联系，在山里迷了路。嘎什哈们将他领到佛阿拉城，不但给他饭水，还让他在茅棚里安歇数日。

当时努尔哈赤已经完全控制了长白山一带东部地域，与驻在抚顺的明朝辽东总兵官李成梁各据一隅。长白山地域物产丰饶，自古盛产人参，是珍贵皮张、中草药的天然宝藏。元明以来，就诱引多方人士纷至沓来，采集乡邦稀品。

单说，关内由明朝辖地出关到辽东，在长白山脉五女峰一带采集方物的人很多。为了自己的兵情不被对方掌握，李成梁和努尔哈赤严密盘查进出关卡的人。特别是李成梁，凡要进入建州部辖区的人，不论是汉人还是女真人，都必须严刑拷问，稍有嫌疑，便关押土牢，秘密处死。而努尔哈赤一方，因急需明朝控制的铁和盐，对来自关内的人给予优惠待遇，奖励银两。故此，关内的汉人常冒着风险，身背朝廷禁止携带的物资，穿过抚顺关，来到女真地方，以获赏银。

老人被抓到佛阿拉的时候，正赶上佛阿拉寒暑无常，女真兵患腹泻症者甚多。罕王正一筹莫展时，在前山巡逻的嘎什哈们带进来这位衣着汉装身背筐篓的沉稳老人。

老人温良谦恭、朴实健谈，只跟罕王说自己是一名南医（汉族医生），叫东壁。老人怕努尔哈赤不信，还把自己随身携带的筐篓打开，里面装的全是各种山中草药，除了几件衣物和一个陶水壶外，并没有其他东西。

东壁被掳期间，用自己的医术为女真人治病疗伤，救了好多人的命，他还用药汤为努尔哈赤洗腿。为了给女真人治病，他常常熬药制药到深夜；女真人不懂医术，他就帮着辨认中草药，并制成标本；晚上没有病人时，他就在獾油灯下整理图谱和文字材料。他的行为深得女真人好感，努尔哈赤也对他十分尊重，称他为"斡克多玛发"，即"医生爷爷"。

当时女真人挖参采用"大拉网"的方式，也就是不论大参小参都挖出来，也不注意保护根须，挖出来的人参好的卖坏的扔。东壁看了十分心疼，真诚地教女真人挖参，教他们挖大留小，还教他们储存人参的方法。

这年中秋过后，东壁先生执意要回故里。努尔哈赤见留不住他，只好派人护送。东壁先生带着在长白山搜集到的上百株人参标本和一些动物的毛皮入关，从此再无音信。

临行前，东壁建议女真人不要囿于种族之见，要邀请汉人出关帮助他们种植和采挖人参。

东壁走后，女真人仍对他念念不忘，称之为"神人"。为了纪念他，女真人根据记忆，用长白山的松槐榆柳木质，精雕出一位身穿长袍、腰系布带、身挂行囊的走方郎中神像，供在自家的神案之上。

万历三十年后，女真人采纳了东壁的建议，以优厚待遇邀请了直隶、河北、山西的"参虎子"（种植人参技术人员）出关，帮助他们栽培人参。

一六四四年，清顺治帝由盛京（今沈阳）迁都燕京（今北京），清廷定鼎中原。东壁先生的声名和影响，在女真人中更加炽烈起来。在京师和八旗劲旅所到之处，常常可以见到满洲旗民们所建的各类祠堂。在祖祠中，除供奉祖先神祇以及保婴的佛多妈妈外，更增加一位汉人装束的郎中神像。降清的一些著名明臣，如范文程、洪承畴、李永芳等人，见了这类神像，都不约而同地惊叹说道："这不是蕲州名医濒湖先生李时珍嘛！"

赫赫有名的大明朝名医李时珍，到长白山采集人参，对建州赫图阿拉的罕王努尔哈赤给予莫大帮助的佳话，不胫而走，世代传诵。到了有清一代，李时珍的名声与日俱增，深受万民敬仰，与唐代药圣孙思邈同享烟火。

我所讲述的《两世罕王传·王杲罕王传》到此全部完结。欲知后事如何，请听《两世罕王传·努尔哈赤罕王传》。

后　记

　　经过近两年的时间，一部最具影响力、最有研究价值的满族著名说部《两世罕王传·王杲罕王传》终于完成脱稿了，心里感到由衷的喜悦。

　　刚得到富育光先生《两世罕王传·王杲罕王传》讲稿资料卡片的时候，我就被文中栩栩如生、性格鲜明的人物所吸引。当时我就暗下决心，一定要把王杲这位风流倜傥、文武双全且具有传奇色彩的大英雄的故事整理成书。当我把想法告诉王宏刚兄长的时候，得到了他热情的鼓励和支持，宏刚兄当即表示，他会尽全力帮助我把《两世罕王传·王杲罕王传》整理出书。

　　然而天有不测风云，在我刚刚开始整理《两世罕王传·王杲罕王传》的时候，宏刚兄突患重病，后经过多方抢救，终于脱离危险。尽管行动受阻，但宏刚兄继续表示，一定协助我把《两世罕王传·王杲罕王传》整理面世。我被宏刚兄的顽强毅力所打动，义无反顾地开始了整理工作。

　　还真应了那句话：福无双至，祸不单行。二〇一二年四月八日，我爱人突发脑出血，两天后不治身亡。这突如其来的打击差点儿击垮了我，是我的亲人和朋友以及富育光先生、宏刚兄给了我莫大的关心和帮助，使我重新鼓起了勇气和信心，重又开始了工作。

　　由于富育光先生在搬家及朋友借阅过程中，遗失了部分卡片资料，为了保证故事的完整性，我曾两次南下上海，请王宏刚先生凭借记忆，回忆早年在富育光先生那里看到的卡片内容，对本书加以补充。王宏刚先生带病给我讲述卡片内容，甚至用左手（他病后右手基本不能工作）亲自修改、补充。在这里我还要感谢王宏刚先生的学生张安巡女士，张女士最先将原来凌乱的卡片资料打印成电子文本，使我们在整理的过程中节省了大量的时间。

由于自己的水平有限，整理中难免有缺点和遗误，敬请读者赐教。

整理者　王慧新

二〇一四年三月二十日